Für Franco Di Francescantonio
und Riccardo Biagini.
Ich bin ziemlich sicher,
sie hätten diese Geschichte
mit großem Vergnügen gelesen.

Sich nicht nähern, das ist adlige Gesinnung.
Pessoa

Auf weitere flüchtige Liebschaften will ich mich nicht einlassen.
Anonymer Ausspruch aus den Fünfzigerjahren.

Ich habe ein Haus auf dem Land gemietet«, eröffnete Franco mir und versuchte zu lächeln. Er lag in einem Krankenhausbett, im Hals einen dünnen Schlauch, der fast bis zu seinem Herzen hinabreichte. Darüber wurde er künstlich ernährt, denn schon seit vielen Tagen konnte er nichts mehr essen. Am Morgen habe er den Vertrag unterschrieben, in ebendiesem Bett, erzählte er. Die Kaution und drei Monatsmieten für September, Oktober und November habe er bereits im Voraus bezahlt. Es sei ein schönes Haus, wenige Tage, bevor er ins Krankenhaus gekommen sei, habe er es besichtigt. Ein großes, einsam in den Hügeln gelegenes Bauernhaus mit herrlicher Aussicht. Schon immer hatte er von einem Haus auf dem Land geträumt. Nun hoffte er dort einzuziehen, sobald er wieder halbwegs bei Kräften war, aber wie er mir gestand, fühlte er sich immer schlechter.

»Ich glaube, dieses Mal …«, sagte er und malte ein Kreuz in die Luft.

»Hör auf damit, es wird wie immer gut ausgehen.« Obwohl es mir schwerfiel, lächelte ich. Er sah mich an. Sein Blick war voller Leben. Ich konnte mir nicht vorstellen, dass er sterben würde, nicht mit diesen Augen.

»In meinem Zustand ist jeder Tag ein Gewinn.«

»Red keinen Unsinn.« Langsam wurde ich unruhig. Franco konnte nicht sterben; ich hatte beschlossen, er solle ewig leben. Und doch starb er, nur wenige Tage später.

Kurz bevor der Sarg geschlossen wurde, legte ich ihm zum Abschied die Hand auf die Stirn. Ich hätte nie gedacht, dass sie sich so kalt anfühlen würde. Draußen hingegen herrschte eine fürchterliche Hitze. Es war Ende August. Francos Mutter war fünfundachtzig Jahre alt. Während die Totengräber den Sarg verschweißten, sagte sie immerzu: »Franchino … ist fort … Franchino … ist fort …«

Nach der Einäscherung ging ich gemeinsam mit ein paar Freunden zum Essen in eine Trattoria. Das erste Glas Wein tranken wir auf Franco. Alle waren wir erschöpft von den Nachtwachen im Krankenhaus, empfanden eine enorme Leere und versuchten sie irgendwie zu füllen. Von Franco war nichts als ein Häufchen Asche geblieben; es war nicht leicht, diese Tatsache zu verdauen. Während des Essens redeten wir nur von ihm, riefen uns lustige Anekdoten in Erinnerung und lachten. Irgendwann sprach jemand das Haus auf dem Land an, das keiner von uns je gesehen hatte. Drei Monate im Voraus bezahlt. Wir überlegten, was am besten zu tun sei, und wägten alle Möglichkeiten gegeneinander ab.

»Ich ziehe für die drei Monate dorthin«, schlug ich plötzlich vor. Einen Augenblick lang war es still, dann nickten alle zustimmend. Kurz darauf hielt ich die Schlüssel zu dem unbekannten Haus in der Hand, außerdem einen Zettel mit der Adresse und der Wegbeschreibung, die Franco eine Woche zuvor notiert hatte. Ich verstaute alles in meiner Brieftasche. Dann redeten und lachten wir weiter.

Ich hatte nie zuvor auf dem Land gelebt, so ein abgeschiedenes Dasein schien mir nicht passend für mich. In der Lebensphase jedoch, in der ich mich gerade befand, würde es mir vielleicht guttun. Bereits seit einiger Zeit wollte ich mit einem neuen Roman beginnen. Den Vertrag hatte ich unterzeichnet und auch schon einen Vorschuss bekommen. Es sollte mein achtes Buch werden. Ich musste nur den Einstieg finden. Mich dafür aufs Land zurückzuziehen, war möglicherweise eine gute Idee. Zudem gab es gerade keine Frau in meinem Leben. Caterina hatte mich vor zwei Monaten verlassen. Im Grunde war es eine Erleichterung gewesen. Wir hatten uns nur unnötig wehgetan. Ein wenig Einsamkeit würde mich schon nicht umbringen. Und nicht zuletzt war es ein schöner Gedanke, dass Francos Traum sich nicht einfach in nichts auflösen würde.

Bald darauf packte ich ein paar Sachen zusammen. Sommerliche und warme Kleidung, Bücher, meinen Laptop, den Drucker, einen CD-Player mit zwei winzigen Lautsprechern und ein Tütchen Gras, das mir ein Freund geschenkt hatte. Ich hatte nicht die Absicht, während der drei Monate nach Florenz zurückzukehren. Ich stieg ins Auto und machte mich ein wenig aufgeregt auf den Weg in die Veränderung. Es war bereits Anfang September, doch in der Stadt war es noch immer sehr heiß. Auf dem Land würde es auf jeden Fall erträglicher sein. Unterwegs auf der Via Chiantigiana dachte ich an den zu Asche gewordenen Franco und sein Testament. Er hatte alles der Hilfsorganisation Emergency vermacht. Ich legte ein altes Stones-Album auf und sang, obwohl ich nur einzelne Wörter des Textes kannte, lauthals mit.

Das Haus lag abgeschieden in den Hügeln des Chiantigebiets, etwa zehn Kilometer von Siena entfernt. Genauer gesagt in Fontenera, einem zur Gemeinde Montesevero gehörenden Dorf. In der Gegend kannten die Deutschen sich besser aus als ich. Nach einer halben Stunde Fahrt entdeckte ich auf einem rostigen alten Schild, das mit der Zeit zu einem Teil der Landschaft geworden war, den ersten Hinweis auf Montesevero, woraufhin ich in eine Nebenstraße abbog und den Hügel hinauffuhr. So weit das Auge reichte, gab es hier nichts als Ackerland und üppige Wälder. Am Straßenrand dichtes Gebüsch, Mauern aus Brombeersträuchern, kraftvolles Grün. Diese Umgebung würde mir schöne Erlebnisse bescheren, dessen war ich mir sicher. Wie in gewissen Romanen würde ich mich vielleicht sogar mit einer Bauerstochter, die nicht einmal ahnte, wie schön sie war, wild auf einer Wiese vergnügen. Darauf hoffte ich tatsächlich und versuchte, mir die Szene schon einmal auszumalen.

Eine Wolke aus gelbem Staub wirbelte um mich herum auf, als ich nach einem Blick auf den Notizzettel in eine Schotterstraße einbog. Hinter einer Kurve entdeckte ich, ein Stück den Hang hinauf, ein zweistöckiges Bauernhaus mit dicken Steinmauern, umrahmt von gedrungenen dunklen Zypressen. Vor dem Hauseingang befand sich eine Loggia. Das musste es sein. Über einen Kiesweg mit einem Mittelstreifen aus Gras erreichte ich die Anhöhe. Ich parkte auf dem Vorplatz und stieg aus. Vögel zwitscherten, und ich atmete saubere Luft. Es war nicht so heiß wie in Florenz.

Das Haus wirkte massiv, wenn auch ein wenig heruntergekommen. Auf einer niedrigen Mauer, die an mehreren Stellen eingerissen war, standen einige von Unkraut überwucherte Terrakottatöpfe; sie hatten einen ganz eigenen Charme. Eidechsen huschten über den Kies, den Sonne und Regen im Lauf von Jahrzehnten rund geschliffen hatten. Etwa zwanzig Schritte vom Haus entfernt stand eine halb verfallene Scheune. Gleich dahinter erstreckte sich ein weiter Olivenhain wie ein Fluss den flachen Hang hinab, quer durch Weinberge und Wälder. Auf der anderen Seite, nicht weit vom Haus entfernt, wuchs ein Pinienhain bis hinauf zur Hügelkuppe. Der Ausblick war herrlich. Vereinzelte Villen, kleine Ortschaften, Kirchen und Burgen verteilten sich über die Anhöhen. Alles ist schön, wenn man es aus der Ferne betrachtet, dachte ich bei mir. Auf jeden Fall hatte Franco eine gute Wahl für seinen Traum getroffen. Ich würde versuchen, mich der drei bereits bezahlten Monaten, würdig zu erweisen, indem ich den besten Roman meines Lebens schrieb, und ich würde ihn Franco widmen. Aufgeregt wie ein kleines Kind, schloss ich die Tür auf und betrat das Haus. Einen Roman, der sich doppelt, vielleicht sogar dreimal so gut verkaufen würde wie die anderen. Das Haus lag in völliger Dunkelheit, und es roch angenehm nach altem Kaminholz und Asche. Einen

Roman, der einen Wendepunkt markieren würde. Den Anweisungen folgend, tastete ich mich zur Hauptsicherung vor. Und es ward Licht. Auf einem Tisch im Eingangsbereich stand ein farbiges Tastentelefon. Ich hatte ein altes schwarzes Bakelit-Gerät mit Wählscheibe erwartet. Ich nahm den Hörer ab. Es funktionierte. Ich hatte Internet, wenn auch natürlich ohne DSL.

Auf meinem Rundgang durch die Zimmer im Erdgeschoss lief ich über Backsteinböden, auf denen die Zeit ihre Spuren hinterlassen hatte. Die Möbel wirkten wie zufällig zusammengewürfelt. Schränke, Tische, Stühle und Sofas aus den unterschiedlichsten Epochen bildeten auf unkomplizierte Weise ein Ganzes. Mir gefiel, dass es keine feste Ordnung und keine Reglementierungen gab. Auch die ehemaligen Ställe und landwirtschaftlich genutzten Räume waren restauriert und mit dem Haus verbunden worden. Ein großer, länglicher Raum mit zwei breiten Fenstern, die wie alle Fenster im Erdgeschoss mit Gittern gesichert waren, diente als Küche. Der Rauchfang des mächtigen Kamins war so hoch, dass man bequem darunter sitzen konnte. Zwischen den gusseisernen Feuerböcken baumelte eine rostige Kette. Ein altes Sofa, ein weiß lackierter Tisch mit vier strohbezogenen Stühlen, eine schmale Vitrine voll Teller und Gläser, eine große, ziemlich laut tickende Uhr an der Wand. Mir wurde bewusst, dass ich mir nichts anderes gewünscht hätte. Sogar einen alten Farbfernseher gab es. Ich schaltete ihn ein. Er funktionierte. Ich schaltete ihn wieder aus.

Die Heizung war ölbetrieben, in den Räumen hingen Heizkörper und ein modernes Thermostat, aber was wäre das Leben auf dem Land ohne ein offenes Kaminfeuer? Ich nahm mir vor, als Erstes Brennholz für den bevorstehenden Herbst zu kaufen. Schon sah ich mich mit einer Flasche Wein am Kamin sitzen und tippen. Den besten Roman meines Lebens, das hatte ich mir geschworen. Ich holte meine Koffer und stieg über eine schmale Treppe hinauf in den ersten Stock. Vor mir lag ein breiter Flur mit schiefen Wänden und großen dunklen Türen. Ich stellte die Koffer ab und öffnete die nächstgelegene Tür. Sie führte ins Badezimmer. Badkeramik aus der Zeit kurz nach dem Krieg, weiße Kacheln, ein alter elektrischer Durchlauferhitzer und ein elfenbeinfarbenes Schränkchen mit schwarzen Griffen. Der nüchterne ländliche Stil gefiel mir sehr. Ich schaltete den Durchlauferhitzer ein und setzte meinen Rundgang fort. Der Steinboden bebte unter meinen Schritten und ließ die Fensterscheiben klirren. Es gab nur wenige Möbel, von denen die meisten in bäuerlichem Stil selbstgezimmert waren. Handgefertigte Lampen, Betten aus Schmiedeeisen. An den Wänden fanden sich vereinzelte Bildnisse der Muttergottes oder eines Heiligen, und in jedem Zimmer hing ein Kreuz mit einem getrockneten Olivenzweig. Ich betrat einen schmalen Raum mit einem Fensterchen zur Treppe. Darin stand nur ein wuchtiger, fast bis zur Decke reichender schwarzer Schrank, in dem ein paar Bügel hingen. Ein Knirschen ließ mich zusammenzucken. Wenn ich in dem Haus gut schlafen wollte, musste ich mich an seltsame Geräusche gewöhnen. Alte Bauernhäuser wie dieses lebten geradezu; sie waren wie geschaffen für Geister. Eines Abends würden mir Franco oder auch mein Vater erscheinen, und wir würden uns unterhalten. Ich hätte nichts dagegen. Als Schlafzimmer wählte ich einen Raum mit Doppelbett und einem weiteren Telefon. Von dort aus hatte man einen Blick auf das Tal. Nachdem ich meine Sachen im Kleiderschrank verstaut hatte, ging ich wieder nach unten. Ich entdeckte den Eingang zu einem kleinen, feuchten Keller, der von einem gut und gerne tausend Jahre alten Steingewölbe überspannt war. In den modrigen alten Holzfässchen fand sich nicht ein einziger Tropfen Wein.

Fontenera lag etwa zwei Kilometer entfernt. Vier Häuser, eine Kirche, eine Polizeiwache und ein paar mittelalterliche Gassen, die sich den Hang entlangschlängelten. Ich parkte den Wagen und sah mich zu Fuß um. An der Hauptstraße stieß ich auf einen Tante-Emma-Laden und lugte durch das Schaufenster. In bis zur Decke reichenden Regalen fand sich von Putzmitteln bis hin zu Gemüse und von der Marmelade bis hin zu Kapern von allem etwas. Hinter der Glasscheibe einer großen Kühltheke lagen in einer Reihe verschiedene Sorten Wurst und Käse. Hier also würde ich zukünftig meine Einkäufe machen.

Als ich eintrat, zog ich sofort alle Blicke auf mich. Sechs oder sieben zierliche, fast durchweg ältere Frauen, die jedoch einen gewitzten Eindruck machten. Der einzige Mann, ein kleiner Bauer, dem Jahrzehnte harter Arbeit ins Gesicht gemeißelt waren, hielt sich ein wenig abseits. Für einen Augenblick herrschte Totenstille, bevor die Frauen ihr Getuschel wieder aufnahmen. Hinter der Theke ging eine dicke Frau mit leicht schräg stehenden Augen und einem argwöhnischen Gesichtsausdruck auf und ab. Sie unterhielt sich mit den anderen Frauen, ohne je dabei zu lächeln. Ihr Name fiel sehr häufig, da jeder, der hereinkam oder hinausging, ihn erwähnte.

»Hallo, Marinella …«

»Auf Wiedersehen, Marinella …«

»Guten Tag, Marinella …«

Die Frauen schwatzten leise miteinander und sahen hin und wieder zu mir herüber. Um das Eis zu brechen, fragte ich laut in die Runde, wo ich Brennholz kaufen könne, woraufhin alle sich mir zuwandten, auch Marinella, die beim Schneiden einer Fenchelwurst kurz innehielt.

»Ich wohne ein paar Kilometer von hier entfernt, in dem Haus mit den Zypressen«, erklärte ich. Wie ich erfuhr, kannte man das Haus, in dem ich wohnen würde, unter dem Namen *La Cipressa,* wenn er auch nirgends geschrieben stand, und Brennholz gab es nur bei Romero am Ende des Dorfes zu kaufen. Immer neue Leute kamen hinzu. Unter ihnen war eine Frau mit Lockenwicklern im Haar und resigniertem Blick. An der Hand hielt sie ein Mädchen, das größer war als sie und mir auf den ersten Blick sehr hübsch erschien. Nachdem die Frau die anwesende Kundschaft und natürlich Marinella begrüßt hatte, begann sie sich leise mit einer zahnlosen Bäuerin zu unterhalten. Mein Blick lag noch immer auf dem Mädchen. Groß gewachsen, eine gute Figur. Ich schätzte sie auf etwa sechzehn. Glattes schwarzes Haar, sanfte Züge, mandelförmige Augen. Der kurze Rock brachte ansehnliche Beine zum Vorschein, die in zierlichen Mädchenschuhen endeten.

... Ihr Blick jedoch war erloschen. Äußerst bedauerlich. Geistig gesund, wäre sie ein bildhübsches Mädchen gewesen.

»Hallo ... Sie ... Hören Sie mich?«

»Wie?«

»Was darf es sein?« Das war Marinella. Ich war an der Reihe. Noch immer beäugten die Frauen mich argwöhnisch. Ich kaufte etwas zu essen, grobes und feinkörniges Salz, Zucker, Kaffee, sechs Flaschen Wein und einen Strohbesen. So lange schon hatte ich keinen Strohbesen mehr gesehen, dass ich nicht widerstehen konnte. Er erinnerte mich an meine Kindheit.

»Kennen Sie jemanden, der als Putzfrau arbeitet?«, fragte ich in die Runde. Nach einigen langen Schweigesekunden sprach Marinella.

»Dreiundfünfzig Euro siebzig.« Sie ging zur Kasse hinüber, wartete, bis sie das Geld in der Hand hatte, und reichte mir dann meine Einkäufe.

Nicht schlimm, dann würde ich eben allein im Haus saubermachen. Es würde diesen verfluchten Weibsbildern nicht gelingen, mich zu entmutigen. Bevor ich den Laden verließ, warf ich einen letzten Blick auf das geistig behinderte Mädchen. Inmitten der alten Frauen wirkte sie wie eine Göttin.

Ich stieg ins Auto und fuhr ans Ende des Dorfes, um Brennholz zu bestellen. Romero war ein kleiner Mann mit pechschwarzem Haar und einem Lächeln um den Mund, auch wenn er nicht lächelte. Seine Augen gaben vielleicht den einzigen Hinweis, in welcher Stimmung er gerade war. Verwundert fragte er mich, wieso ich denn Brennholz kaufen wolle, es sei doch noch immer warm.

»Dann bin ich die Sorge los, es wird ja nicht schlecht«, erklärte ich.

»Die Wege des Herrn sind unergründlich«, bemerkte er.

»Inwiefern?«

»In jeder Hinsicht.«

»Ich brauche nur etwas Brennholz …«

»Sind Sie neu hier?«

»Ich bin heute angekommen.«

»Ach so, na dann … Wie viel wollen Sie?«, fragte Romero achselzuckend. Ich bestellte vier Klafter Holzscheite und etwas dünneres Holz zum Feuermachen.

»Hier oben lässt es sich gut leben«, sagte ich, während ich bezahlte. Romero steckte das Geld ein und zündete sich eine Zigarre an.

»Wenn's einem gut geht, lässt es sich gut leben«, entgegnete er und verschränkte die Arme vor der Brust.

»Was meinen Sie damit?«

»Was ich gesagt habe.«

»Ich habe nicht ganz verstanden, inwiefern …«

»In jeder Hinsicht.«

»Einen schönen Tag wünsche ich Ihnen.«

»Hoffen wir das Beste …«, gab er zurück.

Ich fuhr los. Mit Romero zu kommunizieren war nicht leicht. Doch hatten mich die wenigen Worte, die wir gewechselt hatten, innerlich in Alarm versetzt.

Als ich nach Hause kam, war es bereits halb zwei, und so ging ich in die Küche, um mir etwas zu essen zu machen. Ich hatte ein wenig Mühe, Töpfe und Teller zu finden. Während die Nudeln im Wasser kochten, ließ ich mich auf dem Sofa nieder und betrachtete den kalten Kamin. Stille war ich nicht gewohnt, aber genau die wollte ich. Ich hoffte, bald den Einstieg in meinen Roman zu finden, den besten Roman und so weiter und so fort. Schreiben tat mir gut. Ich hatte nie das Gefühl, etwas zu erfinden; es war, als schriebe ich nach Diktat. Genau deshalb ließ ich die Finger über die Tastatur gleiten, ich wollte überrascht werden.

Vor dem Fernseher aß ich einen Teller Spaghetti und trank eine halbe Flasche Wein. Gegen halb vier brach ich zu einem Spaziergang auf. Ich wollte die Gegend erkunden. Der Schotterstraße folgend, näherte ich mich den Feldern. In der Sonne war es noch immer sehr heiß, doch eine sanfte Brise kühlte mein Gesicht. Nach wenigen Kurven tauchten in einigem Abstand voneinander weitere alte Steinhäuser auf, in denen Bauern lebten. Echte Bauern, von denen ich geglaubt hatte, es gäbe sie gar nicht mehr. Ich erkannte es am Aussehen der Häuser, an der Atmosphäre ringsum und der zum Trocknen aufgehängten Wäsche. Auf den backsteingepflasterten Vorplätzen parkten ausnahmslos weiße Fiat Panda und Punto. Im Vorbeigehen hörte ich Hühner in ihren Ställen scharren und hin und wieder das Grunzen eines Schweins. Solche Laute bekam ich sonst nie zu hören, nicht aus leibhaftigen Tierkehlen. Ich bemerkte eine alte Bäuerin, die Wäsche von einer zwischen zwei Bäume gespannten Leine abnahm, und hob grüßend die Hand. Sie antwortete mit einem kurzen Nicken und setzte ihre Arbeit fort.

Ich spazierte weiter. Die staubige Straße führte nun bergauf und schlug eine Schneise mitten in ein Waldstück aus Pinien und Zypressen. Bisweilen hallten der metallische Schrei eines Vogels und andere Laute, die ich noch nie gehört hatte, durch das Geäst. Nach einigen hundert Metern taten sich zu meiner Rechten erneut Felder auf. Häuser waren keine mehr zu sehen. Zu meiner Linken überspannte der immer dichtere Pinienwald ein Unterholz aus niedrigen Dornenbüschen. Fasziniert von der ungebändigten Vegetation, verließ ich die Hauptstraße und folgte einem Graspfad, der in den Wald hineinführte. Ich war geradezu benommen von so viel Stille. Nie hätte ich gedacht, dass ich mich fernab der Stadt so wohl fühlen könnte. Es blieb abzuwarten, ob der Zauber anhielt. Womöglich würde ich mich in ein paar Tagen wieder nach verschmutzter Luft und Lärm sehnen. Für den Augenblick aber genoss ich es, tief durchzuatmen und durchs Grüne zu spazieren, während ich darauf wartete, dass in meinem Kopf die ersten Worte des Romans, den ich ausbrütete, Gestalt annahmen.

Neben dem Pfad hörte ich es immer wieder rascheln, aber ich konnte nicht erkennen, was dort entlangstrich. Ab und an flog eine Amsel aus dem Gebüsch auf und ließ mich zusammenzucken. In der Luft lag ein wohltuender Geruch, der an nichts erinnerte, was ich kannte. Plötzlich wurde mir bewusst, dass ich ganz allein mitten im Wald war, und ich bekam es ein wenig mit der Angst zu tun. Doch selbst die war auf ihre Weise angenehm. Ein lauteres Geräusch ließ mich herumfahren, und kurz darauf bemerkte ich mehrere Hirsche, die zwischen den Bäumen verschwanden. Wie viele Tiere würde ich auf meinem Spaziergang wohl noch zu sehen bekommen? Wahrhaftige Tiere, nicht das Menschenwild, das mir in der Stadt über den Weg lief.

Völlig unerwartet entdeckte ich hinter einer Kurve, etwa fünfzig Meter abseits des Pfades, eine herrschaftliche Villa im Stil des sechzehnten Jahrhunderts, die inmitten eines von hohen Mauern umgrenzten Parks stand. Ich hielt an und betrachtete sie aus der Entfernung. Die gerundeten Umrisse der Fassade des Mittelbaus strebten bis zum Giebel empor, der von einer steinernen Sonnenuhr geschmückt war. Vage fühlte ich mich an die Kirche von Santo Spirito in Florenz erinnert. Hinter einem Gittertor konnte ich einen Kiesweg erkennen, der zu einem dunklen Eingangsportal führte. Alle Fensterläden waren geschlossen, es gab kein Anzeichen von Leben. In Gedanken sah ich riesige Säle, ausladende Treppen und wuchtige Kamine vor mir. Vielleicht verbarg sich dort im Innern die Geschichte, nach der ich suchte.

Links neben dem Haus schauten jenseits der Parkmauer die Wipfel einiger dunkler Zypressen hervor. Auf der anderen Seite ragte eine gewaltige Pinie über das Dach hinaus. Eine herrliche Villa. Ich betrachtete sie weiter aus der Ferne, ganz verzaubert von ihrer verfallenden Pracht. Wer mochte in ihren Räumen gelebt haben, und warum wohl stand sie nun leer …?

Als der Ruf eines Fasans mich aus meinen Gedanken weckte, machte ich mich heiter und erholt auf den Rückweg. Ich konnte es kaum erwarten, mich an den Computer zu setzen, um zu sehen, was sich tat. Die Hände in den Hosentaschen, ließ ich unterwegs den Blick schweifen. Die Gegend war herrlich, eine Art Paradies. Ich erreichte wieder die Schotterstraße. Vor einem der alten Höfe spülte ein Bauer gerade mit einem Wasserschlauch einige Bottiche aus. Er war klein und schmal und trug einen Strohhut, unter dem ein sonnengegerbtes Gesicht zum Vorschein kam. Ich grüßte ihn, er aber beachtete mich nicht. Da ging ich auf ihn zu.

»Guten Tag. Ich wohne hier ganz in der Nähe.«

»Aha …«, gab er ohne jedes Interesse zurück.

»Schöner Tag heute.« Ich hätte gern ein wenig geplaudert, doch der Bauer spritzte weiter schweigend seine Bottiche aus.

»Es geht wohl bald an die Lese?«

»Kann sein …« Er unterstrich sein Gebrumm mit einem Achselzucken.

»Verkaufen Sie zufällig Öl?«, fragte ich. Endlich hob der Alte den Kopf und sah mich an.

»Öl … Wein … Gemüse … Obst … Eier … und … Salami«, zählte er auf, wobei er nach jedem Wort kurz innehielt.

»Für den Moment würde mir eine Flasche Öl reichen.«

»Acht Euro der Liter.« Sein Blick ruhte weiter auf mir.

»In Ordnung.«

Der Bauer drehte das Wasser ab und verschwand im Haus. Nach einer Viertelstunde war er noch immer nicht zurück. Als ich gerade gehen wollte, tauchte er mit einer Rotweinflasche, die mit einem Stopfen aus Packpapier verschlossen war, in der Tür auf.

»Macht sechs Euro«, sagte er, die Flasche am Hals festhaltend. Er hatte ein Gesicht wie aus vergangenen Zeiten, und es war seltsam, ihn von Euro und nicht von Scudi sprechen zu hören.

»Ich bin zum ersten Mal hier oben in der Gegend. Es ist traumhaft schön«, sagte ich, während ich sechs Euro aus meinem Kleingeld zusammensuchte.

»Nachts weniger«, murmelte der Bauer.

»Wieso?«

»Ach …« Er schüttelte den Kopf.

»Vampire?«, fragte ich grinsend. Der Alte sah mich mit ernster Miene an. Schließlich hielt er die Hand auf, um das Geschäft zum Abschluss zu bringen. Kaum hatte ich die sechs Euro hineinfallen lassen, reichte er mir die Flasche. Sie war ölverschmiert. Ich hätte mich gefreut, wenn mein Nachbar etwas gesprächiger gewesen wäre. So bedankte ich mich nur und machte mich auf den Heimweg.

Vor dem Haus erwarteten mich ein achtlos aufgeschütteter Haufen Holzscheite und einige Bündel dünnes Holz. Romero hatte die Lieferung einfach von seinem Lastwagen gekippt. Ich krempelte die Ärmel hoch. Geduldig stapelte ich die Scheite unter der Loggia auf und trug etwa zwanzig hinein in die Küche, wo ich sie zusammen mit den Bündeln neben dem Kamin lagerte. Eine schweißtreibende Angelegenheit. Nach einer Art Dusche in der emaillierten Eisenbadewanne ging ich ins Schlafzimmer und schaltete den Computer ein. Ich öffnete eine neue Datei und starrte auf den weißen Bildschirm. Noch immer lag der beste Roman meines Lebens im Dunkeln. Ich gab ihn vorerst auf und begann mit einer finsteren Kurzgeschichte, die mir kurz zuvor in den Sinn gekommen war. Etliche Seiten schrieb ich nieder. Es war keine verlorene Zeit, früher oder später würde ich auch sie verkaufen.

Schon bald folgten meine Tage einem nahezu geregelten Ablauf. Morgens unternahm ich oft lange Spaziergänge in der Umgebung. Am Nachmittag versuchte ich zu schreiben, oder ich las und hörte dabei Musik. Klassik zumeist, manchmal aber auch die große Rockmusik aus meiner Zeit. Abends sah ich fern, und wenn nichts Vernünftiges kam, setzte ich mich noch einmal an den Computer. Ich fühlte mich frei wie ein Vogel. Wäsche zu waschen und aufzuhängen machte mir fast Spaß. Hin und wieder fegte ich den Boden mit meinem neuen Strohbesen und dachte dabei so manches Mal an die hübsche Bauerstochter, die in den Wiesen auf mich wartete.

Ich ging spät ins Bett und wachte zu unterschiedlichen Zeiten, nie jedoch allzu früh auf. Beinah täglich erreichte mich ein Anruf meiner Mutter, die wissen wollte, ob mir kalt war und ob ich ordentlich aß. Sie war als Mutter nicht sehr einfallsreich. Mit meinen wenigen Freunden hielt ich Kontakt über E-Mail.

Nachts stellte ich mich manchmal im ersten Stock ans Fenster und betrachtete den Mond am schwarzen, mit Sternen übersäten Himmel. Ich hatte schon vergessen, dass es überhaupt Sterne gab.

Einmal stand ich fast eine Stunde da und verfolgte, wie der riesige, stille Vollmond ganz langsam weiterzog, während aus der Ferne trauriges Hundegeheul zu mir herüberschallte.

Eines Nachmittags, nachdem ich eine Stunde vor der Tastatur gesessen hatte, ohne sie auch nur einmal zu berühren, verließ ich das Haus mit der Absicht, einen längeren Spaziergang als sonst zu machen. Vielleicht würde ich ja endlich meiner Bauerstochter begegnen, mich mit ihr im Gras wälzen und ein für alle Mal den Sinn des Lebens erkennen.

Die Traubenlese stand kurz bevor, überall surrten Wespen und Hornissen umher. Als ich an den Häusern vorbeikam, winkte ich den rastlos arbeitenden Bauern zu, von denen keiner unter sechzig war. Da ich laufen wollte, bis mir die Beine wehtaten, folgte ich der Straße den Hügel hinauf. Weiter oben verlief sie mitten durch einen weiten Olivenhain. Nach ein paar kurvenreichen Kilometern ging es in einen nun noch dichteren Wald, und der Weg wurde schmaler … Als ich plötzlich lautes Geraschel hörte, stockte mir der Atem, und ich blieb stehen. Kurz darauf tauchte vor mir ein Hase auf. Er rannte ein Stück auf mich zu und bremste, als er mich bemerkte, so scharf ab, dass er wie in einem Zeichentrickfilm ins Schlingern geriet. Mit einem Satz verschwand er daraufhin seitlich im Gebüsch. Ich musste lachen, doch der Schreck saß tief. So gelassen wie zuvor fühlte ich mich nicht mehr. Ich machte kehrt und beschleunigte meine Schritte. Der Wald kam mir verändert vor … alles nur wegen dieses dämlichen Hasen.

Langsam beruhigte ich mich wieder. Es war noch hell. Nach Hause zurückkehren wollte ich nicht, und so nahm ich mir die Villa mit der Sonnenuhr zum Ziel. Ich schlug den Graspfad bergauf ein und sog mit jedem Atemzug all die Düfte, die in der Luft lagen, tief in mich ein. Nach einer Weile kam vor mir die Villa in Sicht. Ihre Fassade lag im Schatten der riesigen Pinie. Zum ersten Mal ging ich an das Eingangtor heran. Das Haus war halb verfallen. Von den Mauern blätterte der Putz, Teile der Regenrinne hingen herab. Auch der Park wirkte vernachlässigt. Leere Blumenkübel und zerrupfte Pflanzen. Nah bei der Mauer entdeckte ich eine rostige Laube. Einzig ein paar zusammengefegte Laubhaufen und der gemähte Rasen zeugten davon, dass es dort auch Menschen geben musste. Ich trat vom Tor zurück und folgte der Parkmauer bis zur Rückseite des Hauses. Durch die Ritzen einer mit Blech verkleideten schmalen Gittertür bot sich mir der gleiche trostlose Anblick. Etwas weiter hinten schloss eine kleine Privatkapelle an die Grundstücksmauer an. Auf der anderen Seite zog sich ein dichter Kastanien- und Steineichenwald, von einem Weg geteilt, sanft den Hang hinab. Ich setzte meinen Rundgang fort, bis ich wieder vor dem großen Eingangstor stand. Als ich dagegendrückte, stellte ich fest, dass es nachgab. Von brennender Neugier getrieben, betrat ich den Park. Das war etwas anderes, als von außen zu spionieren, und mir war nicht gerade wohl dabei. Mit angehaltenem Atem ging ich bis zur Haustür. Ich blickte an der Fassade hinauf. Es war ein klassisches Geisterhaus. Vielleicht war das der Grund, weshalb niemand dort wohnte.

Die Sonne stand schon tief. Ich ließ die Sache mit den Gespenstern auf sich beruhen und wandte mich zum Ausgang. In dem Moment drang eine Art Röcheln an mein Ohr, und ich hielt inne. Noch einmal hörte ich es, diesmal länger. Instinktiv sah ich mich nach einem Stock oder einem anderen Gegenstand um, mit dem ich einen Hund abwehren könnte. An einer Zypresse lehnte eine rostige Hacke, und ich rannte hin, um sie zu holen. Plötzlich ertönte Gejammer. Eine Frau weinte, vielleicht sang auch ein kleines Mädchen ein Lied. Es war schwer zu sagen. Die Stimme schien aus dem ersten Stock der Villa zu kommen, aber ich war mir nicht sicher. Die Hacke fest umklammernd, ging ich rückwärts auf den Ausgang zu. Als ich das Tor hinter mir schloss, hörte ich ein Wimmern, gleich darauf schrie ein Mann. Was genau er sagte, konnte ich nicht verstehen, doch Koseworte waren es wohl kaum. Ich blieb hinter dem Gitter stehen und blickte zur Villa. Immer mehr war ich davon überzeugt, dass die Stimmen aus dem Inneren kamen. Von wegen unbewohnt.

Nach einem letzten klagenden Laut kehrte wieder Ruhe ein. Das war nichts weiter als ein heftiger Streit zwischen Eheleuten, beruhigte ich mich selbst. Doch mein Herz raste. Die Hacke fest in der Hand, machte ich mich eilig auf den Heimweg. Die Sonne hatte bereits den Horizont erreicht, und unter den Bäumen wurde es dunkel. Unentwegt drehte ich mich um und vergewisserte mich, was hinter mir geschah. Manchmal glaubte ich, im Wald Schritte zu hören, als ob jemand mir folgte. Aber das war nur Einbildung, ich musste Ruhe bewahren. Der Schrei einer Eule ließ mich noch schneller gehen, und ich wurde erst wieder langsamer, als die Straße aus dem Wald hinausführte. Nun konnte ich schon die hell erleuchteten Fenster der Bauernhäuser erkennen. Ich war schweißgebadet und kam mir vor wie ein Idiot. Als ich die Hacke an den Straßenrand warf, entfuhr mir ein Seufzer. In der Stadt hörte ich oft meine Nachbarn streiten, ohne dass es mich im Geringsten berührte. In solchen Momenten schätzte ich mich im Gegenteil glücklich, dass ich nicht mit einer Frau zusammenlebte. Das Geschrei vorhin aber hatte mich beunruhigt, vielleicht weil ich nicht darauf gefasst war. Ein ganz gewöhnlicher Ehekrach, sagte ich mir immer wieder. Paare stritten überall, auch auf dem Land.

Hinter einem Hang tauchte bereits der Halbmond auf, woraufhin ich meine Schritte wieder beschleunigte. Aus der Ferne war das Geheul eines Tieres zu hören. Das konnte nur ein Hund sein, sagte ich mir. Zu Hause angekommen, schloss ich die Tür hinter mir ab und schob auch noch alle Riegel vor. Meine Muskeln entspannten sich. Ich ging hinauf ins Schlafzimmer und sah aus dem Fenster. Der Mond stieg weiter langsam hinter dem Hügel empor. Ich zündete mir eine Zigarette an und betrachtete ihn. Kaum war er ganz zu sehen, hörte ich weit entfernt wieder dieses lang gezogene Heulen. Auch wenn es vielleicht nur ein Hund war, überkam mich eine Gänsehaut. Ganz sicher gab es im Chiantigebiet keine Wölfe.

Durch den Olivenhain huschte der Schatten eines großen Nachtvogels, der sich etwa dreißig Meter vom Haus entfernt auf einem Ast niederließ. Zwei gelbe Augen leuchteten in der Dunkelheit. Wahrscheinlich war es ein Uhu.

Plötzlich hallte ein Schuss durch das Tal, und für einen kurzen Augenblick waren in der Ferne aufgeregte Stimmen zu hören. Ein paar Wilderer hatten wohl ein Wildschwein erlegt. Es war einiges los in dieser Nacht. Nicht immer war die ländliche Ruhe vollkommen. Ich schloss das Fenster und ging in die Küche, um mir etwas zu essen zu machen.

Nach dem Essen setzte ich mich mit einem Glas Wein an den

Computer. Bei einer Partie Solitär dachte ich an die Stimmen in der Villa und versuchte, mir die Gesichter der beiden vorzustellen, deren Streit ich mit angehört hatte. Die Frau schien verzweifelt, der Mann wie außer sich. Eifersucht war eine üble Sache, dachte ich bei mir. So ein Streit entbrannte nicht um verkochte Nudeln. Ich spielte noch bis spät in die Nacht, bevor ich schließlich alles ausschaltete und ins Bett ging. Zwar dauerte der Sommer noch einige Tage an, aber nachts brauchte man bereits eine Decke. Dem Heizöl wollte ich mich erst beugen, wenn der Herbst tatsächlich Einzug hielt.

Sehr früh am nächsten Morgen wurde ich durch eine schmerzhafte Erektion geweckt, die sofort nachließ, als ich die Augen aufschlug. Ich dachte an die unbekannte Bauerstochter und war mir dabei wohl bewusst, dass manche Träume schön sind, solange sie Träume bleiben. Im Grunde konnte ich mir gar nicht vorstellen, mich mit einer Unbekannten im Gras zu wälzen … Zudem war – einmal abgesehen von einigen Kindern und dem armen geistig behinderten Teenager – die jüngste Bauerstochter, die mir in der Gegend über den Weg gelaufen war, mindestens sechzig. Eine Weile wälzte ich mich bei dem Versuch, wieder einzuschlafen, im Bett hin und her. Schließlich stand ich auf und wankte in die Küche. Ich kochte mir einen starken Kaffee, den ich auf dem Sofa vor dem kalten Kamin trank. Auf einen Außenstehenden mochte ich vielleicht einen traurigen Eindruck machen, aber durch meine Adern strömte ein wohliges Gefühl, ähnlich der Vorfreude auf eine Verabredung mit einem hübschen Mädchen.

Draußen schien die Sonne. Schnell zog ich mich an und brach wie immer zu einem Spaziergang auf. Bei Tag wirkte die Landschaft ganz anders. Es war gerade erst acht Uhr, und die Luft war kühl. Hin und wieder blickte ich hinauf zu den bewaldeten Hängen, in denen sich die Sonnenuhrvilla verbarg, und dachte an die Stimmen. Von weitem schon erkannte ich den alten Bauern, der mir das Öl verkauft hatte. Ganz bedächtig stieg er gerade in seinen weißen Punto ein. Ich winkte und ging auf ihn zu. Er schloss die Fahrertür, nickte in meine Richtung und ließ den Motor an.

»Entschuldigen Sie ...«, sagte ich, während ich mich dem Wagenfenster näherte. Die hintere Sitzbank war umgeklappt und das Auto voll beladen mit Obst- und Gemüsekisten. Der Bauer drehte die Scheibe herunter, woraufhin ich mich vorbeugte, damit ich ihm in die Augen sehen konnte. Sein zerfurchtes Gesicht unter dem Strohhut wirkte wie versteinert.

»Entschuldigen Sie, kennen Sie die große Villa mitten im Wald? Die mit der Sonnenuhr?« Ich zeigte auf den Hügel.

»Wer kennt die nicht?«

»Und wer wohnt dort?« Ungeduldig wartete ich auf seine Antwort. Der Bauer zuckte mit den Schultern und legte ohne ein Wort den ersten Gang ein. Ich rang mir ein Lächeln ab.

»Ich frage aus reiner Neugier«, erklärte ich.

»Natürlich ...«

»Gestern bin ich den Hügel hinaufspaziert und ...«

»Was wollten Sie denn da oben?«

»Ich wollte einen Spaziergang machen. Unterwegs bin ich zufällig auf die beeindruckende Villa gestoßen und ...«

»Warum wollen Sie wissen, wer da wohnt?«

»Im Vorbeigehen hörte ich einen Mann und eine Frau streiten, und da habe ich mich gefragt ...«

»Seltsam«, sagte der Bauer. Die Abgase seines Autos drangen mir in die Nase.

»Wieso seltsam?«

»Sie meinen die große Villa mit der Pinie?«

»Ja.«

»Da wohnt niemand mehr.«

»Was soll das heißen?« Ich dachte, er wolle mich auf den Arm nehmen. Erneut zuckte der Bauer mit den Schultern.

»Seit mehr als dreißig Jahren lebt dort niemand mehr.« Er musterte mich. Ich bemerkte, dass eine alte Frau mich von einem Fenster im ersten Stock aus beobachtete, und tat ganz unbeteiligt.

»Vielleicht sind die Bewohner zurückgekehrt«, sagte ich zu dem Bauern.

»Das ist unmöglich.«

»Wieso?«

»Ich bin spät dran«, wiegelte er ab und deutete auf seine Ladung.

»Entschuldigen Sie, wann kann ich denn vorbeikommen, um noch etwas Öl zu kaufen?«

»Wie viel wollen Sie?«

»Könnte ich fünf Liter haben?«

»Macht vierzig Euro.«

»Natürlich.«

»Wenn Sie jetzt bezahlen, stelle ich sie Ihnen vor die Tür.«

»In Ordnung.« Vertrauensvoll drückte ich ihm vierzig Euro in die Hand. Überall hörte man, dass auf dem Land ein Versprechen oder ein Handschlag noch immer mehr galten als ein Vertrag. Wortlos steckte der Bauer das Geld in eine dicke schwarze Geldbörse. Dann nickte er mir zum Abschied zu und fuhr los. Kaum hatte er die Straße erreicht, trat er aufs Gas, dass hinter ihm eine Staubwolke aufwirbelte. Ich drehte mich zum Haus um. Die Alte war nicht mehr zu sehen. Gern hätte ich auch ihr einige Fragen gestellt, aber ich entschied, es nicht zu tun.

Wieder zu Hause, setzte ich mich ins Auto und fuhr nach Fontenera. Ich parkte vor Marinellas Lebensmittelgeschäft. Drinnen stand wie gewohnt eine Gruppe kleiner Frauen tuschelnd beisammen. Niemand grüßte mich.

In diesem Laden anzustehen, war für ein Stadtkind wie mich gewissermaßen die Einweihung in das Leben auf dem Land, wo das Dasein noch immer vom Wetter und vom Wechsel der Jahreszeiten bestimmt wurde. Sogar den Regen, der einem in der Stadt doch nur den letzten Nerv raubte, hatte ich als einen Segen zu schätzen gelernt.

Als ich an der Reihe war, bat ich um zweihundert Gramm rohen Schinken und wiederholte, während Marinella mit Schneiden beschäftigt war, die Frage, die ich bereits dem alten Bauern gestellt hatte.

»Entschuldigen Sie, kennen Sie die große Villa mit der Sonnenuhr, die mitten im Wald liegt?«

»So wie alle«, antwortete sie, ohne mich anzusehen. Im Laden wurde es still.

»Wer wohnt dort?«, fragte ich. Unter den Frauen erhob sich Gemurmel, und Marinella musterte mich mit ihren leicht schräg stehenden Augen.

»Da lebt niemand mehr«, antwortete sie und wechselte Blicke mit den Frauen.

»Das ist äußerst merkwürdig«, sagte ich mit übertriebener Verwunderung.

»Wieso merkwürdig?«, wollte eine Frau wissen. Alle Augen im Laden waren auf mich gerichtet.

»Gestern Nachmittag war ich dort oben spazieren und habe Stimmen aus dem Innern der Villa gehört«, erklärte ich ruhig.

»Was für Stimmen?«, fragte Marinella mit gerunzelter Stirn.

»Es klang nach einem Mann und einer Frau.«

»Und was haben sie gesagt?«

»Das konnte ich nicht verstehen, aber es kam mir so vor, als stritten sie.« Ich wollte nicht zu kategorisch sein. Wieder ließ Marinella den Blick zu den Frauen schweifen, bevor sie mich ansah.

»Seit mehr als dreißig Jahren wohnt dort niemand mehr«, sagte sie.

»Der Rasen im Park sah aus wie frisch gemäht, und jemand hat das Laub zusammengekehrt«, hielt ich dagegen.

»Hin und wieder fährt Alfiero hin und sorgt im Auftrag der

Eigentümerin ein wenig für Ordnung. Aber in der Villa lebt niemand mehr.«

»Vielleicht sind sie erst seit kurzem zurück.«

»Das wäre sehr seltsam«, sagte eine alte Frau in der Schlange.

»Wieso seltsam?«

»Die Signora will von dem Haus nichts mehr wissen«, antwortete Marinella.

»Warum nicht?«

»Schlimme Geschichten«, erwiderte sie kurz angebunden. Sie packte den Schinken ein und fragte mich, ob ich noch einen Wunsch habe.

»Ein paar Brötchen bitte. Was für Geschichten?«, hakte ich nach. Keine Antwort.

»Wer ist diese *Signora?* Wohnt sie hier in der Nähe?«

»Darf es noch etwas sein?«, erkundigte sich Marinella, während sie die Brötchen aus dem Korb nahm.

»Zweihundert Gramm reifen Pecorino. Ist in der Villa etwas Schlimmes passiert?«, fragte ich. Sie packte die Brötchen in eine Papiertüte und wandte sich dem Käse zu.

»Noch etwas?«

»Nein, danke.« Offenbar hatte ich schon zu viel erfahren. Ich zahlte und spürte, als ich den Laden verließ, dass die Frauen und Marinella mir mit ihren Blicken folgten.

Nun wollte ich es bei Romero versuchen, dem Mann mit dem Brennholz. Ich nahm den Wagen und fuhr zu seinem Lager. Auf dem Vorplatz hielt ich an. Romero kam mir mit seinem Muskellächeln im Gesicht entgegen.

»Haben Sie schon alles verbrannt?«

»Nicht einmal angerührt habe ich es.«

»Ich hatte Ihnen ja gesagt, es ist warm …«

»Entschuldigen Sie, kennen Sie die Villa mit der Sonnenuhr drüben am Hang?«, fragte ich zum dritten Mal im Laufe einer halben Stunde.

»Die leerstehende?«, vergewisserte er sich.

»Genau …«

»Die kennt jeder.«

»In dem Haus soll etwas Schlimmes passiert sein, habe ich gehört …«

»Damals war ich noch ein kleiner Junge«, gab er zurück. Es hörte sich an wie der Beginn einer langen Geschichte, und ich harrte auf die Fortsetzung. Romero aber sagte nichts mehr.

»Vor über dreißig Jahren, richtig?«, fragte ich.

»Sechsunddreißig«, bestätigte er.

»Aha …«

»Neunzehnhundertsiebzig«, fügte Romero hinzu, und für einen Moment gab ich mich der Erinnerung an die Atmosphäre jener Zeit hin, als es noch so aussah, als könne die Welt sich zum Besseren wenden.

»Ganz schön lange her«, bemerkte ich.

»Sechsunddreißig Jahre«, wiederholte er.

»Was ist denn damals geschehen?«

»Eine schlimme Geschichte.«

»Ein Selbstmord?«

»Auch …«

»Wieso *auch?*«

»Weil es auch dazu kam, später allerdings.«

»Und was ist vorher passiert?«, fragte ich mit der Gewissheit, dass ich nur noch einen Schritt davon entfernt war, alles zu erfahren.

»Das ist keine schöne Geschichte«, erwiderte er blinzelnd.

»Erzählen Sie sie mir trotzdem …«

»Ich wüsste nicht, wieso«, sagte Romero. Gerade als ich ihn mit Gründen bestürmen wollte, erschien ein feister Kerl in Unterhemd und Hosenträgern.

»Romero, gehen wir bei Piro einen heben?«

»Ich komme«, antwortete Romero. Er verabschiedete sich von mir und verschwand mit dem Dicken. Nichts zu machen, keiner wollte mir etwas verraten. Aber noch gab ich nicht auf. Ich fuhr weiter bis vor die kleine, zwischen Häusern eingepferchte romanische Kirche. Über einer schmalen Tür links neben dem Portal war ein Metallschild angebracht: *Pfarrhaus*. Da ich keine Klingel finden konnte, klopfte ich an. Drinnen schlug ein Hund an, aber sein Gebell klang gedämpft, als hätte man ihn in einen entlegenen Raum gesperrt. Nach über einer Minute hörte ich, wie die Riegel zurückgezogen wurden. Eine zahnlose alte Frau mit bläulichem Haar öffnete die Tür. Hinter ihr völlige Dunkelheit.

»Wen suchen Sie?«

»Ich möchte zu Pfarrer …« Seinen Namen kannte ich nicht.

»Don Staccioni?«, fragte sie mit feuchter Aussprache.

»Zu ebendem.« Ich trat einen Schritt zurück.

»Und was wollen Sie?«

»Mit ihm reden.«

»Reden worüber?« Sie musterte mich.

»Über etwas Privates.«

»Wer sind Sie eigentlich?« Ihre Augen waren sehr hell, fast durchsichtig.

»Mein Name ist Bettazzi.«

»Bettazzi?«

»Richtig, Emilio Bettazzi.«

»Nie gehört.« Sie wackelte mit dem Kopf.

»Ich bin nicht von hier, ich komme aus Florenz.«

»Florenz?« Ihre Verwunderung war groß.

»Ja, aber jetzt wohne ich hier in der Nähe«, beruhigte ich sie.

»Ah … Und was wollen Sie?«

»Ich würde gern mit Don Staccioni reden … Wenn es möglich ist.«

»Ich seh mal nach«, erwiderte sie und schlug mir die Tür vor der Nase zu. Der Hund hatte nicht eine Sekunde Ruhe gegeben. Nach seiner Tonlage zu urteilen, musste er ziemlich groß sein. Geduldig begann ich auf und ab zu gehen. Jedem, der vorbeikam, nickte ich kurz zu, doch niemand erwiderte meinen Gruß. Ein Blick, und alle liefen unbeirrt weiter.

Endlich ging die Tür wieder auf, und ich folgte der Alten durch einen finsteren Gang, bei dem mir Tschechow in den Sinn kam. Der wütende Hund fühlte sich immer stärker.

»Ist der Hund eingesperrt?«, fragte ich. Die Alte schwieg. Wir hatten einen winzigen steinernen Kreuzgang erreicht.

»Da ist er.« Die Alte deutete auf ein breites Fenster im Erdgeschoss. Hinter dem Eisengitter erkannte ich einen hochgewachsenen, hageren Geistlichen und neben ihm einen maremmanischen Schäferhund, der immer weiter bellte.

»Still, Banzai!«, befahl der Priester. Der Hund verstummte und machte Sitz, begann jedoch kurz darauf zu knurren. Die Alte war verschwunden.

»Don Staccioni?«, fragte ich.

»Das bin ich. Was wollen Sie?«

»Entschuldigen Sie, ich bin neu hier in der Gegend. Ich heiße Emilio Bettazzi und bin Schriftsteller …«

»Kommen Sie zum Punkt, ich habe wenig Zeit.«

»Nun denn … Ich wollte fragen … Wissen Sie etwas über die schlimmen Ereignisse, die sich in der Villa mit der Sonnenuhr zugetragen haben?«

»Welche Ereignisse?«

»Ich habe gehört, dass …«

»Davon weiß ich nichts«, fiel er mir ins Wort und schloss das Fenster. Ich sah ihm nach, als er mit Banzai an seiner Seite davonging, bis er hinter einer Ecke verschwand. Da tauchte die Alte wieder auf und geleitete mich, ohne auch nur ein Wort zu verlieren, zum Ausgang. Bevor ich ging, versuchte ich mein Glück auch bei ihr.

»Entschuldigen Sie, können Sie mir sagen, was dort oben in der Villa mit der Sonnenuhr geschehen ist?«

»Herrje …«

»Etwas Schlimmes?«

»Mir tun die Füße weh«, gab sie zurück. Kaum war ich draußen, schloss sie die Tür hinter mir.

Besser wohl, ich ließ diese Geschichte auf sich beruhen und versuchte etwas Sinnvolles zustande zu bringen. Ich fuhr zurück nach Hause, um den Schinken im Kühlschrank zu verstauen, doch anstatt den Computer einzuschalten, machte ich mich noch einmal auf den Weg. Begleitet vom Rascheln blitzschnell durch das Gras huschender Eidechsen, folgte ich der Schotterstraße. Nachdem ich die Bauernhäuser hinter mir gelassen hatte, ging ich bergauf ein ganzes Stück in den Wald hinein. Dort nahm ich den Pfad zur Sonnenuhrvilla und stand schließlich vor ihr. Meine Fantasie ließ sie mir noch rätselhafter erscheinen, so als hüteten die verriegelten Fensterläden ein Geheimnis. Ich öffnete das Tor einen Spaltbreit und schlüpfte in den Park. Dort spazierte ich um die Villa herum. Begierig und ängstlich zugleich horchte ich, ob die Stimmen erneut zu hören wären. An der Rückseite des Hauses entdeckte ich einen schmalen Hintereingang. Ich versuchte, die Tür zu öffnen, doch sie war abgeschlossen. Wenig später verließ ich das Grundstück wieder.

Auf dem Weg zurück kamen mir Zweifel, ob ich die Stimmen überhaupt gehört hatte. Vielleicht hatte ich mich wirklich getäuscht. Als ich zu Hause ankam, stieß ich draußen auf eine Korbflasche voll Öl. Fünf Liter.

Immer häufiger unternahm ich nun lange Spaziergänge. Die wenigen Tage, die noch blieben, bevor mit dem Herbst auch der Regen kommen würde, wollte ich unbedingt ausnutzen. Kälte und Nässe würden dem Landleben vielleicht jeglichen Reiz nehmen, sodass ich früher als geplant nach Florenz zurückkehren würde.

Die Zeit der Weinlese war gekommen. Vor den Scheunen der Bauernhöfe standen halb verrostete, doch frisch gesäuberte elektrische Traubenpressen bereit, dazu Bottiche, Plastikschläuche und Werkzeuge aller Art. Außerdem sah ich ein Heer von Insekten. Um mich herum summte es unentwegt. Ich winkte jedem Bauern zu, der mir begegnete, und alle grüßten zurück, denn inzwischen gehörte der Fremde, der sich auf Fonteneras Wegen die Schuhsohlen ablief, schon zum gewohnten Bild. Ich freute mich über die kleinen Gesten, so fühlte ich mich ein wenig heimischer. Doch vielleicht sollte ich lieber keinen engeren Kontakt suchen. Wie ich aus Romanen wusste, war das Dorfleben durchtränkt von Neid und üblem Gerede. Besser hielt man sich fern und lebte in Frieden. Das war nicht schwer. Es genügte schon, nicht jeden Abend mit Kartenspielen oder Fußballgucken im Bürgerhaus zu verbringen.

Alle meine Spaziergänge führten mich nun zur Sonnenuhrvilla. Ich betrat den Park und beobachtete, während ich einmal rund um das Haus ging, die geschlossenen Fensterläden. Hin und wieder sah ich dabei den Schatten einer aufgeschreckt davonhuschenden Katze; die einzigen Geräusche jedoch kamen aus dem Wald, wo Vögel sich gegenseitig mit lautem Gekrächze jagten. Nach einigen Tagen war ich beinahe überzeugt, dass ich nie Stimmen gehört hatte. Es mochte der Wind gewesen sein, überlegte ich, oder vielleicht irgendein Tier hinter der Mauer.

Eines Nachmittags jedoch, als ich gerade seitlich am Haus vorbeilief, hörte ich die Stimmen erneut. Ich erstarrte, das Herz pochte mir bis zum Hals. Alles wie beim letzten Mal. Die jammernde Frau, der schreiende Mann, und mehrmals ein dumpfes Röcheln. Mit stockendem Atem blickte ich hinauf zum ersten Stock. Die Stimmen schienen tatsächlich aus dem Inneren der Villa zu kommen. Durch den leichten Widerhall war nur schwer zu verstehen, was sie sagten. Wieder klang es nach einem Streit. Mit Hilfe meiner Fantasie versuchte ich aus den Vokalen Wörter zu bilden.

»… Neiiin … neiiin …«, schien die weibliche Stimme zu flehen.

»… Komm her, du Hure!«, schrie anscheinend der Mann, aber ich war mir nicht sicher.

Ein Möbelstück schrammte über den Boden, dann wieder das Röcheln.

»… Neiiin … neiiin … Du bist böse …!«, rief die Frau immer wieder, obwohl sie mir zwischendurch fast zu kichern schien. Der Stimme nach zu urteilen war sie noch sehr jung, doch hätte ich darauf keine Wetten abgeschlossen. Nach einem Augenblick der Verwirrung rannte ich zur Eingangstür und hämmerte mehrmals mit der flachen Hand dagegen. Sofort verstummten die Stimmen. Offenbar hatten sie mich gehört. Gut so. Auch wenn dabei ein schlechtes Licht auf mich fiel, wollte ich die Angelegenheit ein für alle Mal klären. Ich würde die Eigentümer um Entschuldigung bitten und vor dem ganzen Dorf verkünden, dass die Villa alles andere als unbewohnt sei. Ich konnte es kaum erwarten, die Frauen in Marinellas Laden damit zu überraschen. Weiter hämmerte ich an die Tür, doch niemand kam. Ich klopfte noch einmal. Stille. Schließlich ging ich um die Villa herum und stellte mich wie zuvor unter das Fenster. Nicht einmal das Summen einer Fliege war zu hören. Am Fenster zeigte sich trotz meines lauten Rufens niemand. Ich kehrte zum Eingang zurück und klopfte erneut. Nichts. Ich hatte keine Erklärung. Im Haus musste doch jemand sein. Es sei denn … diese Stimmen …

In meinem Magen machte sich ein flaues Gefühl breit, und schon bald darauf ging ich strammen Schrittes auf das Parktor zu. Was war ich für ein Trottel, ich durfte mich nicht so beeindrucken lassen. Ich ließ das Grundstück hinter mir und eilte den Pfad hinab. So absurd der Gedanke auch war, ich wurde ihn nicht mehr los: Vielleicht hörte ich die Stimmen von vor sechsunddreißig Jahren, als sich die *schlimme Geschichte* ereignet hatte, über die niemand mit mir sprechen wollte …

Unsinn. Gespenster gab es nicht. Ich verlangsamte meine Schritte und vergrub scheinbar gelassen die Hände in den Hosentaschen. Beinahe hätte ich angefangen zu pfeifen. Mein Herz aber raste noch immer, und kurz darauf ging ich wieder schneller. In der Nacht war Neumond.

An den Tagen darauf machte ich einen Bogen um die Villa und stellte niemandem mehr irgendwelche Fragen. Ich wollte diese Geschichte vergessen und endlich anfangen, mir meine Brötchen zu verdienen. Auf die Spaziergänge aber verzichtete ich nicht. Ziellos folgte ich den unzähligen Wegen quer durch den Wald oder über die Felder, vorbei an alten Ziegelbrunnen und Geräteschuppen. Schwer hingen die reifen Trauben an den Rebstöcken, und die Oliven waren schon recht groß. Hin und wieder beobachtete ich, wie eine Natter sich flink über den ausgetrockneten Boden schlängelte oder ein Hase davonrannte.

Das Einkaufen bei Marinella machte mir immer mehr Spaß. Ebenso wie der Friseur oder die örtliche Casa del Popolo, eine Mischung aus linkem Bürgerzentrum und Dorfkneipe, schien ihr Laden eine Nachrichtenzentrale zu sein. Eine Menge Leute, alte Bäuerinnen zumeist, gingen dort ein und aus, und jeder sprach mit jedem. Beim Lauschen schnappte ich den ein oder anderen vollständigen Satz auf und versuchte, ihn zu entschlüsseln, was mir jedoch nur selten gelang. In ihren Gesprächen spielten sie immer auf etwas an, das ich nicht wissen konnte.

Häufig traf ich auf das hübsche zurückgebliebene Mädchen, das ich trotz allem gern betrachtete. Bisweilen kam irgendjemand Wichtiges herein und wurde von den Frauen mit übertriebener Ehrfurcht begrüßt. Der Dirigent des Philharmonieorchesters, einige Gemeindereferenten, der Dorfarzt und auch der Vizebürgermeister von Montesevero, ein dicker Mann um die fünfzig mit rundem Gesicht und kleinen Augen, der Unmengen an Wurst kaufte. Manchmal erschien auch Don Staccioni mit diesem Blick, als bringe er den Fluch des Herrn. Sobald er hereinkam, unterbrachen die Frauen ihre Gespräche und nahmen sie erst wieder auf, wenn er gegangen war.

Eines Abends rief ich Caterina, meine letzte Freundin, an und lud sie ein, ein paar Tage mit mir in diesem schönen Haus in den Hügeln zu verbringen. Keine Ahnung, warum ich das tat. Ich wusste genau, dass sie ablehnen würde. Ihre Stimme klang nach

Call-Center. Wir waren einander fremd. Dass wir beinahe zwei Jahre miteinander verbracht hatten, kam mir undenkbar vor.

Die Weinlese begann. Ununterbrochen hörte man das gedämpfte Brummen von Traktoren, und die Pressmaschinen ratterten. Es störte mich nicht, im Gegenteil, ich genoss all das Leben um mich herum. Wenn hin und wieder ein Traktor die schmale Straße gegenüber dem Haus entlangfuhr, trat ich ans Fenster und betrachtete die traubenbeladenen Anhänger.

Oft musste ich an Franco denken. Er war der Einzige gewesen, der mich zum Lachen bringen konnte, bis mir die Tränen kamen, besonders dann, wenn er sich selbst auf den Arm genommen hatte. Sogar als er während seiner plötzlichen Krankenhausaufenthalte am Tropf gehangen und die Flasche mit dem Antibiotikum sich langsam in seine Venen entleert hatte, war das so gewesen. Manchmal hatte ich das Gefühl gehabt, ich besuchte ihn, damit er mich wieder aufbaute, aber ich hatte nie den Mut besessen, ihm das zu sagen.

Eines Abends stieg ich nach dem Essen ins Auto. Ich wollte ein wenig herumfahren und die Gegend erkunden. Inzwischen war ich es leid, jeden Abend zu Hause zu verbringen. An der Abzweigung zur Provinzstraße schlug ich die Fontenera entgegengesetzte Richtung ein. Ein großer Mond stand hoch am sternenklaren Himmel, und über den Feldern lag ein blasser Lichtschleier. Wann immer ich um eine Kurve bog, lösten sich vor den Scheinwerfern die Schatten von Olivenbäumen nahtlos ab. Jeden Moment war ich darauf gefasst, vor mir einen Igel oder ein Wildschwein zu sehen. Stattdessen jedoch tauchte hinter einer Kurve eine Frau auf. Mit beiden Armen winkend, stand sie mitten auf der Straße. Neben ihr auf dem Grünstreifen bemerkte ich einen dunklen Kleinwagen mit eingeschaltetem Warnblinklicht. Ich hielt hinter dem Auto an und stieg aus.

»Brauchen Sie Hilfe?«

Die Frau kam mir entgegen. Sie war ausgesprochen hübsch, hatte kurzes schwarzes Haar und einen funkelnden Blick.

»Ich habe eine Panne«, sagte sie. Sie war höchstens dreißig. Jeans und Bluse.

»Ich seh's mir mal an.«

»Danke.« Ich setzte mich in ihren Wagen. Es war ein älterer Fiesta. Sie blieb draußen stehen und sah mich hoffnungsvoll an. Ich versuchte, den Motor zu starten, doch die Batterie war leer. Der Anlasser gab nicht einmal einen Seufzer von sich.

»Wir brauchen ein Kabel«, sagte ich beim Aussteigen.

»Was für ein Kabel?«

»Zum Verbinden der Batterien … Leider habe ich keins.« In Wahrheit hatte ich eines, aber ich wollte mir nicht die Gelegenheit entgehen lassen, sie ein Stück mitzunehmen.

»Und nun?«, fragte sie.

»Wenn Sie möchten, kann ich Sie mitnehmen«, antwortete ich. Ich sah eine Frage in ihren Augen aufblitzen: *Kann ich ihm vertrauen?*

»Ich war unterwegs zu einer Patientin, ich bin Ärztin«, erklärte sie.

»Ich kann Sie hinfahren.«

»Sie wollen mich doch wohl nicht vergewaltigen?« Das war nicht nur scherzhaft gemeint. Bei all dem Schlimmen, das geschah, konnte ich es ihr nicht gerade verdenken.

»Damit habe ich aufgehört, ich habe mich schon an zu vielen vergangen«, sagte ich mit erhobenen Händen.

»Ich habe den roten Gürtel in Karate«, grinste sie.

»Und ich den schwarzen Gürtel in Taekwondo. Ich heiße Emilio«, erwiderte ich und reichte ihr die Hand.

»Camilla«, stellte sie sich vor. Ihr Händedruck war angenehm fest.

»Habe ich den Test bestanden? Erweisen Sie mir die Ehre, Sie mitnehmen zu dürfen?«

»Sie müssten allerdings auf mich warten. Andernfalls wüsste ich nicht, wie ich nach Hause kommen sollte … Ist das nicht zu viel verlangt?«

»Nun ja, wenn es Ihnen lieber ist, kann ich Sie hier allein zurücklassen.«

»Oh nein.«

»Na dann, auf ins Abenteuer.«

»Sie fahren doch wohl nicht wie ein Verrückter?«

»Verrückte können nicht anders.«

»Gott steh mir bei«, lächelte sie. Sie holte eine schwarze Tasche aus dem Fiesta und stieg zu mir ins Auto. Ich fuhr an wie ein Chauffeur.

»Wieso haben Sie ausgerechnet hier mitten im Nichts angehalten?«

»Woher wissen Sie, dass ich angehalten habe?« Sie war sehr erstaunt.

»Fahren kann man mit einer leeren Batterie ohne Probleme, nur wenn man anhält, kommt man nicht mehr weiter.« Ich kam mir vor wie ein Polizist.

»Und ich habe leider angehalten ... Aber ich kann Ihnen nicht sagen, warum.«

»Haben Sie eine Leiche vergraben?«

»Wie haben Sie das herausgefunden?«

»Männlicher Instinkt.«

»Na gut, ich erzähle es Ihnen. Ich habe angehalten, weil ich mal ganz dringend musste.«

»Immer komme ich zu spät.«

»Sie fragen mich aber jetzt nicht, wo genau ich mich hingehockt habe, oder?«

»Ich war versucht ...« Wir spielten miteinander, das war ein gutes Zeichen.

»Fahren Sie die Nächste links«, sagte die schöne Dottoressa, noch immer lächelnd.

Hoffentlich bemerkte sie nicht, dass ich sie heimlich von der Seite betrachtete.

»Sie sind nicht von hier«, sagte ich, während ich nach links abbog.

»Ich bin in Florenz geboren, aber meine Eltern stammen aus Sizilien.«

»Das hatte ich vermutet.«

»Was ist mit Ihnen?«

»Auch ich bin in dieser ungastlichen Stadt geboren, aber mein Großvater war Sarde, und meine Großmutter kam aus Venetien. Vielleicht haben sie mein Blut gerettet.«

»Mir gefällt Florenz auch nicht, deshalb habe ich mich entschlossen, hier zu arbeiten.«

»Leben Sie schon lange hier?«

»Knapp zwei Jahre. Und Sie?«

»Seit Anfang September. Aber mich hat der Zufall hierhergeführt.«

»Der Zufall?«

»Es würde zu lange dauern, Ihnen das alles zu erklären …«

»Wovon leben Sie denn?« Sie musterte mich, als wolle sie mir meinen Beruf vom Gesicht ablesen. Dabei wehte ein angenehmer Duft von frisch gewaschenen Haaren und Gesichtscreme zu mir herüber.

»Ich schreibe«, sagte ich.

»Aha, Schriftsteller … Und was schreiben Sie?«

»Romane, Erzählungen … solche Sachen.«

»Einen Schriftsteller habe ich bislang noch nicht kennengelernt.«

»Da haben Sie nichts verpasst.«

»Wieso das?«

»Das sind alles kleine Idioten«, sagte ich, und sie lachte. Es war schön, sie zum Lachen zu bringen.

»Ich habe mich schon immer gefragt, wie man es schafft, einen Roman zu schreiben.«

»Um ehrlich zu sein, ich auch.« Schmunzelnd wandte sie den Kopf, und für einen Moment trafen sich unsere Blicke. Sie sah wirklich gut aus. Immer besser.

»Sind wir unterwegs zu einem Notfall?«, wollte ich wissen.

»Berufsgeheimnis«, lächelte sie. Nach weiteren zwei Kilometern ließ sie mich in einen unbeleuchteten Weg voller Schlaglöcher einbiegen.

»Gleich springen vier Ihrer Freunde mit Schultern wie Kleiderschränke aus dem Gebüsch, stechen mich nieder und klauen mir dann den Wagen«, sagte ich halb im Spaß, halb ernst. Wieder lachte sie. Sie hatte ein wunderschönes Lächeln.

»Wir sind da.« Sie zeigte auf ein großes Landhaus aus massivem Stein, das etwa fünfzig Meter abseits der Straße lag. Über der Haustür leuchtete ein kleines Licht in der Dunkelheit. Ich bog in die kiesbedeckte Zufahrt ein und hielt vor dem Haus an. Es war zweistöckig, doch schloss sich an den Haupttrakt L-förmig noch ein flacher Anbau an. Die Lampe über der Tür ließ eine Marienfigur in einer Nische erstrahlen.

»Soll ich hier auf Sie warten?«

»Kommen Sie ruhig mit hinein«, antwortete sie. Wir waren noch nicht ganz ausgestiegen, als die Haustür geöffnet wurde. Eine alte Dame kam heraus. Sie stützte sich auf einen Gehstock, den sie jedoch allem Anschein nach gar nicht brauchte. Ihr strenges Gesicht ließ an eine englische Bulldogge denken, ihre Augen aber leuchteten wie die eines kleinen Mädchens. Eine alte Frau voller Energie. Nachdem sie die Ärztin begrüßt hatte, musterte sie mich ausgiebig. Camilla beeilte sich, die Lage zu erklären.

»Ich hatte eine Panne, und dieser Herr war so freundlich, mich mitzunehmen.«

Ohne ein Wort wandte die alte Frau sich um und ging erstaunlich flink zurück ins Haus. Den Stock hatte sie wohl aus reiner Gewohnheit dabei. Wir folgten ihr durch einen halbdunklen Flur in ein recht großes Zimmer, dessen Einrichtung an einen herrschaftlichen Salon erinnerte: Porträts an den Wänden, Stilmöbel, Sofas, Teppiche und ein Kamin aus behauenem Marmor. Die beiden schmiedeeisernen Feuerböcke hatten die Form mittelalterlicher Helme. Die alte Frau sah Camilla an, die sich daraufhin an mich wandte.

»Würde es Ihnen etwas ausmachen, hier zu warten?«

»Lassen Sie sich nur Zeit.«

Die beiden Frauen schlossen beim Hinausgehen die Tür hinter sich, und ich blieb allein zurück. Ein seltsames Gefühl überkam mich. Eigentlich war ich aus dem Haus gegangen, um ein wenig durch die Gegend zu fahren, doch stattdessen … Das Schicksal war doch immer für eine Überraschung gut. Ich hatte auf eine Bauerstochter gewartet, und nun war mir eine Ärztin über den Weg gelaufen.

Es würde wohl länger dauern. Ich sah mich um. Die Möbel waren für einen viel größeren Raum geeignet und wirkten hier ein wenig erdrückend. Selbst der Kamin war übertrieben groß. Obwohl die Einrichtung durchaus von einem gewissen Geschmack zeugte, wirkte das Ergebnis irgendwie düster. Auf der anderen Seite des Zimmers gab es eine weitere, kleinere Tür als die, durch die ich hereingekommen war. Liebend gern hätte ich nachgesehen, wohin sie führte, doch ich hielt mich zurück. Ich machte es mir auf einem Sofa bequem und zündete mir eine Zigarette an. In Ermangelung eines Aschenbechers nahm ich einen kleinen Porzellanteller vom Tisch. Ich lehnte mich zurück und ließ die Gedanken schweifen. In dem Moment erst nahm ich inmitten der Stille das Ticken einer Pendeluhr wahr. Während ich dem Rauch nachblickte, der langsam aus meinem Mund zur dunklen Balkendecke aufstieg, sinnierte ich darüber, was diese Möbel und Wände wohl schon alles gesehen hatten. Dann gab ich mich einigen Fantasien um Camilla hin. Ich kannte mich ein wenig und wusste, dass es mit dem Verlieben bei mir manchmal ziemlich schnell ging. Ich stellte mir vor, wie es wäre, die schöne Dottoressa zu küssen, sie an mich zu drücken und langsam auszuziehen. Beim Büstenhalter war ich bereits angelangt …, da bemerkte ich, dass die Klinke der kleinen Tür sich bewegte. Ich reckte den Hals und sah genauer hin. Die Tür ging langsam auf, und eine Frau mit einem langen dunkelgrünen Kopftuch erschien, unter dem sich ihr dickes Haar bauschte. Ich stand auf.

»Ich habe die Ärztin hierhergefahren. Sie hatte eine Panne und ...«

Die Frau beachtete mich nicht. Mit ernstem Blick starrte sie auf einen Punkt hinter mir. Ihr Alter war schwer zu schätzen. Sie konnte ebenso gut zwanzig wie vierzig sein. Auf jeden Fall war sie weder ein Kind noch eine alte Frau. Sie schlüpfte ins Zimmer und schloss die Tür. Nach einigen vorsichtigen Schritten ließ sie sich seufzend in einen Sessel fallen. Ihre Arme waren bis zu den Ellbogen mit frischen weißen Mulltüchern umwickelt, auf denen sofort mehrere kleine Blutflecken ins Auge stachen.

»Ich bin Emilio«, sagte ich. Sie rührte sich nicht. Es war, als sei ich nicht da. Ich setzte mich wieder und beobachtete sie weiter. Ihre Füße steckten in schwarzen Pantoffeln. Mit abwesender Miene starrte sie nun auf den Boden. Anscheinend litt auch sie, wie das hübsche Mädchen aus Fontenera, an einer Geistesstörung, obgleich in ihren Augen gewissermaßen ein waches Leuchten zu erkennen war. Sie legte die Hände auf die Armlehnen und setzte eine Art Lächeln auf. Dann drehte sie langsam den Kopf hin und her, gleichsam ein Nein in Zeitlupe.

»Es war nicht Buch ...«, flüsterte sie. Sie sprach nicht zu mir, sah mich nicht einmal an.

»Was haben Sie gesagt?«

»... es war der Werwolf ...«, fuhr sie fort, ohne mich zu beachten. Ich spürte, wie sich mir die Haare sträubten, und schimpfte mich gleich darauf einen Idioten. Es war doch nichts weiter als ein Wort ... *Werwolf* ... Sicher hatte die Ärmste nicht alle Tassen im Schrank.

»Wer ist Buch?«, fragte ich, nicht zuletzt zu meiner eigenen Beruhigung. Da hörte sie auf zu lächeln und sah mir zum ersten Mal direkt in die Augen.

»Buch ist ganz brav.«

»Sprechen Sie von einem Hund?«

»Es war der Werwolf«, sagte sie wieder, als wäre es das Selbstverständlichste auf der Welt. Erneut sträubten sich mir die Haare. Ich konnte nichts dagegen tun, dieses Wort ließ mich erschauern. Sie sah mich noch immer an, doch ihr Blick trübte sich zusehends, als nehme sie mich gar nicht mehr wahr. Ich zwang mich zu lächeln.

»Haben Sie hier in der Nähe irgendein großes Tier gesehen?« Ich hoffte, noch etwas mehr aus ihr herauszubekommen, aber in dem Augenblick drangen vom Gang her Geräusche von Schritten ins Zimmer, und sie sprang verängstigt auf. Kurz darauf wurde die Tür geöffnet. Kaum fiel der Blick der alten Frau auf die bedauernswerte Debile, verfinsterte sich ihre Miene, und sie stampfte mit dem Stock auf.

»Ich hatte dir doch gesagt, du sollst in deinem Zimmer bleiben«, zischte sie herrisch. Wütend brummte die Verrückte etwas vor sich hin, stürmte hinaus und schlug die Tür hinter sich zu. Camilla gab mir unauffällig zu verstehen, sie werde es mir später erklären. Ohne ein Wort verließen wir alle drei das Wohnzimmer. Unsere Schritte wurden vom Klopfen des Gehstocks auf den Boden begleitet. Die alte Frau kam mit uns aus dem Haus und blickte hinauf zum Himmel. Camilla streckte ihr die Hand entgegen.

»Auf Wiedersehen, Signora Rondanini.«

»Gute Nacht«, gab die Alte zurück, ohne ihr die Hand zu reichen.

»Gute Nacht«, verabschiedete ich mich. Wir stiegen ins Auto, und ich ließ den Motor an.

»Ein Haus voller Überraschungen«, flüsterte ich, während ich wendete. Die alte Frau stand noch immer auf ihren Stock gestützt da. Bevor wir davonfuhren, winkten wir ihr noch einmal zu, auch wenn wir wussten, dass sie den Gruß nicht erwidern würde.

An der Abzweigung zur Provinzstraße angekommen, lenkte mich die Ärztin in Richtung Fontenera. Inzwischen war es kurz vor elf.

»Das Mondlicht ist schön …«, schwärmte sie mit Blick auf die Landschaft.

»Wunderschön.«

»Bei Vollmond fühle ich mich allerdings immer ein bisschen seltsam.«

»Sprießen Ihnen zufällig auch lange schwarze Haare auf den Ohren?«

»Das tun sie auch auf den Beinen, wenn es so weit ist …« Ich stellte sie mir vor, diese Beine, und auch alles andere. Aber ich verzog keine Miene.

»Wer war die Frau bei mir im Wohnzimmer?«, erkundigte ich mich.

»Das war Rachele, die Enkelin der Signora. Sie ist leicht geistesgestört.«

»Das dachte ich mir.«

»Hin und wieder scheint sie allerdings auch lichte Momente zu haben«, fügte Camilla hinzu.

»Ist sie seit ihrer Geburt so?«

»Ihre Großmutter behauptet, ja.«

»Wieso hatte sie die Arme verbunden?«

»Ich kenne sie nur so, angeblich ist es wegen des Katers. Rachele spielt mit ihm, und er zerkratzt ihr die Arme. So hat es Signora Rondanini immer erklärt.«

»Was macht sie denn mit dem Kater?«

»Keine Ahnung. Aber um ehrlich zu sein, ich glaube, sie versucht sich umbringen.«

»Gewisse Dinge hört man doch immer gern. Wo wohnen Sie?«

»In Montesevero. Wissen Sie, wo das ist?«

»Natürlich. Wartet zu Hause jemand auf Sie?«, fragte ich forsch, wobei ich mir zunutze machte, dass sie mich gerade als Chauffeur brauchte. Sie konnte mich nicht schlecht behandeln.

»Im Augenblick nicht«, antwortete sie, widerstrebend jedoch. Als wir an ihrem Auto vorbeifuhren, winkte sie ihm zu. Ich dachte an das Starthilfekabel, das in meinem Kofferraum lag, und kam mir vor wie ein Arsch. Aber ich bereute nichts. Ich wollte die schöne Dottoressa, der ich mitten auf der Straße begegnet war, näher kennenlernen.

»Wenn Sie wollen, versuche ich morgen früh, ein Starthilfekabel aufzutreiben.«

»Machen Sie sich keine Umstände, ich rufe jemanden von der Werkstatt.«

»Es macht keine Umstände …«

»Man hatte mir gesagt, dass die Batterie ausgewechselt werden muss, der Wagen ist schon einmal liegen geblieben.«

»Ist Ihnen bekannt, dass man hin und wieder auch nach Öl und Wasser sehen sollte?«

»Als Nächstes fragen Sie mich wohl nach Bremsbelägen und Zündkerzen?«

»Sie wissen, was das ist?«, fragte ich höchst erstaunt.

»Frauen sind auch nicht mehr das, was sie mal waren«, seufzte sie.

»So viel ist sicher.«

»Über diese Bemerkung werde ich nachdenken.« Unser Spiel ging weiter. Etwa einen Kilometer vor der Abzweigung zu meinem Haus schlug ich ihr vor, die Unterhaltung am Kamin bei einem Glas Wein fortzusetzen.

»Danke, aber ich bin ziemlich müde.«

Mir war bereits klar, dass ich noch beim Einschlafen darüber grübeln würde, was wohl der Grund für ihre ablehnende Haltung sein könnte.

»Kennen Sie die große Villa mit der Sonnenuhr oben am Hang?«, fragte ich, auch um meine Enttäuschung zu verbergen. Überrascht sah sie mich an.

»Was für ein Zufall«, sagte sie.

»Zufall?«

»Die Villa gehört der alten Dame, die Sie heute Abend gesehen haben.«

»Ach, wirklich?« Ich war noch verblüffter als sie und brachte instinktiv die *schlimme Geschichte,* auf die alle anspielten, mit der Geisteskrankheit der Enkelin in Verbindung.

»Hier in der Gegend gehört fast alles ihr … also Signora Rondanini. Hunderte Hektar Land, mehrere Dutzend Höfe mit ebenso vielen Bauern, die für sie arbeiten«; fuhr Camilla fort.

»Waren Sie schon einmal in der Villa?«

»Nein, aber ich habe von ihr gehört. Warum interessieren Sie sich so für sie?«

»Aus reiner Neugier. Ich komme daran vorbei, wenn ich spazieren gehe.« Im Augenblick hielt ich es für besser, ihr nicht von den Stimmen zu erzählen, die ich gehört hatte. Damit es möglichst lange dauerte, bis wir bei ihr ankamen, fuhr ich ganz gemächlich.

»Dort wohnt seit vielen Jahren niemand mehr«, erklärte sie genau wie all die anderen.

»Ich habe etwas von einer schlimmen Geschichte gehört …«, ließ ich wie beiläufig fallen.

»Ziemlich schlimm. Sie ist vor mehr als dreißig Jahren passiert. Danach wollte Signora Rondanini nicht mehr dort leben.«

»Was genau ist denn passiert?« Ich hoffte, nun endlich zu erfahren, was sich hinter der Geschichte verbarg.

»Wollen Sie das wirklich wissen?«, fragte sie und sah mich ernst an.

»Sagen wir Du zueinander?«

»In Ordnung.«

Ich fuhr an Fontenera vorbei und hielt mich weiter auf der Provinzstraße. Bis Montesevero waren es noch ein paar Kilometer.

»Also, was ist nun in der Villa vorgefallen?«, fragte ich noch einmal. Sie machte einen Seufzer, als fiele es ihr schwer, über die Ereignisse zu sprechen.

»Signora Rondanini bewohnte damals einen Teil der Villa. Im anderen lebte einer ihrer Söhne mit seiner Frau und seiner fünfjährigen Tochter … Rachele nämlich.«

»Wie alt ist sie jetzt?«

»Um die vierzig.«

»Und dann?«

»Sie hatten einen Wolfshund. Wie es heißt, war er ziemlich kräftig. Signora Rondaninis Sohn hatte ihn einige Jahre zuvor im Wald herumstreunen sehen und ihn mit nach Hause genommen. Er war immer ein braver Hund gewesen, spielte sogar mit Rachele. Eines Tages aber wurde er wild, fiel die Schwiegertochter der Signora an … und zerfleischte sie.«

»Tot?«

»Verblutet.«

»Ach du Sch…«, entfuhr es mir. Der Hund war vielleicht dieser Buch, den Rachele erwähnt hatte. Mir fiel ein, dass ich oben bei der Villa ein Röcheln gehört hatte. Womöglich war auch der Hund zum Gespenst geworden, ging es mir durch den Kopf. Aber natürlich sagte ich Camilla nichts davon.

»Was war mit Rachele?«, fragte ich.

»Zum Glück lag sie mit Ohrstöpseln im Bett und schlief tief und fest, dadurch ist sie heil davongekommen.«

»Woher weißt du das alles?«

»Nach und nach habe ich es von den Leuten hier in der Gegend erfahren.«

»Eine schreckliche Geschichte.«

»Leider ist das noch nicht alles.«

»Ach …« Ich freute mich beinahe. Das Geheimnis um die große Villa begann mich zu faszinieren. Nachdenklich schwieg Camilla. Ich drängte sie nicht. Während ich auf das Brummen des Motors lauschte, stellte ich mir vor, wie es wäre, sie zu küssen. So legten wir einige Kilometer zurück.

»Nimm die kleine Straße dort«, sagte sie. Ich bog in einen schmalen Feldweg ein, der sich quer durch die Weinberge hinaufzog. Der Mond schien herrlich über der weiten Landschaft. Wenig später tauchte im Scheinwerferlicht ein großes Gutshaus auf.

»Hier wohne ich.«

»Gehört das alles dir?«, fragte ich, während ich auf dem verlassenen Vorplatz parkte.

»Schön wär's. Ich habe hier nur vier Zimmer gemietet.« Über der Haustür leuchtete ein kleines Nachtlicht.

»Hast du Nachbarn, oder lebst du ganz allein hier?«

»Im Frühjahr kommen hin und wieder die Eigentümer für ein Wochenende her.«

»Welch eine Verschwendung.«

»Aber welch eine Ruhe«, erwiderte sie lächelnd. Sie war wunderschön. Ich zwang mich, mir den Anschein von Gleichgültigkeit zu geben.

»Schaffst du es noch, mir den Rest der Geschichte zu erzählen, oder bist du zu müde?«

»Wenn du unbedingt willst ...«

»Ja.«

»Also gut, ich versuche, es kurz zu machen.«

»Lass dir ruhig Zeit.« Gern hätte ich die Geschichte bei mir zu Hause gehört, während wir im Dunkeln bei einem Glas Wein vor dem Kaminfeuer auf dem Sofa saßen. Camilla lehnte den Kopf nach hinten.

»Als der Hund wild wurde, hielt sich Signora Rondanini im entgegengesetzten Trakt der Villa auf und war nicht rechtzeitig zur Stelle, um ihre Schwiegertochter zu retten. Sie schaffte es aber, den Hund zu erschießen. Der Mann der Toten kam kurz danach von der Arbeit nach Hause ... ihnen gehörte irgendeine Fabrik ... und als er seine Frau sah, drehte er fast durch. Er hörte sogar auf zu sprechen. Wenige Wochen später brachte er sich im selben Zimmer um. Seine Mutter fand ihn erhängt am Haken des Kronleuchters.«

»Ein fröhliches Ende ...«

»Im Dorf gibt es Gerüchte über ein grausiges Detail. Aber lassen wir das.«

»So kannst du mich doch nicht ins Bett schicken.«

»Es ist aber wirklich grausig.«

»Erzähl es mir trotzdem.« Ich kam mir ein wenig morbid vor. Mir war bereits, als wäre ich in diese Geschichte verwickelt. Camilla sah aus dem Fenster.

»Die Schwiegertochter der Rondanini war im fünften Monat schwanger. Im Dorf erzählt man sich, der Wolfshund … habe gezielt den Bauch der Frau zerfleischt, wie ein Dämon … und danach seine Zähne auch in den …« Mit verzerrter Miene brach sie ab.

»Ach du Scheiße«, stieß ich leise hervor. Ohne es zu wollen, hatte ich die Situation vor Augen: die Frau mit aufgerissenem Bauch und die Zähne des Wolfshundes im … Auch ich kam nicht bis zum Schluss. Camilla seufzte und griff, zum Aussteigen bereit, nach ihrer Tasche.

»Jedes Mal, wenn ich daran denke, läuft es mir kalt den Rücken herunter«, sagte sie, die Hand bereits am Türgriff.

»Vielleicht ist es ja nur eine Legende.«

»Vielleicht …«

»Was genau fehlt der Enkelin der Rondanini?«, erkundigte ich mich, nicht zuletzt, damit Camilla noch ein wenig blieb.

»Ich weiß es auch nicht.«

»Sie macht nicht den Eindruck einer gewöhnlichen Schwachsinnigen …«

»In der Tat scheint ihr Blick manchmal völlig normal, ja sogar intelligent.« Noch immer lag ein Schatten über ihrem Gesicht.

»Darf ich dir meine Handynummer geben? Vielleicht kommst du ja mal abends zum Essen vorbei«, sagte ich unvermittelt. Sie zuckte mit den Schultern und holte ihr Handy aus der Tasche, um die Nummer zu speichern. Während ich diktierte, passte ich auf, dass sie alles richtig eintippte.

»Ich bin todmüde«, sagte sie schließlich und öffnete die Tür. Im Licht der Scheinwerfer begleitete ich Camilla bis zum Haus. Grillen zirpten, und der Mond schien mir noch größer geworden zu sein. Weit entfernt im Tal heulte ein Hund. In einem dieser alten Hollywoodstreifen hätte es nun einen leidenschaftlichen Kuss gegeben.

»Gute Nacht«, sagte Camilla und steckte den Schlüssel ins Schloss.

»Gute Nacht.« Ich wollte noch etwas hinzufügen, zögerte jedoch zu lange, denn sie zog bereits die Tür hinter sich zu. Vielleicht ruft sie mich ja in den nächsten Tagen an, hoffte ich insgeheim. Nur von meinem Schatten begleitet, kehrte ich zum Auto zurück. Das Mondlicht über der Landschaft rief so manch gruseliges Volksmärchen in Erinnerung. Als ich die Wagentür öffnete, hörte ich plötzlich hinter mir ein schrilles Schmerzgeheul, und erst nachdem mir bereits vor Schreck die Haare zu Berge standen, begriff ich, dass es zwei Katzen waren, die miteinander kämpften. Ich sprang ins Auto, verriegelte alle Türen und fuhr so schnell an, dass der Wagen auf dem Schotter ins Schlingern geriet.

Während der Heimfahrt ging mir noch immer die schreckliche Tragödie, die sich in der Villa ereignet hatte, im Kopf herum. Sechsunddreißig Jahre waren seitdem vergangen. Auch an Camillas Augen musste ich denken und hoffte, sie bald wiederzusehen. Frauen sind doch etwas Schönes, dachte ich bei mir. Ich gab noch ein wenig mehr Gas, und obwohl ich den Blick auf den von den Scheinwerfern angestrahlten Asphalt konzentrierte, nahm ich rings um mich Wald und Felder wahr. Als es mir im letzten Augenblick noch gelang, das Steuer herumzureißen und einem Igel auszuweichen, fuhr ich schließlich ein wenig langsamer. Dieser kleine Schreck zusammen mit all den anderen Ereignissen ließ mein Herz deutlich schneller schlagen. Ich konnte es kaum erwarten, mich endlich hinter einer verschlossenen Tür zu wissen.

Vor mir lag eine lange Gerade, die mitten durch einen Olivenhain führte. Auf einmal bemerkte ich aus dem Augenwinkel, dass sich zu meiner Linken etwas bewegte, und wandte den Kopf. Vielleicht dreißig Meter abseits der Straße huschte ein Schatten zwischen den Bäumen hindurch. Er war in dieselbe Richtung unterwegs wie ich. Ich dachte an einen großen streunenden Hund oder einen Hirsch. Damit ich genauer hinsehen konnte, fuhr ich langsamer, und glaubte für einen Augenblick, eine menschliche Gestalt mit einer wirren Mähne auf dem Kopf zu erkennen. Dann verschwand der Schatten in der Dunkelheit. Der Wolfsmensch, dachte ich, Racheles Worte noch im Hinterkopf.

Endlich war ich zu Hause. Ich rannte hinein und schloss sorgfältig die Tür hinter mir ab. Es gab keine Werwölfe, so viel war sicher. Legenden kursierten zuhauf … über Vampire, Untote, Gespenster. Alles Blödsinn, Märchen, die der Unwissenheit des gemeinen Volkes entsprangen. Sobald ich im Schlafzimmer war, schaltete ich den Computer ein und wählte mich ins Internet ein. Ich sehnte mich nach meinen Gewissheiten, wollte wieder Teil der zivilisierten Welt sein, auch wenn das Surfen mit 56 Kilobyte eher an eine Reise zu Pferde erinnerte.

Volkstümlicher Blödsinn, was sonst. An was für einen Ort war ich bloß geraten? Ich rief meine E-Mails ab. Ein paar waren geschäftlich, die übrigen kamen von Freunden, die wissen wollten, wo ich abgeblieben war … Genau das wusste ich in dem Moment selber nicht. In aller Eile beantwortete ich die Nachrichten und öffnete dann ein neues Word-Dokument. Eine Weile starrte ich auf den Bildschirm. Noch immer wollte der Roman nicht aus seinem Schlupfloch heraus. Erzwingen konnte ich es nicht. Um nicht nur untätig herumzusitzen, schrieb ich einige Seiten über die Villentragödie, wobei ich die Lücken in der Geschichte so gut es ging mit Hilfe meiner Fantasie zu füllen suchte. Vor lauter Müdigkeit schlief ich schließlich im Sitzen ein. Als ich kurz davor war, vom Stuhl zu rutschen, wurde ich wach und schleppte mich ins Bett.

Durchdringender als eine Werkssirene erschien mir das Klingeln meines Handys, das mich weckte. Noch bevor ich einen klaren Gedanken fassen konnte, hatte ich drei Bilder vor Augen: Camillas Mund, den Wolfshund, wie er gerade Racheles Mutter zerfleischte, und die Gestalt auf zwei Beinen, die ich durch den Olivenhain hatte huschen sehen. Ich drängte alles beiseite und nahm das Gespräch an.

»Schatz, ich bin's, deine Mutter.«

»Ach, hallo …« Ich schnappte nach Luft, als wäre ich gerade aus dem Wasser aufgetaucht.

»Habe ich dich etwa geweckt?«

»Wie spät ist es?«

»Gleich acht Uhr.«

»Oh …« Ich war erst um halb fünf eingeschlafen.

»Emilio, bist du noch dran?«

»Ja, Mama, ich bin hier.«

»Ich konnte dich nicht mehr hören.« Wie immer hatte sie mir eigentlich nichts zu erzählen.

»Ich hab noch geschlafen …«

»Ich wollte mich nur kurz melden … Kannst du denn schlafen, wo es doch so still ist?«

»Natürlich.«

»Ist es kalt?«

»Aber nein …«

»Isst du auch genug?«

»Ich werde nicht verhungern, Mama.«

»Wann kommst du zurück nach Florenz?«

»Keine Ahnung … Ich bin doch gerade erst angekommen.«

»Übrigens, habe ich dir schon erzählt, dass …« Sie berichtete mir von einer Freundin, die bereits die dritte Herzoperation innerhalb weniger Monate hinter sich hatte, während eine andere sich gerade nach zweiunddreißig Jahren Ehe scheiden ließ. Danach kam sie auf eine Frau zu sprechen, deren Bekanntschaft sie beim Friseur gemacht hatte.

»Sie hat all deine Bücher gelesen, und als ich erwähnte, dass ich deine Mutter bin …« Das Gleiche hatte sie mir schon in der vergangenen Woche erzählt, aber ich sagte nichts. Sie machte sich ohnehin große Sorgen wegen Alzheimer, und ich wollte sie nicht beunruhigen. Sie selbst hatte keines meiner Bücher je auch nur aufgeschlagen, da sie befürchtete, darin auf anstößige Geschichten und schmutzige Wörter zu stoßen, doch immer, wenn sie jemanden traf, der etwas von mir gelesen hatte, war sie ungemein stolz. Nachdem sie mir von weiteren Unglücksfällen berichtet hatte, fragte sie mich noch einmal, ob mir kalt sei, ob ich auch ordentlich äße und genügend Schlaf bekäme …

Schließlich legten wir auf. Obwohl ich mich sehr erschöpft fühlte, war mir nicht mehr nach Schlafen zumute. Ich ging hinunter in die Küche, um mir einen Kaffee zu machen. Vor lauter Schlafmangel war ich ganz wacklig auf den Beinen. Eigentlich war ich aufs Land gekommen, um mich zu erholen und meinen besten Roman zu schreiben …

Nach einer ausgiebigen Dusche fuhr ich zum Einkaufen nach Fontenera. Während ich parkte, ging das hübsche behinderte Mädchen am Arm seiner Mutter an mir vorbei. Sie wandte den Kopf und sah mich aus ihren leeren Augen an. Ich winkte ihr zu, doch sie reagierte nicht.

Ich betrat Marinellas Laden. Die Frauen hatten sich in gewisser Weise an mich gewöhnt und sprachen, von den üblichen Seitenblicken einmal abgesehen, nun ungezwungener miteinander. Während ich in der Warteschlange stand, hörte ich sie etwas von Hühnern und Kaninchen tuscheln, die zu Tode gebissen worden waren. Die lieblichen Hügel der Toskana, dachte ich bei mir. Scheinbar teilnahmslos hörte ich zu, doch entging mir nicht ein einziges Wort. Ich liebte es, den Dorfgeschichten zu lauschen. Das Gemetzel hatte sich in der Nacht auf einem nahe gelegenen Bauernhof ereignet. Die armen Tiere waren *in böser Absicht* getötet worden, hieß es, nicht aus Hunger. Ein Fuchs konnte es nicht gewesen sein, auch kein Marder, denn sowohl Füchse als auch Marder reißen nur ein Huhn und verziehen sich wieder. Dagegen waren die armen Viecher dort allesamt auf übelste Weise zerfleischt worden. Sofort musste ich an die menschliche Gestalt denken, die ich schemenhaft zwischen den Olivenbäumen hatte umherlaufen sehen, aber ich schwieg. Die Frauen tauschten einvernehmliche Blicke aus, so als spielten sie auf eine Geschichte an, die jeder kannte. Außer mir natürlich. Nach einer Weile legte sich das Gemurmel, um wieder anzuschwellen, sobald jemand hereinkam. Manch einer brachte Neuigkeiten vom Massaker mit, andere stellten Fragen. Radio Marinella war immer auf Sendung, und die Schneidemaschine drehte sich langsamer.

Es dauerte fast eine Stunde, bis ich wieder draußen war. Ich fuhr zurück nach Hause, verstaute meine Einkäufe in der Küche und brach gleich wieder zu meinem üblichen Spaziergang auf. Die Ruhe war mir so zur Gewohnheit geworden, dass selbst das Gezwitscher der Vögel auf mich schon wie Stille wirkte. Als ich an den Bauernhöfen vorbeikam, hörte ich die Trauben in den Bottichen brodeln. Die Sonne schien noch immer warm, im Schatten jedoch war es bereits herbstlich. Die Landschaft wechselte langsam ihre Farben, und im Wald duftete es intensiver. Ich hing weiter meinen Gedanken nach. Der menschliche Schatten, der zwischen den Bäumen umherlief, die zerfleischten Hühner … Vielleicht war das ein lohnender Stoff für eine Geschichte. Und womöglich auch für eine wissenschaftliche Abhandlung: … *und diese herrliche Landschaft, die sich selbst seit Ewigkeiten treu geblieben war, wurde in den letzten Jahrzehnten von Großstadt- und Fernsehmythen vergiftet, wodurch ihr tausendjähriges Gleichgewicht brüchig geworden ist. Jeden Moment droht es zu zerbrechen. Bis es jedoch so weit ist, bringt es moralisch entwurzelte Persönlichkeiten hervor, die gewaltsam ihren Traditionen entrissen und in ein geistiges Umfeld geschleudert wurden, das mit ihren gewohnten Lebensräumen nichts mehr gemein hat. Eine Entfremdung, wie sie schlimmer nicht sein könnte. Und unvermeidlich entspringt einem solch wirren Magma bisweilen ein blutrünstiges, von unkontrollierbaren Impulsen geleitetes Monstrum* … Da fühlte ich mich doch gleich viel ruhiger.

Schließlich stand ich vor der Villa. Wie immer schlüpfte ich durch das Gittertor in den Park. Nun, da ich die schlimme Geschichte der Rondaninis kannte, kam mir die Atmosphäre verändert, düsterer vor. Ich spazierte um die Villa herum und ließ den Blick über die moosbedeckten Hauswände, das an einer Regenrinne bis zum Dach hinaufwuchernde Efeu und die fest verriegelten Fensterläden schweifen. In welchem Zimmer mochte sich das Blutbad ereignet haben? Jeden Moment rechnete ich damit, die Stimmen zu hören, und in gewisser Weise wünschte ich, es wäre so. Ich blieb stehen, um die weiße Marmorsonnenuhr hoch oben im Mauerwerk der Fassade zu betrachten, und verlor mich in Gedanken an den Erhängten, an seine Mutter, wie sie ihn beim Betreten des Zimmers mit herausgestreckter Zunge vorfand … Plötzlich spürte ich eine Hand auf meiner Schulter und fuhr mit einem unterdrückten Schrei herum. Vor mir stand ein alter Bauer mit wenigen Zähnen im Mund und einem Strohhut auf dem Kopf.

»Hier ist Betreten verboten«, sagte er mürrisch, auf einem Zahnstocher herumkauend. Obwohl er klein und dünn war und ein Auge von einem weißen Schleier getrübt wurde, hatte er sich vor mir aufgepflanzt wie ein junger Krieger. Rote Hosenträger malten breite Streifen auf sein blassgelbes Wollhemd. Wohlwollend lächelte ich ihn an.

»Ich wohne ein Stück weiter unten. Das Tor stand offen, und da …«

»Auf keinen Fall, hier ist Betreten verboten.«

»Ich bin gleich weg. Steht sie leer?«, erkundigte ich mich mit Blick auf die Villa.

»Hier ist Betreten verboten«, wiederholte er kopfschüttelnd. Daraufhin wandte er sich dem Tor zu und gab mir ein Zeichen, ihm zu folgen.

»Ich kenne Signora Rondanini«, sagte ich, während ich ihm hinterherging.

»Hier ist Betreten verboten.« Er sagte es bereits zum vierten Mal.

»Wohnt hier jemand?«

»Das ist ein Privatgrundstück«, gab er zurück. Ich war erfreut über die Variation.

»Wissen Sie, vor einigen Tagen habe ich Stimm…«

»Hier ist Betreten verboten«, fiel er mir, ohne sich umzudrehen, ins Wort.

»Ich habe nichts Unrechtes getan«, rechtfertigte ich mich. Wir passierten das Tor. Nachdem er das Gitter sorgfältig wieder angelehnt hatte, wandte er sich zu mir um und sah mich an. Das musste dieser Alfiero sein, der zum Rasenmähen und Laubkehren vorbeikam.

»Hier ist Betreten verboten.« Zum sechsten Mal. Das war kein Satz mehr, sondern eine Mauer aus Ziegelsteinen. Er wartete, bis ich den Weg durch den Wald einschlug, bevor er in die entgegengesetzte Richtung aufbrach, um die Grundstücksmauer bog und verschwand. Ich zeigte ihm zum Abschied den ausgestreckten Mittelfinger und setzte meinen Heimweg fort. Genug jetzt. Ich wollte den ganzen Blödsinn aus meinem Kopf verbannen und bis spät in die Nacht schreiben. Schließlich war ich nicht hierhergekommen, um mir meine Zeit mit Gespenstern zu vertreiben oder mir sagen zu lassen: *Hier ist Betreten verboten.* Wenn wenigstens Camilla angerufen hätte …

Am Küchentisch vor dem Fernseher sitzend, aß ich eine Kleinigkeit. Nach dem Kaffee zündete ich mir einen Joint an und machte es mir vor dem Computer bequem. Vor mir blinkte der Cursor auf einer leeren Seite. Der Roman regte sich unter der Oberfläche, das spürte ich, doch noch immer schaffte ich es nicht, ihn hervorzulocken. Ich schob den Gedanken daran beiseite. Stattdessen öffnete ich die Datei, die ich *Tragödie* genannt hatte, und machte mich an die Überarbeitung der Seiten, die ich schon geschrieben hatte. Ich ergänzte einige Details und dichtete noch ein wenig hinzu, bis schließlich eine Art Kurzgeschichte herauskam. Ich las sie noch einmal durch. Sie war recht ergreifend, und vor allem kam es mir vor, als hätte jemand anders sie geschrieben. Aber das passierte mir beinahe jedes Mal. Ich schloss die Datei und stand auf, um mir die Beine zu vertreten. Meine Augen brannten ein wenig. Ich ging ins Bad, um mir das Gesicht zu waschen, und betrachtete mich im Spiegel. So übel sah ich doch gar nicht aus … Wieso rief Camilla nicht an? Zurück im Schlafzimmer, setzte ich mich wieder an den Computer. Über Werwölfe hatte ich noch nie geschrieben, vielleicht war nun der richtige Zeitpunkt gekommen. Ich öffnete ein neues Dokument und tippte die Überschrift: *Hügel des Grauens*. Während ich den ganzen Nachmittag mit Schreiben verbrachte, hoffte ich immer darauf, dass plötzlich das Telefon klingelte und Camilla sich meldete.

Abends um neun hatte ich knapp zehn Seiten fertig. Noch war ich nicht sicher, ob es Schund oder eine gute Geschichte war, aber ich hatte konzentriert gearbeitet und nun ein wenig Ablenkung nötig. Camilla hatte nicht angerufen. Ihr Pech. Ich nahm den Wagen und fuhr nach Fontenera, wo ich auf ein Bier in die Casa del Popolo einkehrte, einen tristen Saal mit Neonbeleuchtung. Auf dem Dach war mir eine Eisenstange aufgefallen, an deren Spitze ein großer roter Stern aus früheren Zeiten prangte.

Während ich wie Clint am Tresen lehnte und an meinem Bier nippte, sah ich mich um. Einige Bauern standen zusammen und diskutierten mit dem Bierglas in der Hand über Fußball. In einer Ecke saßen vier alte Männer beim Kartenspiel an einem kleinen, mit blauem Laminat bedeckten Tisch. Ein paar Jungen, die ich noch nie gesehen hatte, hingen über einem Videospiel, als wäre es eine nackte Frau. Alles war genau so, wie es in einer

Casa del Popolo zu sein hatte. Das beruhigte mich. Alles in allem war Fontenera ein ganz normales Dorf. Die Männer in der Kneipe, die Frauen zu Hause bei den Kindern. Das alte Italien mit seinen unverrückbaren bäuerlichen Traditionen.

Da ging die Tür auf, und herein kam ein Mann in schwarzer Lederkluft mit schütterem langem Haar. Er war mir noch nie zuvor begegnet. Die vierzig musste er bereits weit überschritten haben. Im Cowboygang durchquerte er den Raum. Alle, selbst die alten Männer, grüßten ihn. Wie ich hörte, nannten sie ihn *Nero,* den Schwarzen. Er schwang sich einen Meter von mir entfernt auf einen Hocker und bestellte ein Bier. Ein strenger Wildgeruch ging von ihm aus. Als sein Bier kam, leerte er mit einem Schluck das halbe Glas. Nach einem verhaltenen Rülpser wandte er sich mir zu. Sein Mund war von zwei tiefen Furchen umrahmt.

»Du bist neu, was?«, fragte er.

»Ja.«

»Seit wann bist du schon in der Gegend?«

»Ungefähr seit einem Monat.«

»Willst du lange bleiben?«

»Noch zwei Monate, denke ich.«

»Gefällt's dir hier?«

»Sehr.«

»Es ist scheiße.«

»Wieso?«

»Überall nur Hügel … schön sind sie ja, die verdammten Hurensöhne … aber 'ne geile Braut findest du hier nicht mal, wenn du den Boden umgräbst«, sagte er und schickte einen Fluch hinterher.

»Und womöglich gibt's hier auch noch Werwölfe«, bemerkte ich.

»Die gibt's doch überall, die sitzen in den Ämtern und verteilen Stempel.«

»Wahre Worte.«

»Ihr Fremden glaubt, ihr kommt hier ins Paradies … Weinberge, Olivenhaine, gutes Öl … Ihr habt nicht den leisesten Schimmer von der *Sauerei,* die …« Mitten im Satz brach er ab und trank einen Schluck.

»Was für eine *Sauerei?*«

»Willkommen im Irrenhaus«, sagte Nero grinsend, wodurch sich sein Gesicht noch mehr in Falten legte.

»Wieso Irrenhaus?«

»Bleib eine Weile, dann wirst du schon sehen.« Seine Augen blitzten vor lauter Andeutungen, während er sein Glas in einem Zug leerte. Als er ging, hob er nur die Hand, und alle verabschiedeten sich von ihm. Ich konnte mich nicht erinnern, ihn zahlen gesehen zu haben. Nero hatte etwas Eindrucksvolles an sich. Er war am falschen Ort geboren. Einer wie er war dazu bestimmt, in irgendeiner Großstadt zu träumen, vielleicht mit einer alten Gitarre in der Hand. Stattdessen bestand sein Leben aus Flüchen und der Casa del Popolo. Zwar hätte ich niemals ein vernünftiges Gespräch mit ihm führen können, aber er hatte mir gefallen. Nachdem ich mein Bier ausgetrunken hatte, versuchte ich beim Hinausgehen, Neros Cowboygang zu imitieren. Das war gar nicht übel. Selbst in einem abgelegenen Dorf mitten im Hügelland ließ es sich träumen. Bevor ich den Raum verließ, hob auch ich die Hand, von mir jedoch verabschiedete sich niemand.

Als ich zu Hause ankam, fröstelte es mich sofort, weshalb ich die Heizung einschaltete. Nun hatte ich mich also doch dem Heizöl gebeugt. Ich aß etwas Schinken und sah mir dabei einen Film an, den ich nicht verstand. Nachdem ich zum Nachtisch etwas Obst gegessen hatte, zündete ich ein Feuer im Kamin an und holte den Computer in die Küche. Ich wollte noch weiterarbeiten. Mit einem Glas Wein und einem recht kräftigen Joint begab ich mich wieder ans Schreiben.

Mit einem Mal wusste ich nicht mehr weiter. Ich ließ die *Hügel des Grauens* links liegen und wählte mich über den Anschluss in der Küche ins Internet ein. Aus Neugier rief ich Google auf, gab in Anführungszeichen »werwolf« ein und klickte auf *Suche.* 77 700 Seiten. Auf den meisten ging es um Bücher oder Filme, aber ich stieß auch auf ein paar alte Märchen aus Frankreich und Brasilien sowie einige Seiten, die sich mit der Entstehung der Legende beschäftigten. Ich kehrte zurück zu Google und ergänzte die Suche nach »werwolf« um »fontenera«. Keine Ergebnisse. Da schaltete ich den Computer aus, legte mich ins Bett und schlug das Buch auf, das ich gerade las, *Der Bürgermeister von Furnes.* Bisweilen erschienen mir mitten auf der Seite Francos Augen, die mich ironisch ansahen.

Ein lautes Geräusch ließ mich aus dem Schlaf hochfahren, und es dauerte einen Augenblick, bis ich begriff, dass jemand an die Tür klopfte. Zehn nach neun. Ich hatte keine Ahnung, wer das sein konnte, obwohl ich absurderweise hoffte, es wäre Camilla, die vor Liebe verging.

Ich stand auf und versuchte, bei geschlossenem Fenster durch die Lamellen der Fensterläden hindurch etwas zu erkennen. Vor dem Haus parkte neben meinem Wagen ein dunkelblauer Panda mit Blaulicht auf dem Dach. Es war nicht Camilla.

Hinter dem Steuer des Pandas saß jemand, dessen Gesicht ich jedoch nicht erkennen konnte, da sich das Licht auf der Windschutzscheibe spiegelte. Geräuschlos öffnete ich das Fenster und lugte durch die Fensterläden nach unten. Im selben Moment trat ein beleibter Carabiniere, die Dienstmütze in der Hand, unter der Loggia hervor. Zum Panda gewandt, breitete er die Arme aus und ließ sie resigniert wieder fallen. Als ich erkannte, dass er im Begriff war zu gehen, fuhr ich mir kurz mit den Fingern durchs Haar und zeigte mich am Fenster.

»Bin gleich da!«, rief ich. Der Carabiniere hob den Blick und musterte mich.

»Haben Sie noch geschlafen?«

»Ich brauche nur eine Sekunde.« Ich schloss das Fenster wieder und überlegte, während ich mich eilig anzog, wo ich das Gras verstecken könnte. Da mir kein geeigneter Ort einfiel, schob ich es schließlich in meine Unterhose. Hunde hatte ich keine bemerkt. Ich ging nach unten vor die Tür. Der Carabiniere war ein kleiner, behäbiger Mann mit plattem Gesicht und einem etwas leeren Blick. Ich schätzte ihn älter als fünfzig.

»Ich bin Maresciallo Pantano«, sagte er, die Daumen am Gürtel eingehakt.

»Guten Morgen.«

»Sind Sie Emilio Bettazzi?«

»Ja, warum?«, fragte ich leicht besorgt.

»Der Schriftsteller?«

»Ja …«

»Meine Frau hat alle Ihre Bücher gelesen«, erklärte er mit ernster Miene.

»Oh, das freut mich«, erwiderte ich erleichtert, aber auch überrascht, dass in dieser Abgeschiedenheit jemand wusste, wer ich war. Aus den offenen Fenstern des Pandas stiegen Rauchwolken auf.

»Ich habe nur eins davon gelesen«, sagte der Maresciallo.

»Welches denn?«

»An den Titel kann ich mich nicht mehr erinnern.«

»Die Seele in der Grube?«, schlug ich vor. Das war mein größter Verkaufserfolg. Er schüttelte den Kopf.

»Die Rückkehr des Chamäleons?«

»Ja, das könnte es gewesen sein.«

»Hat es Ihnen gefallen?«

Der Maresciallo kniff die Lippen zusammen.

»Geht so.« Obwohl ich Ehrlichkeit schätzte, versetzte mir sein wenig begeistertes Urteil einen Stich. Ich bemühte mich, das Gefühl zu unterdrücken. Er war schließlich nur ein dickbäuchiger Maresciallo, der fernab von allem in den Hügeln lebte … Wie sollte er von gewissen Dingen etwas verstehen? Aber ich kannte mich ein bisschen. Hätte eine Filzlaus meine Romane als mittelmäßig bezeichnet, es hätte mich durchbohrt.

»Vielleicht wäre *Zug der Verdammnis* eher etwas für Sie.« Ich versuchte, mich wieder aufzurichten.

»Und was machen Sie beruflich?«, fragte Pantano, ohne auf meinen Vorschlag einzugehen.

»Sie sagten es bereits. Ich bin Schriftsteller.«

»Wohnen Sie schon lange hier?«

»Seit Anfang September. Ist etwas passiert?«

»Das würde ich gern von Ihnen hören«, gab der Maresciallo mit erhobenem Kopf zurück.

»Wie meinen Sie das?«

»Mir sind da gewisse Flausen zu Ohren gekommen …«

»Was für Flausen?«

»Sie sollen oben bei der Villa Rondanini Stimmen gehört haben«, erklärte der Carabiniere und deutete auf den nahe gelegenen Hügel.

»Ist das so wichtig?«, erkundigte ich mich mit wachsendem Erstaunen angesichts des Besuchs.

»Verzeihen Sie, haben Sie tatsächlich Stimmen gehört, oder handelt es sich um einen Scherz?«

»Nein … Das heißt, ich glaube, ja«, sagte ich.

Pantano kratzte sich am Nacken.

»Haben Sie sie nun gehört oder nicht?«

»Ja, ich habe sie gehört.« Ich hatte keinen Grund zu lügen. Der Maresciallo verschränkte die Arme und seufzte.

»Sind Sie ganz sicher?«

»Ja«, erwiderte ich schulterzuckend. Ohne den Blick von mir abzuwenden, schüttelte Pantano den Kopf.

»Tatsache ist bloß, dass in der Villa … schon seit langem niemand mehr lebt.«

»Ich weiß, das hat man mir überall gesagt.«

»Wenn Sie tatsächlich Stimmen gehört haben, sehen wir besser einmal nach dem Rechten.«

»Wieso?«

»Man kann nie wissen, wir wollen lieber sichergehen, dass alles in Ordnung ist.«

»Darf ich Sie um einen Gefallen bitten?«

»Inwiefern?«

»Ich würde Sie gern begleiten.«

»Darum hätte ich Sie ohnehin gebeten«, sagte Pantano.

»Gut. Wann wollen Sie hin?«

»Jetzt gleich.«

»Ich habe noch nicht einmal einen Kaffee getrunken.«

»Sie hätten ja eine halbe Stunde früher aufstehen können.« Irgendetwas an dem Satz kam mir komisch vor, aber ich ließ es auf sich beruhen.

»Geben Sie mir nur eine Minute.« Ich ging ins Haus und versteckte das Gras in einer Küchenschublade. Dann zog ich mir eine Jacke über und kehrte zum Maresciallo zurück. Wir stiegen in den blauen Panda, er vorn, ich hinten. Nachdem der Maresciallo mir den Gefreiten Mario Schiavo vorgestellt hatte, fuhren wir los.

»Wohin fahren wir, Maresciallo?«, fragte der Gefreite mit breitem abruzzischem Akzent.

»Zu Signora Rondanini.«

»Wieso das?«, erkundigte ich mich.

»Wir werden sie bitten, uns in die Villa zu begleiten«, antwortete der Maresciallo.

»Sie wollen also hineingehen?«

»Wenn man schon dabei ist, sollte man die Dinge auch gründlich machen.«

»Natürlich.«

»Im Dorf ist bereits die Rede von Gespenstern, und so ein Bockmist gefällt mir gar nicht. Lieber kläre ich das Ganze schnellstens auf.« Er sprach mit ruhiger Stimme und entpuppte sich als unerwartet sympathisch. Während der Fahrt erzählte er mir, dass man etwa zehn Jahre zuvor im Wald die Leiche eines jungen

Deutschen entdeckt hatte, der von einem Hund zerfleischt worden war. Er sei einer jener Studenten gewesen, die mit dem Rucksack auf dem Rücken ganz allein durch die Welt reisen. In Windeseile hatte sich im Dorf die Mär vom Werwolf verbreitet. Selbst bei Neumond waren die Leute nach Sonnenuntergang nicht mehr aus dem Haus gegangen. Nie zuvor hatte man die Casa del Popolo so menschenleer gesehen. Durch die allgemeine Nervosität war es innerhalb der Familien, die in ihren vier Wänden eingeschlossen gewesen waren, immer wieder zu Streitereien gekommen, die nicht selten handgreiflich geendet hatten. Hatte in der Nacht ein Hund gebellt oder gejault, so redete am nächsten Morgen das ganze Dorf von nichts anderem als von Werwölfen. Der Vorfall hatte erheblich Einfluss auf das gewohnte Leben in Fontenera und allen Dörfern in der Umgebung genommen.

Es sei eine schlimme Zeit gewesen, meinte der Maresciallo. Erst nach und nach, als nichts weiter vorgefallen war, sei alles wieder geworden wie zuvor. Allerdings reiche auf dem Land eine Kleinigkeit aus, um Schauermärchen entstehen zu lassen, und die Sache mit den geheimnisvollen Stimmen in der Villa Rondanini könne ein unheilvoller Auftakt sein. Es sei besser, die Angelegenheit unverzüglich aufzuklären, betonte der Maresciallo noch einmal.

»Und was ist mit den abgeschlachteten Hühnern?«, fragte ich.

»Dafür, dass Sie noch nicht lange hier leben, sind Sie, wie ich sehe, gut informiert.«

»Im Dorf gibt es kein anderes Gesprächsthema.«

»Glauben Sie, das wüsste ich nicht?«

»Auch diese Geschichte könnte vielleicht Gerüchte aufkommen lassen.«

»Wir ermitteln noch, aber ich denke, es war ein durchgeknallter Marder«, sagte der Maresciallo, woraufhin der Gefreite laut auflachte.

»Vielleicht war es ja kein Marder«, sagte ich andeutungsvoll.

»Eins nach dem anderen«, erwiderte Pantano und tupfte sich mit einem Taschentuch den Schweiß von der Stirn. Um das Thema zu wechseln, fragte ich ihn, ob er von der schlimmen Geschichte gehört habe, die sich in der Villa Rondanini ereignet hatte. Pantano antwortete, er kenne sie gut. Wie er mir erzählte, war er damals gerade erst als Gefreiter nach Fontenera gekommen. Er selbst habe den damaligen Maresciallo zur Villa begleitet und alles gesehen. Die arme Frau mit dem aufgerissenen Bauch, den Hund, dem die Gewehrkugel den Schädel zerfetzt hatte … Damals sei er noch nicht lange bei den Carabinieri gewesen und habe zum ersten Mal so viel Blut gesehen.

»Ich musste mich zwar nicht übergeben, aber es hätte nicht viel gefehlt«, sagte er grinsend.

Schiavo fuhr ruhig weiter und warf mir dabei hin und wieder einen Blick aus dem Rückspiegel zu. Sicher hatte auch er so viel über die Ereignisse gehört, dass sie ihn nicht mehr schockierten. Ich lehnte mich vor.

»Stimmt es, dass der Sohn der Signora sich erhängt hat?«

»Ich habe ihn eigenhändig aus der Schlinge befreit. Die Zunge hing ihm schon bis aufs Kinn.«

»Ich habe Signora Rondanini kennengelernt, rein zufällig war ich vor einigen Tagen bei ihr zu Hause.«

»Ihre Enkelin ist ein bisschen verrückt.« Er klopfte mit dem Zeigefinger an seine Schläfe.

»Ich weiß, sie war auch da.«

»Die Ärmste … Zum Glück hat sie an jenem Abend nichts mitbekommen«, fügte der Maresciallo hinzu.

»Wo war sie denn?«

»In ihrem Zimmer, sie trug Ohrstopsel und hat friedlich geschlafen.«

»So etwas hatte ich schon gehört.«

Wir bogen in einen Feldweg ein, der mir nicht bekannt vorkam, und erreichten nach einer kurvenreichen Fahrt bergauf das Anwesen von Signora Rondanini. Bei Tag herrschte dort eine völlig andere Atmosphäre. Der Gefreite parkte auf dem Vorplatz, wo die Hühner frei herumliefen. Wie ich feststellte, war der Hof weitaus größer, als ich es von meinem ersten Besuch in der Nacht in Erinnerung hatte. Er lag mitten am Hang, sodass man von dort aus freie Sicht bis zum Horizont hatte. Der Maresciallo stieg als Einziger aus, klopfte an und wartete mit der Mütze in der Hand geduldig vor der Tür.

Es dauerte lange, bis die alte Rondanini öffnete und auf ihren Stock gestützt herauskam. Sie trug einen dicken Mantel, der sie kleiner wirken ließ. Ich sah die beiden kurz miteinander reden, bevor sie gemeinsam ins Haus gingen. Mein Versuch, ein paar Worte mit Schiavo zu wechseln, erwies sich als schwierig, deshalb ließ ich davon ab. In Schwaden wehte ein übler Stallgeruch durch das offene Wagenfenster herein, und in der Ferne brummte ein Traktor. Die Landschaft war sonnenüberflutet. Inmitten silbriger Olivenhaine und bereits rötlich gefärbter Weinberge stachen die Wälder als dunkle Kleckse hervor.

Als ich am Haus hinaufsah, entdeckte ich an einem Fenster im ersten Stock Rachele. Wieder trug sie ein straff unter dem Kinn verschnürtes Kopftuch und Verbände um die Arme; ihr Blick verlor sich in der Ferne. Sie bot ein sehr bedrückendes Bild. Ich stieg aus und winkte ihr zu, sie aber betrachtete weiter den Horizont. Daraufhin näherte ich mich dem Haus und rief sie beim Namen. Schließlich bemerkte sie mich und winkte zurück. Sie wirkte gequält, als ob sie mit einer Hölle ringe, aus der es keinen Ausweg für sie gab. Stumm verfolgte sie mich mit angsterfülltem Blick. Ich wollte etwas sagen, doch ich fand nicht die richtigen Worte. Mein Nacken begann vom langen Hinaufsehen zu schmerzen, und ich senkte kurz den Kopf. Als ich wieder nach oben schaute, war Rachele verschwunden, das Fenster jedoch stand noch offen. Während ich eine Weile in den leeren Fensterrahmen starrte, dachte ich darüber nach, wie freudlos das Leben in diesem Haus sein musste.

Gerade hatte ich mich auf den Weg zum Wagen der Carabinieri gemacht, als ich hinter mir einen kurzen Pfiff hörte und mich umdrehte. Rachele war wieder am Fenster aufgetaucht und gab mir ein Zeichen. Ich sah zu Schiavo hinüber. Er stand mit dem Handy am Ohr da und telefonierte kichernd. Ich ging zurück zum Haus. Als ich unter dem Fenster angekommen war, ließ Rachele einen zerknüllten Zettel fallen, der wenige Schritte von mir entfernt landete. Ich hob ihn auf und faltete ihn auseinander. Mit blauem Buntstift war darauf etwas gezeichnet. Hastig und kindlich wirkten die Striche. Ich kam nicht dazu, mir die Bilder genauer anzusehen, da Rachele leise etwas zu mir sagte.

»Wie bitte?«, fragte ich nach.

»Es war der Werwolf«, sagte sie, genau wie beim letzten Mal.

»Es gibt keine Werwölfe«, erwiderte ich ruhig. Am Tag fiel es leichter, eine aufklärerische Haltung einzunehmen. Außerdem waren die Carabinieri in der Nähe.

»Das sagt meine Oma auch immer, aber ich weiß, dass es sie gibt«, flüsterte Rachele.

»Hast du wirklich einen Werwolf gesehen?«

»Ja.«

»Und wann?«

»Einer kommt oft an mein Fenster, wir sind Freunde.«

»Wie schön …«

»Er wirft Steinchen an die Scheibe, und dann mache ich auf«, fuhr sie mit freudigem Blick fort.

»Kommt er bei Vollmond?«

»Er bringt mir jedes Mal ein Geschenk mit«, sagte sie, ohne auf meine Frage einzugehen.

»Was für ein Geschenk?«

»Kleine tote Tiere.«

»Wie nett von ihm. Was denn für kleine tote Tiere?«, hakte ich nach.

»Kröten, Eidechsen … Ich finde sie ziemlich eklig … Aber das versteht er nicht.«

»Kommt er jede Nacht?«

»Fast …«

»Wie heißt er?«

»Seine Hände sind so groß wie Schaufeln.«

»Da hat er aber Glück …«

Vom Thema einmal abgesehen, hätte es ein normales Gespräch unter Bekannten sein können. Rachele war nicht ganz bei Verstand, so viel war sicher, aber sie wirkte auf mich nicht wie eine typische Schwachsinnige, die nicht in der Lage ist, einen Gedanken zu artikulieren.

»Wann genau kommt der Werwolf?«, fragte ich, doch für die Antwort blieb keine Zeit mehr. Als ich hörte, dass die Haustür geöffnet wurde, knüllte ich Racheles Zettel instinktiv zusammen und steckte ihn in die Hosentasche. Zuerst kam der Maresciallo zum Vorschein, gefolgt von der Signora. Ich blickte nach oben, aber Rachele war schon verschwunden. Die alte Frau und Pantano kamen auf mich zu und blieben vor mir stehen.

»Sind Sie das, der Stimmen in der Villa gehört haben will?«, fragte mich die alte Dame mit prüfendem Blick.

»Ja.«

»Sind Sie ganz sicher?«

»Einen Mann und eine Frau mitten in einem Streit«, führte ich aus.

»Könnten es nicht die Laute irgendeines Tieres gewesen sein?«

»Es waren Stimmen. Ein Mann und eine Frau«, bekräftigte ich. Die Signora zeigte keinerlei Reaktion. Sie wandte sich an Pantano.

»Bringen Sie mir die Schlüssel zurück, sobald Sie fertig sind«, sagte sie kurz angebunden, als stünde einer ihrer Bauern vor ihr.

»Natürlich, Signora«, erwiderte der Maresciallo.

»Kommen Sie nicht mit?«, erkundigte ich mich. Sie musterte mich eingehend, bevor sie sich wortlos umdrehte und wieder ins Haus ging. Wir machten uns auf den Weg zum Wagen.

»Sie will von dem Anwesen nichts mehr wissen«, flüsterte mir der Maresciallo zu.

»Warum verkauft sie es nicht?«

»Würden Sie es kaufen?«

»Ich denke nicht.«

»Wie dem auch sei, ich glaube kaum, dass die Signora die Absicht hat zu verkaufen«, sagte Pantano beim Einsteigen.

Auf dem Weg nach Fontenera kam uns Camilla entgegen. Ich drehte mich um und sah dem Fiesta nach, bis er hinter einer Kurve verschwunden war. Ob sie mich wohl anrufen würde, die blöde Kuh?

»Die Signora möchte nicht, dass etwas angerührt wird«, sagte Pantano wie zu sich selbst. Wir schwiegen alle drei. Nach ein paar Kilometern bogen wir auf die Schotterstraße ab und fuhren, vorbei an meinem Haus, weiter bergauf. Der Panda hüpfte über die Steine, und hin und wieder drehten die Reifen durch. Der Gefreite schien großen Spaß daran zu haben. Dann fuhren wir den Graspfad hinauf zur Villa Rondanini, vor deren Gittertor Schiavo kurz darauf anhielt. Der Maresciallo wies ihn an, im Auto zu warten. Nachdem er eine Taschenlampe aus dem Handschuhfach eingesteckt hatte, stiegen wir aus. Etwas hatte sich verändert. Das Gittertor war mit einer Kette und einem faustgroßen Vorhängeschloss gesichert. Vermutlich hatte der Bauer mit den roten Hosenträgern dafür gesorgt. Nachdem Pantano das Schloss entfernt hatte, betraten wir den Park. Unsere Schritte knirschten auf dem Kies.

»Wo haben Sie die Stimmen gehört?«, wollte der Maresciallo wissen.

»Sie kamen aus dem ersten Stock«, gab ich vage zurück. Pantano zuckte die Achseln und seufzte gelangweilt. Er schloss die Haustür auf, und die Taschenlampe leuchtete uns den Weg in die Villa. Ein süßlicher, undefinierbarer Geruch lag in der

Luft, eine Mischung aus ungelüftetem Raum und Moder, die einem die Kehle zuschnürte. Ich folgte dem Maresciallo über kunstvolle Fußböden. Es war nicht so staubig, wie ich erwartet hatte.

Zunächst sahen wir uns im Erdgeschoss um. Es schien kein Ende nehmen zu wollen. Die Räume waren riesig groß und leer. Die Wände der Salons trugen noch die Spuren von Möbelstücken und Gemälden. Allein aus der Küche hätte man in der Stadt zwei oder drei Miniapartments gemacht.

Wir kehrten in die Eingangshalle zurück und stiegen im Lichtkegel der Taschenlampe die Sandsteintreppe hinauf ins Dunkel des ersten Stocks. Undeutlich waren an den Wänden große gelbliche Verfärbungen zu erkennen. Oben angelangt, wandte Pantano sich nach links. Mit angehaltenem Atem ging ich neben ihm den Flur entlang. Wir bogen um die Ecke, und ein noch längerer Korridor lag vor uns. Nach etwa fünfzehn Metern blieb der Maresciallo vor einer geschlossenen Tür stehen.

»In diesem Zimmer ist es passiert«, erklärte er.

»Die zerfleischte Frau?«, fragte ich mit einem Gefühl, als steckten Nadeln in meinem Nacken. Pantano nickte, bevor er nach der Türklinke griff und öffnete. Ich folgte ihm in den Raum. Der Maresciallo stieß ein Fenster weit auf, und als es im Raum schlagartig hell wurde, stand ich mit offenem Mund da. Mein Blick fiel zuallererst auf die zerwühlten und mit getrocknetem Blut verschmierten Laken auf dem Ehebett. Vom Lampenhaken hing ein Strick herab, der in einer Schlinge endete. Dass mein Herz schneller schlug, war nur natürlich. Pantano hingegen schien in Erinnerungen versunken. Auf dem Fußboden neben dem Bett fiel ein großer, fast schwarzer Fleck ins Auge. An mehreren Stellen waren Abdrücke von Schuhen zu sehen, die durch Blut gelaufen waren, und überall an den Wänden klebten sechsunddreißig Jahre alte dunkle Spritzer. Ich schaute mich um. Das Zimmer war geräumig und mit Liebe zum Detail eingerichtet, sogar an Nippfiguren fehlte es nicht.

»Wie bitte?«, fragte ich, als mir bewusst wurde, dass der Maresciallo mit mir sprach.

»Ich sagte, anscheinend ist alles noch genau so wie an jenem Tag.« Er wirkte überrascht.

»Es ist ein bisschen unheimlich«, murmelte ich. Nahe der Tür bemerkte ich einen weiteren dunklen Fleck auf den Terrakottafliesen, und die Wand daneben war über und über mit Blut bespritzt.

»Das ist die Stelle, an der Signora Rondanini den Wolfshund erschossen hat«, sagte Pantano, der meine Neugier erahnte.

»Das war ziemlich mutig von ihr.«

»Mut ist das Letzte, woran es der Alten fehlt.«

Gegenüber dem Bett hing ein Gemälde an der Wand. Ich ging näher heran. Es stammte von einem flämischen Maler und war in sehr dunklen Farbtönen gehalten. Ein Landschaftsbild mit Hirten. Seine Atmosphäre nahm mich gefangen, ich fühlte mich geradezu in das Gemälde hineinversetzt, sah mich dort am Waldrand, über mir der Himmel …

»Das würde ich mir nicht mal aufs Klo hängen«, bemerkte Pantano, womit er den Beweis lieferte, dass die Geschmäcker verschieden sind. Aber er hatte unrecht, das Bild war ausgesprochen schön. Ich hätte es gern gegenüber meinem Bett aufgehängt, so wie es das arme Ehepaar getan hatte.

Das Zimmer hatte noch eine zweite Tür. Der Maresciallo öffnete sie und leuchtete mit der Taschenlampe in einen kleineren, völlig leeren Raum. Auch dort hatten Möbelstücke und Bilder Ränder an den Wänden zurückgelassen. Pantano zog die Tür wieder zu.

»Sehen wir in den anderen Räumen nach«, sagte er in resigniertem Ton. Nachdem er das Fenster geschlossen hatte, setzten wir unseren Rundgang fort. Zahlreiche Flure mit einigen Dutzend Türen lagen vor uns. Die meisten Zimmer waren leer. Nur ab und an stießen wir auf einen Schrank, eine alte Wollmatratze auf dem Boden oder wertlose Tischchen. Am Ende der Durchsuchung breitete der Maresciallo die Arme aus.

»Wie Sie sehen, wohnt hier niemand«, stellte er fest und versuchte, ein Grinsen zu unterdrücken.

»Vielleicht gibt es im Haus ja Gespenster.« Ich stellte fest, dass ich es nicht gänzlich ausschloss. Eine andere Erklärung konnte ich nämlich nicht finden.

»Erzählen Sie keinen Bockmist, und schon gar nicht vor allen Leuten«, mahnte Pantano.

»Und woher kamen dann die Stimmen?«

»Die Alte hat recht, wahrscheinlich waren es die Laute irgendeines Tieres.«

»Ich versichere Ihnen, dass es nicht so war.«

»Im Leben irrt man sich auch mal«, meinte er darauf. Ich sagte nichts.

Wir kehrten zurück nach unten. Als wir die Villa verließen, blendete uns die Sonne so, dass wir die Augen zukneifen mussten. Schweigend durchquerten wir den Park und gingen durch das Tor hinaus. Der Maresciallo befestigte das Vorhängeschloss wieder am Gitter. Als er die Wagentür öffnete, schreckte der Gefreite aus dem Schlaf hoch und salutierte andeutungsweise.

»Steh auf und fahr, Lazarus«, sagte der Maresciallo zu ihm. Wir stiegen ein, und mit noch immer schlafgeröteten Augen wendete Schiavo den Wagen.

»Nichts gefunden, Maresciallo?«, erkundigte er sich mit geheuchelter Anteilnahme.

»Nichts, absolut gar nichts«, antwortete Pantano. Während wir die Schotterstraße hinabfuhren, fragte eine Stimme über Funk nach dem Maresciallo.

»Ich höre, Macioce.«

»Maresciallo, Signora Cianfroni ist hier und will mit Ihnen sprechen …«

»Was ist denn diesmal passiert?«, seufzte Pantano.

»Heute Morgen hat sie im Stall etwa zwanzig Hühner mit abgehackten Köpfen gefunden.«

»Das war vermutlich Jack the Ripper«, lachte der Maresciallo.

»Was haben Sie gesagt, Maresciallo?«, krächzte es aus dem Funkgerät.

»Nichts, Macioce. Sag der Signora, ich bin gleich da.«

»Wie Sie wollen, Maresciallo. Ende.«

»Die hat mir noch gefehlt!«, schimpfte Pantano, als er das Mikrofon wieder einhängte, woraufhin der Gefreite in Gelächter ausbrach. Wie der Maresciallo mir erklärte, war Signora Cianfroni die Frau eines Gemeindereferenten von Montesevero und eine unerträgliche Person. Fand sie eine Spinne in ihrem Bett, erschien sie bei den Carabinieri, um Anzeige zu erstatten, und wollte grundsätzlich »mit dem Maresciallo persönlich« sprechen. Da ihr Mann sehr gut mit einem General der Carabinieri befreundet war, musste man ihr zuvorkommend begegnen.

»Die hat mir noch gefehlt«, sagte er wieder.

Ich war mir immer sicherer, dass die Massaker an Hühnern und Kaninchen eng mit der menschlichen Gestalt zusammenhingen, die nachts in den Feldern umherlief. Mit großer Wahrscheinlichkeit hatte ich den Hühnermörder schon mit eigenen Augen gesehen. Pantano gegenüber erwähnte ich jedoch nichts davon. Ich hatte begriffen, dass er keinen Bockmist hören wollte.

»Diese Sache mit den Hühnern … kommt das häufig vor?«

»Immer mal wieder. Es muss irgendein tollwütiges Viech sein.«

»Was redet man im Dorf?«, erkundigte ich mich. Der Maresciallo wackelte mit dem Kopf.

»Das können Sie sich ja denken.«

»Der Werwolf?«

»Richtig.«

»Vielleicht stimmt es ja.«

»Selbst wenn ich an solche Flausen glaubte … Was sollte ein Werwolf denn mit ein paar Hühnern anfangen?«, gab Pantano zu bedenken. Der Gefreite wandte ihm den Blick zu.

»Tja, Maresciallo, die Werwölfe sind auch nicht mehr das, was sie mal waren«, sagte er und lachte sich eins. Der Maresciallo verzog keine Miene, er wirkte nachdenklich. Als wir durch ein Schlagloch fuhren, wippte sein eckiger Kopf kaum merklich. Ich stellte fest, dass ihm auch im Nacken Haare wuchsen … und sah ihn in meiner Vorstellung mit Spitzohren und von Kopf bis Fuß mit schwarzem Fell bedeckt im Schein des Vollmonds nackt umherlaufen. Ein als Carabiniere getarnter Werwolf. Vielleicht wäre das eine gute finale Wende für *Hügel des Grauens.*

Wir kamen bei mir zu Hause an. Bevor ich aus dem Wagen stieg, drehte sich der Maresciallo zu mir um.

»Tun Sie mir einen Gefallen, Dottor Bettazzi. Sollten Sie ein pinkelndes Marsmännchen sehen, erzählen Sie das nur mir, stellen Sie keine Fragen im Dorf.«

»Ich werde der Versuchung widerstehen.«

»Darauf zähle ich. Würden Sie mir noch einen Gefallen tun?«

»Sicher.«

»Ich muss so schnell wie möglich in die Kaserne zurück wegen dieser Nervensäge von Cianfroni … Könnten Sie Signora Rondanini die Schlüssel zurückbringen?«

»Kein Problem«, sagte ich und überlegte mir noch im selben Moment, was ich tun würde. Der Maresciallo reichte mir den Schlüsselbund.

»Richten Sie der Signora aus, dass ich sie später anrufe.«

»Wird gemacht.« Ich stieg aus und sah dem davonfahrenden Panda nach. Langsam zählte ich bis hundert. Dann lief ich zu meinem Wagen und brauste mit quietschenden Reifen los.

Als ich die Via Chiantigiana erreicht hatte, fuhr ich mit Vollgas in Richtung Siena. Für das, was ich vorhatte, mischte ich mich besser unauffällig in einer Stadt unter die Leute. Ich parkte vor der Festungsmauer und ging zu Fuß ins Zentrum. In den Straßen wimmelte es von Touristen. Ich betrat die erstbeste Eisenwarenhandlung und ließ sämtliche Villenschlüssel nachmachen.

Nachdem ich mir außerdem eine Taschenlampe und etliche Batterien besorgt hatte, rannte ich zum Parkplatz zurück.

Eine halbe Stunde später kam ich bei Signora Rondanini an. Das Fenster, an dem Rachele sich gezeigt hatte, stand noch immer offen, von ihr aber war nichts zu sehen. Mehrmals klopfte ich an die Tür. Als die Signora auftauchte, überreichte ich ihr lächelnd die Schlüssel.

»Der Maresciallo sagte, er ruft Sie später an.«

»Er hat bereits angerufen. Wieso haben Sie so lange gebraucht, um die Schlüssel zurückzubringen?« Ihre Lippen waren runzlig und hart, wie aus Holz.

»Entschuldigen Sie, ich dachte, es hätte keine Eile … Ich hatte einen geschäftlichen Termin in Siena«, log ich. Die Signora brummte etwas und wollte die Tür wieder schließen.

»Warten Sie«, bat ich ohne bestimmten Grund.

»Was gibt es?« Sie klang beunruhigt.

»Nun … Ich würde gern Ihre Enkelin begrüßen, wäre das möglich?«, fragte ich spontan mit einem einnehmenden Lächeln.

»Gehen Sie.« Sie schlug mir die Tür vor der Nase zu. Obwohl ich zunächst versucht war, klopfte ich nicht noch einmal an. Ich stieg ins Auto. Es war kurz vor eins. Unterwegs begegnete ich dem Pfarrer in einem weißen Kombi. Er fuhr mit dem Gesicht ganz nah am Lenkrad, während hinter ihm der riesige Kopf seines treuen maremmanischen Schäferhundes wackelte. Ich war mir sicher, er wusste mehr über die Tragödie in der Villa als jeder andere, aber ich hatte begriffen, dass er nie darüber sprechen würde. Im Dorf hieß es, Don Staccioni habe die Freundlichkeit eines Baumstamms. Außerdem trug sein Hund den Namen Banzai. Ihn zu bedrängen war wenig ratsam.

Nachdem ich Fontenera durchquert hatte, folgte ich der Provinzstraße. Mir kam die Casa del Popolo mit dem roten Stern auf dem Dach und dem tristen Neonlicht in den Sinn, und natürlich musste ich dabei an Nero denken. Wer weiß, wovon er lebte, ob er wählen ging und was er nicht alles tat, um eine Frau zu finden. Konnte er bei Tag wohl das Haus verlassen, oder würde er sich in der Sonne auflösen?

Ich ließ auch Montesevero hinter mir. Ein Wagen mit holländischem Kennzeichen fuhr in entgegengesetzter Richtung an mir vorbei. Hin und wieder kam es vor, dass mir unterwegs auf den Straßen Touristen begegneten. Sie wirkten immer ein wenig verloren, so als könnten sie nicht finden, wonach sie in den Hügeln suchten.

Ich bog in den staubigen Feldweg ein, der zu Camillas Haus führte, und fuhr nur noch Schritttempo. Hinter einer Kurve kam das große Gutshaus zum Vorschein. Wie ich erwartet hatte, stand der Fiesta nicht davor. Besser so. Nicht weit von der Haustür entfernt hielt ich an. Ich blieb sitzen, nahm einen Zettel und überlegte, wie ich es am besten formulierte: *Darf ich dich zum Essen einladen? … Ich würde dich gern zum Essen einladen … Was hältst du von einem gemeinsamen Essen?* Grauenvoll, mir musste doch etwas Besseres einfallen. War ich nun Schriftsteller oder nicht? Schließlich entschied ich mich für: *Der Werwolf von Fontenera wartet auf ein Zeichen der schönen Camilla.* Nicht gerade ein Meisterwerk, aber ich hatte keine andere Idee. Für den Fall, dass sie meine Handynummer verloren hatte, schrieb ich sie noch einmal dazu. Ich wollte schon aussteigen und die Nachricht an die Tür klemmen, als ich es mir plötzlich anders überlegte. Ich zerknüllte den Zettel und warf ihn ins Handschuhfach. Besser drängte ich mich nicht zu sehr auf. Es stimmte leider, dass die Frauen nicht mehr so waren wie früher. Heutzutage fühlten sie sich belästigt und manche gar beleidigt, wenn man um sie warb. Hatte eine Frau ein Auge auf dich geworfen, ergriff sie selbst ohne viel Aufhebens die Initiative.

Beinahe hätte ich den Motor gestartet, doch änderte ich meine Meinung erneut. Ich holte den Zettel wieder hervor, strich ihn sorgfältig auf meinem Bein glatt und steckte ihn in den Türspalt. Vielleicht taten die Frauen ja nur so, als wären sie nicht mehr wie früher, dann könnte eine solche Nachricht eine nette Überraschung sein. Ich stieg ein und fuhr los. Nach etwa hundert Metern bremste ich ab und kehrte im Rückwärtsgang zu Camillas Haus zurück. Ich holte den Zettel aus der Tür und ließ ihn zusammengeknüllt in meiner Hosentasche verschwinden. Später würde ich ihn im Kamin verbrennen.

Auf dem Rückweg bergab sah ich mich mit Camilla in meiner Küche vor dem knisternden Kaminfeuer sitzen. Der Schein der Flammen tanzte auf unseren Gesichtern, immer wieder kreuzten sich unsere Blicke. Es war Vollmond, und nach einem Glas Vin Santo verwandelte sie sich in eine Werwölfin …

Vielleicht war das der entscheidende Moment in *Hügel des Grauens*. Die Schöne wird zur Bestie und fällt ihren Geliebten an. So etwas hatte ich noch nie geschrieben, und der Gedanke, es zu versuchen, reizte mich. Bei genauerer Betrachtung gab es jedoch eine ganze Reihe anderer möglicher Geschichten. *Hügel des Grauens* bedeutete, dass jeder sich als Werwolf entpuppen konnte … Maresciallo Pantano, der Gefreite, Marinella, der Holzverkäufer, der Bauer mit den roten Hosenträgern, der Tankwart, der Bürgermeister oder auch Signora Cianfroni, die das Massaker an ihren Hühnern zur Anzeige brachte, um Verwirrung zu stiften. Alle waren gleichermaßen geeignet. Ich musste nur den Richtigen finden und die Handlung weiterspinnen. Keine Ahnung, warum ich so besessen war von Werwölfen.

Nach dem Mittagessen setzte ich mich mit einem Kaffee vor den Computer und öffnete die Datei *Hügel des Grauens*. Ich hatte Lust, ein wenig an der Erzählung zu arbeiten. Zwar hatte ich noch keine Idee, was als Nächstes passieren sollte, aber genau das war mein Ansporn, mich weiter mit ihr zu beschäftigen. Nach knapp zehn Zeilen hielt ich inne. Ich las noch einmal, was ich gerade geschrieben hatte. Es gefiel mir nicht, und so löschte ich es wieder. Es war nicht der richtige Tag zum Schreiben. Ich drehte mir einen Joint und ließ mich aufs Bett fallen. Wo Camilla wohl gerade war? Ich hatte große Lust, sie zu sehen. Als ich in den Hosentaschen nach meinem Feuerzeug kramte, stieß ich auf ein zerknülltes Stück Papier. Ich erinnerte mich an den Zettel, den ich Camilla geschrieben hatte, und warf ihn in den Aschenbecher. Ich würde ihn verbrennen und die Asche auf den Feldern verstreuen. Noch einmal suchte ich nach dem Feuerzeug und hatte plötzlich einen weiteren zerknüllten Zettel in der Hand. Als ich ihn auffaltete, sah ich, dass es meine Nachricht an Camilla war. Was aber war dann die andere Notiz? Plötzlich fiel es mir wieder ein: Es war das Blatt mit den Zeichnungen, das Rachele mir aus dem Fenster zugeworfen hatte. Ich nahm die Papierkugel aus dem Aschenbecher und faltete sie auseinander. Um besser sehen zu können, setzte ich mich an den Tisch und hielt das Blatt unter die Lampe. Vier blaue Buntstiftzeichnungen nebeneinander. Sie waren sehr einfach, wie von Kinderhand gemalt. Das erste Bild von links zeigte ein Mädchen, das seine Arme um einen Hund geschlungen hatte. Daneben war eine Frau mit langen Haaren abgebildet; ihr Bauch war mit solchem Nachdruck gemalt, dass sich der Stift beinahe durch das Papier gedrückt hatte. Auch das dritte Bild stellte eine Frau dar, jedoch war ihr Haar im Nacken zusammengebunden, und sie hielt ein Gewehr in der Hand. Ihr zu Füßen lag ein Hund ohne Kopf. Bei der vierten Zeichnung bekam ich eine Gänsehaut: Ein Mädchen hielt den bluttriefenden Hundekopf in den Händen. Möglicherweise hatte Rachele als Kind die Gespräche der Erwachsenen über den Tod ihrer Mutter mit angehört und wusste alles. Vor mir ausgebreitet lag ihre Geschichte nach Art der Szenen aus dem Leben von Heiligen, wie man sie in Kirchen findet. Die Bilder waren schlicht, aber sehr wirkungsvoll. Eher zufällig drehte ich das Blatt herum und entdeckte noch ein weiteres Bild: Eine Frau mit riesigen Augen und einem mehrfach nachgezogenen Kreis als Mund stand mit vorgestreckten Armen vor einer Art Tier auf zwei Beinen mit gefletschten Reißzähnen, einer wirren Mähne auf dem Kopf und drohend erhobenen Händen. Kurz, von einem Werwolf.

Von den Zeichnungen ließ sich, wenn auch durch Racheles Fantasie verfremdet, die ganze Geschichte jenes schrecklichen Tages ablesen. Die Ärmste. Ob sie wohl jemals ein Bild von einem Haus mit einem Baum und einer Sonne am Himmel gemalt hatte? Die fünfte Szene ließ das Ausmaß ihres Wahnsinns erkennen. Das Geheimnis, mit dem sie lebte, drohte in ihrem Innern zu explodieren, deshalb musste sie es erzählen. Da sie jedoch nicht schreiben konnte, malte sie es auf. Ich verstand nur nicht, warum sie es gerade mir, einem Fremden, hatte anvertrauen wollen. Gefangen von den kindlichen Darstellungen, die auf ihre Weise vom Unglück der Familie Rondanini erzählten, starrte ich noch immer auf das Papier. Irgendetwas übersah ich dabei. Womöglich entsprangen die Zeichnungen ja nicht dem Wahn einer Verrückten, sondern enthielten eine Botschaft, die ich nicht zu entschlüsseln vermochte. Vielleicht wollte Rachele mir etwas sagen und hoffte auf meine Intuition ... vielleicht drehte ich auch nur langsam durch und sollte aufhören, mich mit Werwölfen und Gespenstern zu beschäftigen. Es fiel mir jedoch nicht leicht, davon abzulassen, besonders jetzt, da ich die Schlüssel zur Villa hatte. Ich schaltete alles aus, holte die Taschenlampe und verließ das Haus. Die Sonne war hinter einer schneeweißen Wolke verschwunden. Der Schotterstraße folgend, ging ich den Hügel hinauf und stand wenig später vor dem Villentor. Ich trat an das Gitter heran. Nachdem ich *besagtes* Zimmer gesehen hatte, kam mir das schöne Anwesen der Rondaninis verändert vor. Fast schien es mir einen bekümmerten Eindruck zu machen.

Bevor ich das Grundstück betrat, machte ich einen Rundgang um die Parkmauer, um nachzusehen, ob auch niemand in der Nähe war. Hinter dem Haus bog ich auf den Pfad ab, der in den Wald hineinführte, weil ich neugierig war, wo er wohl endete. Es war kühl und windstill, und ein intensiver Moosgeruch stieg mir in die Nase. Zu schade, dass ich keine Pilze mochte, die musste es hier zentnerweise geben. Von dichtem Gebüsch gesäumt, führte der Weg leicht bergab und wurde bisweilen ein wenig breiter. Im Licht der Sonnenstrahlen, die wie Hagel durch die Baumkronen einfielen, folgte ich weiter dem Pfad. Da ich es gewohnt war, umgeben vom Stadtverkehr spazieren zu gehen, fühlte ich mich auf einmal so, als erlebte ich wer weiß was für ein Abenteuer. Nach einer Weile erkannte ich in der Ferne das Ende des Waldes und dahinter einen weiten Olivenhain im gleißenden Sonnenlicht. Da kehrte ich um. Ein Fasan flog mit wiederkehrenden Schreien aus dem Gebüsch auf, und ich sah ihn zwischen den Bäumen hindurch davongleiten.

Schließlich stand ich wieder vor dem Villentor. Nachdem ich mich ein letztes Mal umgesehen hatte, zog ich die Schlüssel hervor. Ich war dabei, eine Straftat zu begehen, aber mein Entschluss stand fest. Ich atmete tief durch; um ein Haar hätte ich mich sogar bekreuzigt. Hastig öffnete ich das Schloss, sperrte, als ich im Park war, alles wieder zu und lief zur Haustür. Es dauerte ein wenig, bis ich sie aufbekam, meine Hände waren schweißnass. Endlich schlüpfte ich hinein und schloss die Tür hinter mir. Ich knipste die Taschenlampe an. Mit einem Mal wurde mir klar, dass es Dinge gab, die man weitaus besser zu zweit erledigte. Als ich an die Stimmen denken musste, die ich gehört hatte, biss ich die Zähne zusammen und versuchte, mich selbst zu überzeugen, dass es keine Gespenster gab. Nichts zu machen, in dem Moment glaubte ich an sie. Ich spürte Stiche in den Waden wie damals als kleiner Junge, wenn mein Vater mich jagte und dabei die Stimme eines Ungeheuers nachmachte. Was ich tat, war nicht vernünftig, so viel war sicher. So leise wie möglich und auf jedes Knirschen achtend, schlich ich im gelblichen Schein der Taschenlampe vorwärts. Ich erreichte die Treppe.

Während ich die Stufen hinaufstieg, tastete ich vergeblich in der Hosentasche nach meinem Handy. Ich hatte es zu Hause vergessen. Diese Entdeckung machte mich nervös. Doch wie die großen Helden der Antike lehrten, war Mut der Sieg über die Angst.

Oben im ersten Stock folgte ich dem Flur und bog um die Ecke. Vor dem Unglückszimmer blieb ich stehen. Ich öffnete die Tür, verharrte aber auf der Schwelle. Ich richtete die Taschenlampe auf den Strang, die blutverschmierten Laken, den Fleck auf dem Fußboden, die Schuhspuren, dann wieder auf den Strang, das Bett, den dunklen Fleck am Boden …

Schließlich betrat ich das Zimmer und ging zur linken Seite des Bettes. Dort kniete ich mich hin, um die vielen blutigen Schuhabdrücke untersuchen zu können. Die Spuren zeugten von Aufregung. Ich versuchte, mir die Augenblicke des Grauens vorzustellen … den wild gewordenen Hund, Racheles kreischende Mutter, das Blut … und schließlich den dumpfen Gewehrschuss. Und wenige Tage darauf baumelte der leidgeprüfte Mann am Haken des Kronleuchters.

Viel Zeit war seitdem vergangen, doch jene Augenblicke waren Sekunde für Sekunde durchlebt worden. Ich fragte mich, ob es sadistisch war, so etwas zu denken. Als ich mit der Lampe durch den Raum leuchtete, fielen mir an der Wand gleich neben der Tür zu Racheles Zimmer kleine dunkle Flecken auf. Ohne einen konkreten Grund wollte ich sie mir genauer ansehen und ging näher heran. Die Flecken waren rundlich und befanden sich ungefähr einen halben Meter über dem Boden. Als mir klar wurde, woher sie stammten, stockte mir der Atem. Zusammen bildeten sie den Abdruck einer blutverschmierten Hand. Einer Kinderhand. Es konnte nur Racheles kleine Hand sein. Bei dem Gedanken an das, was geschehen sein musste, biss ich mir auf die Lippen. Alle glaubten, das Mädchen habe tief und fest geschlafen … In Wahrheit aber war sie aufgewacht und hatte in einem unbeobachteten Moment die Tür zum Schlafzimmer der Eltern geöffnet. Dort hatte sie ihre tote Mutter, den erschossenen Hund und überall Blut vorgefunden … und sich wer weiß wie ihr Händchen beschmiert. Mit demselben Händchen hatte sie sich dann an der Wand abgestützt, bevor sie wieder im Kinderzimmer verschwunden war. Leider schien mir das die logischste Erklärung zu sein.

Ich leuchtete auf den Boden und betrachtete eingehend die Spuren all der Schuhsohlen, die durchs Blut gelaufen waren. Nach einer Weile fand ich, wonach ich suchte: Abdrücke von Kinderschuhen. Sie waren zwar nur schwach zu sehen, aber ich war sicher, dass ich mich nicht täuschte. Ich folgte ihnen mit der Taschenlampe. Einige verliefen von der Blutlache neben dem Bett bis zur Stelle, wo der Wolfshund verendet war, andere führten zur Kinderzimmertür. Ein Gedanke ließ mich erschauern. Nicht ausgeschlossen, dass alles noch viel schlimmer war, als ich es mir zusammengereimt hatte: Vielleicht hatte sich Rachele, wie es Kinder häufig tun, unter dem Bett der Eltern versteckt und mit angesehen, wie Buch über ihre Mama herfiel …

Obwohl ich von ganzem Herzen hoffte, mich zu irren, wuchs meine Überzeugung, dass es sich genau so zugetragen hatte. Rachele hatte alles mit angesehen, und seit jenem Tag vermischte ihr vom Blitz getroffener Verstand Legende und Realität. Aus Buch hatte er einen Werwolf gemacht. Nichts leichter als das. Arme Rachele. Sie lebte gefangen in ihrem Wahnsinn, isoliert in diesem düsteren Haus mit einer alten Großmutter, die zum letzten Mal vor sechsunddreißig Jahren gelacht hatte.

Ein Geräusch über meinem Kopf ließ mich zusammenfahren. Instinktiv richtete ich die Taschenlampe an die Decke. Wahrscheinlich rannten ein paar fette Mäuse über den Dachboden. Die Dunkelheit ringsum jagte mir auf einmal Angst ein. Rasch verließ ich das Zimmer, bog auf dem Flur um die Ecke und eilte die Treppe hinunter. Ich öffnete die Haustür einen Spaltbreit und lugte hinaus, um sicherzugehen, dass ich nicht dem Bauern mit den roten Hosenträgern in die Arme lief. Halb rennend durchquerte ich den Garten. Ich schloss das Tor auf und wieder zu und machte mich zügig davon. In dem Moment erst wurde mir bewusst, dass ich die ganze Zeit über den Atem angehalten hatte.

Kaum zu Hause angekommen, nahm ich noch einmal Racheles Zettel zur Hand und sah mir die Zeichnungen äußerst aufmerksam an. Nach meinem Besuch in der Villa erschienen sie mir eindeutiger. Inzwischen war ich so gut wie überzeugt: Rachele hatte mit angesehen, wie ihre Mutter zerbissen wurde, und darüber den Verstand verloren. Deswegen malte sie makabre Bilder, auf denen sie jedoch aus dem Hund einen Werwolf machte.

Plötzlich fielen mir die zerfleischten Kaninchen und das Massaker an den Hühnern ein, weswegen die Cianfroni Anzeige erstattet hatte. Womöglich hatte Rachele das getan. Der Gedanke erschien mir gar nicht abwegig. Im Gegenteil, die Erklärung lag auf der Hand. Ein Fall aus dem Psychologie-Lehrbuch für Anfänger: Da das Unbewusste sein typisch perverses Spiel trieb, verlangte es Racheles kranken Verstand danach, wieder und wieder die zerstörerischen Gefühle jener grauenvollen Augenblicke zu durchleben, und weil sie keine andere Möglichkeit hatte, trieb sie sich nachts in den Feldern herum und biss Hühner und Kaninchen zu Tode. Das passte haargenau.

Wie in einem Film sah ich die Szene vor mir. Rachele schloss sich nachts in ihrem Zimmer ein und wartete, bis ihre Großmutter eingeschlafen war. Dann kletterte sie aus dem Fenster auf das Scheunendach, ließ sich irgendwie hinab und streifte durch die Felder auf der Suche nach einem Bauernhof, wo sie sich schließlich in kleine Tiere verbiss … wie Buch es vor ihren Augen mit ihrer Mutter getan hatte. Sie war es, die ich in jener Nacht durch den Olivenhain hatte laufen sehen. Ihr dickes Haar, das bei Tag unter einem Kopftuch versteckt war, wehte nachts frei um ihren Kopf. Alles ergab Sinn. Sie war der Werwolf. Keine Reißzähne, keine Spitzohren, schlicht Wahnsinn.

Und ich erinnerte mich auch wieder an den deutschen Studenten, den man tot im Wald aufgefunden hatte, und fragte mich, ob Rachele wohl zu so etwas fähig wäre. Die Frage war jedoch sinnlos. Wahnsinn kennt keine Grenzen. Die Ärmste. Für all das konnte sie nicht das Geringste.

Das Rätsel um die Hühner schien gelöst. Ein etwas freilaufendes Rätsel zwar, aber dennoch ein Rätsel. Trotz allem war ich zufrieden. Blieb nur noch die Frage, was zum Teufel das für Stimmen waren, die ich aus dem Innern der Villa gehört hatte. Vielleicht waren es tatsächlich Gespenster. Ich wollte es unbedingt herausfinden.

Ich schaltete den Computer ein und öffnete meine Datei *Hügel des Grauens*. Nachdem ich den letzten Satz noch einmal gelesen hatte, schrieb ich drauflos wie ein Besessener, auf den Spuren eines echten Werwolfs mit fellbedecktem Körper und Spitzohren.

Es war kurz vor elf, als ich innehielt. Meine Augen brannten. Ich ging zum Essen hinunter in die Küche und sah mein Handy auf dem Tisch liegen. Es zeigte einen Anruf einer mir unbekannten Nummer an, und ich dachte sofort an Camilla. Ich sah nach, wann ich angerufen worden war: sechzehn Uhr zweiundzwanzig. Zu der Zeit war ich gerade in der Villa gewesen. Ich rief die Nummer zurück. Beim zehnten Klingeln meldete sich eine weibliche Stimme.

»Hallo?«

»Guten Abend, mein Name ist Emilio Bettazzi. Ich habe Ihre Nummer auf meinem Handy gefunden«, sagte ich, um mich nicht zu sehr zu verraten.

»Hallo, ich bin's, Camilla.« Ich war nicht sicher, ob ihre Stimme freudig oder genervt klang.

»Hallo … Wie geht's dir?« Großartige Frage. Gerade, als sie etwas erwiderte, gab es eine Funkstörung, und ich konnte nichts mehr verstehen.

»Ich hör dich ganz schlecht …«, sagte ich.

»Ist es jetzt besser?«

»Ja.«

»Ich sagte, dass e… gu… vi… be… ser …« Wieder war die Verbindung unterbrochen, diesmal endgültig. Vergeblich wartete ich darauf, dass mein Handy klingelte, und als ich noch einmal zurückrief, war sie nicht erreichbar. Deshalb speicherte ich ihre Nummer im Telefonbuch und schrieb ihr eine SMS: *Was machst du mor…* In dem Moment erreichte mich eine Nachricht, sie war von ihr: *Ich rufe dich ein anderes Mal an. Gute Nacht.* Ich kehrte zu meiner Nachricht zurück und schrieb sie zu Ende: *Was machst du morgen Abend? Willst du nicht zum Essen zu mir kommen?* Dann schickte ich sie ab und wartete auf eine Antwort. Nichts. Nach zehn Minuten rief ich erneut an, aber noch immer war sie nicht erreichbar. Da schaltete ich das Handy aus. Ich wollte nicht auf eine Nachricht warten, die vielleicht nie ankommen würde. Nachdem ich etwas gegessen hatte, drehte ich mir noch einen Joint und setzte mich zur Ablenkung wieder an den Computer.

… und als Filippo das Heulen des Werwolfs hörte, rannte er, wild entschlossen, sich ihm entgegenzustellen, und den Blick fest auf den Boden gerichtet, in den Wald. Obwohl er nur eine Taschenlampe und seinen Mut als Waffe hatte, war er durch nichts aufzuhalten. Ein erneutes Jaulen gab ihm zu verstehen, dass er der Bestie ganz nah war. Weiter schlug er sich durch das Unterholz, bis er an eine Lichtung gelangte. Plötzlich zerriss ein keuchendes Geräusch die Stille. Als er aufblickte, erkannte er unter den Bäumen den Schatten einer aufrecht stehenden Gestalt. In etwa zwanzig Metern Entfernung starrte die Bestie zum Vollmond hinauf, und ihre Augen glänzten vor Liebe. Seidig schimmerte ihr Fell im fahlen Mondlicht. Mit zitternden Händen knipste Filippo die Taschenlampe an und richtete sie nach kurzem Zögern auf die Gestalt. Der Werwolf wandte sich ihm zu. Er

hatte ein spitzes Maul mit zwei Reißzähnen, die so lang waren wie Küchenmesser. Sein fellbedeckter Schwanz schlug hinter seinem Rücken auf und ab. Gerade dachte Filippo, dass er dringend eine Entscheidung treffen musste, als die Bestie einen Satz tat und …

Bereitwillig gab ich mich dieser leicht emphatischen Sprache hin, die mich gewöhnlich anwiderte. Es war nur ein Spiel. Lächelnd bewegte ich die Finger über die Tastatur, ohne zu begreifen, woher die Worte auf einmal kamen. Eines nach dem anderen tauchte vor mir auf dem Bildschirm auf, wie einzeln aus einem tiefen Graben herausgefischte Steinchen. Die Geschichte war zwar gewagt, aber auf ihre Weise spirituell. Die Jagd nach dem Werwolf war eng verknüpft mit Filippos seelischen Veränderungen.

Mit einem Mal wusste ich nicht mehr weiter, ich fand keine Steinchen mehr. Nicht schlimm. Ich schloss die Datei, speicherte sie auf einem USB-Stick und legte mich ins Bett. Es war fast drei Uhr. Im Licht der Nachttischlampe versuchte ich noch etwas zu lesen, konnte jedoch der Handlung nicht folgen. Ich fühlte mich ein wenig angespannt. Mir wurde bewusst, dass Rachele mir keine Minute aus dem Kopf gegangen war, ebenso wenig wie Camilla. Der Tag war reich an Gefühlen und Überraschungen gewesen. Ich legte einen Finger zwischen die Seiten und ließ das Buch auf meinen Bauch sinken. Mein Blick wanderte von den Rissen an den Wänden hinauf zu den Balken an der Decke. Sie alle kannte ich inzwischen auswendig.

Mir fehlten noch die letzten Teile im Puzzle, doch das Rätsel um die ermordeten Hühner war gelöst, dessen war ich mir sicher. Ich überlegte, ob ich dem Maresciallo von meiner Erleuchtung erzählen sollte. Vielleicht wäre es richtig, es zu tun. Das ganze Dorf würde endlich erfahren, dass nicht Werwölfe für das Hühnerschlachten verantwortlich waren. Es war schlicht die Tat einer bedauernswerten Geisteskranken, die im Blutvergießen Trost suchte. Ich bedauerte, Racheles Wahnsinn publik machen zu müssen, es kam mir vor wie ein Verrat an ihr. Voll Vertrauen hatte sie mir das zerknüllte Papier mit den Zeichnungen zugeworfen, und ich verkaufte sie an die Carabinieri. Vielleicht aber war es auch für sie besser, wenn die Wahrheit ans Licht kam. Machte sie so weiter, würde früher oder später ein Bauer sein Gewehr auf sie richten.

Und es gab noch einen anderen Grund. Wenn meine Vermutungen stimmten, war ihr Leiden durch ein konkretes Ereignis ausgelöst worden, und mit dieser Erkenntnis würde ein Psychiater ihr helfen und sie womöglich heilen können. Wieso nicht? Man musste Vertrauen in die Fähigkeiten des Verstandes haben. Aber ein Ende des Rätsels würde sich auch allgemeiner auswirken. In der Casa del Popolo spräche man wieder von der Lese, von der Wildschweinjagd und natürlich von den Schönheiten, die im Fernsehen mit dem Hintern wackelten. Die Frauen, die bei Marinella ihre Einkäufe erledigten, würden nicht mehr in geflüsterten Halbsätzen auf geheimnisvolle Ungeheuer anspielen. In alle Dörfer ringsum würden Ruhe und Frieden einkehren … zumindest bis die nächste grausige Geschichte für neue Legenden sorgte. Vielleicht war aber auch alles vergebens. In der Abgeschiedenheit dieser mittelalterlichen Weiler konnte sich bereits um einen zerquetscht auf der Straße liegenden Frosch eine unheimliche Legende bilden. Gegen solch einen tief verwurzelten Brauch war man machtlos. Es war ein Weg von vielen, dem Dasein eine gewisse Bedeutung zu verleihen.

Ein wenig gelangweilt von all diesen Überlegungen, musste ich gähnen. Obwohl ich sehr müde war, schlug ich das Buch noch einmal auf. Ich las gern vor dem Einschlafen wenigstens eine Seite. Es war, als kämme man sein Gehirn. Nach einer Weile fiel mir auf, dass ich jeden Satz mehrmals lesen musste. Schon fielen mir die Augen zu, doch ich zwang mich, wach zu bleiben. Ich wollte noch den Absatz zu Ende lesen, bevor ich das Lesezeichen einlegte. Plötzlich hörte ich im Raum eine Art Seufzer und ließ das Buch sinken. Was ich sah, raubte mir den Atem. Auf einem Stuhl in der anderen Ecke des Zimmers saß Franco. Er hatte die Beine übereinandergeschlagen und lächelte ironisch. Sein Blick ruhte auf mir.

»Franco ...«, flüsterte ich, während ich mich ein wenig aufrichtete.

»Mir geht es gut«, sagte er.

»Wie schön, dich zu sehen.« Ich hatte überhaupt keine Angst. Im Gegenteil, ich freute mich aufrichtig.

»Gefällt dir das Haus?«, wollte er wissen.

»Es ist toll ... allerdings, um ehrlich zu sein ... na ja, hier in der Gegend passieren seltsame Dinge.«

»Ich weiß, ich weiß. Aber du liegst falsch, Rachele ist nicht der Werwolf, der die Hühner umbringt.«

»Woher willst du das wissen?«

»Tja ...«, sagte Franco. Er hob die Oberlippe und entblößte mit einem langgezogenen dumpfen Knurren zwei wolfsartige Reißzähne ... In dem Moment wachte ich auf. Ich blickte zum Stuhl hinüber, auf dem Franco gesessen hatte; er war leer. Ich war enttäuscht. Trotz der Reißzähne hätte ich mich gern weiter mit ihm unterhalten. Ich rieb mir das Gesicht. Ich fühlte mich ziemlich benommen. Plötzlich hörte ich draußen, genau unter meinem Fenster, ein Geräusch – eine Art Knurren, gefolgt von einem Brummlaut. Wahrscheinlich trieb der Wind irgendetwas vor sich her, aber ich war alles andere als sicher. Mit klopfendem Herzen lauschte ich regungslos. Als auf einmal ein Heulen losbrach, gefror mir das Blut in den Adern. Ich schaltete das Licht aus, stand auf und schlich auf Zehenspitzen zum Fenster, um durch einen Spalt in den Läden hinauszublicken. Ich konnte nichts Verdächtiges erkennen. Die Auffahrt lag im Mondlicht, mein Auto stand an seinem Platz. Mit dem Feuerzeug in der Hand ging in hinüber in ein Zimmer auf der Rückseite des Hauses. Leise öffnete ich das Fenster und drückte mein Gesicht gegen die Fensterläden. Absolut nichts, nur Unkraut und Steine. Ich wollte schon ins Schlafzimmer zurückkehren, als plötzlich ein Schatten ums Haus bog und sich in Richtung Wald entfernte. Es war eine menschliche Gestalt mit einer wirren Mähne auf dem Kopf. Rachele, dachte ich. Vorbei am Feigenbaum entfernte sich der Schatten immer weiter. Geräuschlos drückte ich die Fensterläden einen Spalt breit auf und lugte hinaus. Ich sah der Gestalt nach, die vornübergebeugt im fahlen Mondschein über das Feld davonlief, und glaubte Zirkusgeruch in der Luft wahrzunehmen. Die Gestalt war nun schon weit weg. Mit gesenktem Kopf tauchte sie unter den Ästen eines großen, knorrigen Olivenbaums hindurch und verschwand schließlich im Wald. Einen Moment lang war ich versucht, hinauszugehen und dem *Etwas* zu folgen, überlegte es mir aber sofort anders und beobachtete weiter durch den Spalt die Umgebung. Alles war ruhig. Als ich in der Ferne einen Hund kläffen hörte, schloss ich das Fenster und ging zurück ins Schlafzimmer. Ich zündete mir eine Zigarette an und fragte mich, während ich rauchend im Zimmer auf und ab ging, ob der Tag wohl nun zu Ende war oder ob noch weitere Überraschungen auf mich warteten.

Energisch drückte ich die Zigarette im Aschenbecher aus und schlüpfte, ohne das Licht auszuschalten, unter die Decke. Obwohl ich nun überzeugt war zu wissen, wie die Dinge sich verhielten, war mir die menschliche Gestalt auf ihren nächtlichen Streifzügen unheimlich. Der Maresciallo konnte sagen, was er wollte, nach einem solchen Erlebnis lag es nah, an die Existenz von Werwolfen zu glauben. Auch ich hätte an sie geglaubt, wenn ich nicht eine andere Erklärung im Kopf gehabt hätte. Rachele. Sie war der Wolfsmensch. In der Nacht zog sie umher, um sich in Hühnerbäuche zu verbeißen, und würde dabei früher oder später einem Gewehrschuss zum Opfer fallen.

Bevor ich zu Maresciallo Pantano ging, hätte ich gern ein

paar Worte mit Signora Rondanini gewechselt. Vor allem aber wünschte ich mir ein Gespräch mit Rachele … dem Werwolf von Fontenera.

Am Morgen darauf wurde ich ungewöhnlich früh wach und hatte nur einen Gedanken im Kopf. Hastig trank ich eine Tasse Kaffee und setzte mich dann ins Auto. Als ich die Abzweigung erreichte, bog ich nach links auf die Provinzstraße ab. Weißlicher Dunst lag über dem Himmel, und es war recht kalt. Im Tal hielt sich noch immer leichter Nebel, den die Sonne jedoch bereits auflöste. Die noch mit Raureif bedeckte Landschaft funkelte, als wäre sie über und über mit Diamanten besetzt. Die Gegend war wirklich herrlich. Bedauerlicherweise hatte Franco sie nicht einen einzigen Tag genießen können. Ich hörte ihn noch sagen: *Ich habe ein Haus auf dem Land gemietet.* An jenem Morgen konnten wir nicht ahnen, wie alles enden würde. Während er nun ein Häufchen Asche war, schlug sich sein Freund Emilio mit den Rätseln von Fontenera herum.

Nach ein paar Kilometern bog ich in die schmale Straße ein, die zum Anwesen der Rondaninis führte. Als ich vor dem Haus parkte, sah ich Rachele erneut regungslos am gleichen offenen Fenster stehen, kurz darauf jedoch war sie verschwunden. Ich stellte den Motor ab und stieg aus. Dann sah ich mich ein wenig um. Ich hatte recht. Ein Fenster lag genau über dem Scheunendach, und nicht weit von der Wand entfernt stand ein Baum. Rachele konnte ausreißen, wann immer sie wollte. Sie brauchte nur aus dem Fenster zu klettern, über das Dach zum Baum hinüberlaufen und sich an den Ästen hinabhangeln. Die ganze Nacht konnte sie sich Zeit lassen, ihre Großmutter würde nie etwas bemerken.

Ich ging zur Haustür und klopfte an. Bei der Stille, die hier herrschte, war ich überzeugt, dass die Signora mich längst gehört hatte. Noch immer hatte ich keine Ahnung, was ich ihr sagen wollte. Ich klopfte erneut. Nach einer Weile hörte ich, wie jemand aufschloss. Die Tür ging auf, und Signora Rondanini erschien, alt wie nie.

»Guten Tag, Signora.«

»Was wollen Sie?« Misstrauisch sah sie mich an.

»Wenn es Ihnen nichts ausmacht, würde ich gern mit Ihnen reden.«

»Worüber?«

»Es dauert nur eine Minute.«

»Lassen Sie uns in Frieden.«

»Ich muss Ihnen etwas sehr Wichtiges sagen. Es geht um Ihre Enkelin.«

»Meine Enkelin ist verrückt.«

»Genau darüber möchte ich mit Ihnen sprechen«, sagte ich. Sie musterte mich kurz, bevor sie zur Seite trat und mich hereinließ. Anscheinend hatte sie sich damit abgefunden, mich ertragen zu müssen. Im Grunde war sie gar nicht so hart, wie sie nach außen wirkte.

»Viel Zeit habe ich nicht, ich koche gerade Marmelade ein«, schickte sie voraus. In der Tat roch es stark nach gekochtem Obst. Ich folgte ihr durch den Flur. Wir betraten das Zimmer, in dem ich auf Camilla gewartet hatte. Es schien mir noch düsterer geworden zu sein. Alle Fenster waren verriegelt, und eine Lampe in der Ecke verströmte gelbliches Licht.

Wir setzten uns einander gegenüber. Signora Rondanini legte beide Hände auf den Knauf ihres Gehstocks und sah mich eindringlich an, während sie darauf wartete, dass ich das Wort ergriff. Rasch ordnete ich meine Gedanken und kam zur Sache.

»Bitte verzeihen Sie, wenn ich Ihnen ein schlimmes Ereignis in Erinnerung rufe, aber leider bleibt mir keine andere Wahl.«

»Was wollen Sie?«

»Ich habe Grund zu der Annahme, dass Ihre Enkelin dabei war, als …« Ich stockte. Es auf diese Weise zu sagen, war vielleicht zu grausam. Die Signora aber hatte genau verstanden.

»Meine Enkelin schlief«, sagte sie entschieden.

»Vielleicht auch nicht ... vielleicht hatte sie sich unter dem Bett ihrer Eltern versteckt, und als der Wolfshund ...«

»Sie schlief!«, fiel sie mir ins Wort.

»Signora Rondanini, ich bin mir sicher, dass Rachele vor jenem schrecklichen Tag ein ganz normales Mädchen war.«

»Das ist nicht wahr.«

»Bitte hören Sie mich an. Rachele hat vielleicht alles mit angesehen und ist traumatisiert. Womöglich könnte sie geheilt werden.«

»Ich habe Ihnen nichts mehr zu sagen.«

»Wie dem auch sei, ich glaube nicht, dass es gut für Ihre Enkelin ist, ständig im Haus eingeschlossen zu sein«, fuhr ich beherzt fort.

»Ich habe Marmelade auf dem Herd«, entgegnete sie. Ihren Stock zu Hilfe nehmend, erhob sie sich.

»Wenn es keine Umstände macht, würde ich Rachele gern begrüßen«, sagte ich und blieb sitzen. Die Signora zuckte zusammen, und für einige Herzschläge weitete sich ihr scheeler Blick, wie auf einen Druck von innen.

»Sie schläft«, wiegelte sie ab.

»Vor ein paar Minuten habe ich sie noch am Fenster gesehen.«

»Sie kann nicht kommen«, erklärte sie und schien den Stockknauf zermalmen zu wollen. Während ich aufstand, überlegte ich, mit welchen Worten ich die Signora überzeugen könnte, mich zu ihrer Enkelin zu lassen.

»Ich möchte ihr nur hallo sagen«, erwiderte ich schließlich, da mir einfach nichts Besseres einfallen wollte. In dem Moment ging die Tür auf, und Rachele kam herein, blass wie immer, die Arme verbunden und das Kopftuch straff unter dem Kinn geknotet. Als sie mich sah, deutete sie ein Lächeln an.

»Hallo, Rachele«, begrüßte ich sie.

»Geh in dein Zimmer!«, befahl ihre Großmutter. Ausdruckslos sah Rachele sie an. Dann hob sie einen Arm und zeigte mit dem Finger auf sie.

»Es war nicht Buch … du weißt das … du weißt das …«, sagte sie. Ihre Großmutter begann zu zittern und fuchtelte mit ihrem Stock.

»Mach, dass du in dein Zimmer kommst!« Sie schrie so laut, dass es mir in den Ohren wehtat. Rachele aber rührte sich nicht. Sie ließ nur den Arm sinken, ihr Blick wurde hart wie Stein. Gebannt verfolgte ich die Szene. Der Atem der Signora ging schwer, ihr behaartes Kinn zitterte ein wenig. Keiner von uns sagte ein Wort. Rachele sah mich mit leicht hochgezogenen Mundwinkeln beinahe lächelnd an, doch aus ihren Augen schien grenzenlose Verzweiflung zu sprechen.

»Möchtest du mir etwas sagen?«, fragte ich mit ruhiger Stimme. Signora Rondanini wandte sich ruckartig um und sah mich entgeistert an.

»Verschwinden Sie augenblicklich von hier, oder ich rufe die Carabinieri«, drohte sie mit einer so dumpfen Stimme, wie ich sie bei ihr nie erwartet hätte. Ohne sie zu beachten, wandte ich mich erneut an Rachele.

»Wenn es nicht Buch war, wer war es dann?«, fragte ich sie, um sie zu ermutigen. Noch bevor ich die Frage ganz ausgesprochen hatte, sah ich aus dem Augenwinkel den Stock der alten Frau in die Höhe fahren, und wäre ich nicht hastig einen Schritt zurückgewichen, hätte er mich am Kopf getroffen. Neben meinem Ohr zischte es, die Alte verlor das Gleichgewicht und schlug dumpf auf dem Boden auf. Rachele kicherte. Es gab nichts zu lachen, der Sturz musste schmerzhaft gewesen sein. Ich näherte mich der Signora und wollte ihr beim Aufstehen behilflich sein.

»Alles in Ordnung?«

»Verschwinden Sie!«, brüllte sie und stieß mich weg. Sie klammerte sich an einen Sessel und zog sich daran ungelenk hoch wie eine auf dem Rücken liegende Schildkröte, die versucht, sich umzudrehen. Wären die Umstände andere gewesen, hätte auch ich grinsen müssen. Kaum war die Signora wieder auf den Beinen, tat Rachele etwas, was mich erschauern ließ … Sie machte das Knurren eines Hundes nach und biss sich gleich darauf in die Arme, als wolle sie sie in Stücke reißen. Auf ihren weißen Verbänden bildeten sich rote Flecken, und ihre Großmutter begann mit dem Stock auf den Boden zu stampfen.

»Hör auf damit! Hör auf damit! Hör auf damit! Hör auf damit!«, schrie sie gleichzeitig im Rhythmus. Es war keine angenehme Situation. Mir schwitzten die Hände. Plötzlich klingelte mein Handy in der Hosentasche, und dieses Geräusch brachte mich für einen kurzen Moment zurück in die normale Welt, wo Menschen auf der Straße spazieren, ins Kino gehen und eine Familie gründen. Großmutter und Enkelin waren auf einem fernen Planeten ganz in ihren Kampf vertieft. Ohne einen Blick aufs Display drückte ich den Anruf weg. Vielleicht war es Camilla, aber im Augenblick erschien es mir nicht passend, sie zum Abendessen einzuladen. Noch immer zerbiss Rachele sich die Arme, und ihre Großmutter stampfte unaufhörlich mit dem Stock auf und schrie in einem fort: »Hör auf damit! Hör auf damit! Hör auf damit!«

Mit blutroten Verbänden hielt Rachele endlich inne und ging aus dem Zimmer, als wäre nichts geschehen. Die Signora warf mir einen hasserfüllten Blick zu.

»Sind Sie jetzt zufrieden?«

»Rachele kann geheilt werden, dessen bin ich mir sicher«, sagte ich noch einmal, obwohl ich selbst nur halb daran glaubte. Die Signora wandte sich ohne ein weiteres Wort zum Flur und stieß bei jedem Schritt den Stock auf den Boden. Ich folgte ihr bis zur Haustür.

»Auf Wiedersehen«, sagte ich im Hinausgehen.

»Leben Sie wohl«, erwiderte die Alte. Sie wollte bereits die Tür schließen, als ein plötzlich einsetzendes Weinen sie erstarren ließ. Einen Moment lang sahen wir uns stumm an und horchten auf Racheles Schluchzer.

»Meine Enkelin weint sonst nie. Das ist Ihre Schuld«, murmelte die Signora noch, bevor sie langsam die Tür schloss. Ich trat einige Schritte vom Haus zurück und sah nach oben. Rachele war nicht zu sehen, aber durch das offene Fenster war ihr verzweifeltes Wimmern zu hören. So viele verlorene Lebensjahre. Vielleicht irrte ich mich, und es gab keine Heilung mehr für sie. Mehrmals rief ich leise ihren Namen, doch sie ließ sich nicht blicken. Hingegen tauchte plötzlich ihre Großmutter auf und schloss geräuschvoll das Fenster. Vielleicht war es nun an der Zeit zu gehen.

Ich stieg ins Auto und fuhr gemächlich los. Dieses Haus hinter mir zu lassen, war wie aus einem Sarkophag zu steigen. Rachele tat mir immer mehr leid. Sie verbrachte ihr Leben eingesperrt in diesem düsteren Haus, wo Zeit keinerlei Bedeutung zu haben schien … Im Grunde aber konnte niemand mit Gewissheit sagen, was besser für sie war. Sie aus dieser Hölle zu befreien konnte auch ihren Tod bedeuten.

Am dunstigen Himmel stieg die Sonne höher, die Felder trugen bereits die Farben des Herbstes. Ich musste daran denken, wie anders das Land wirkte, wenn die Nacht hereinbrach, wie sehr es sich veränderte. Erst seit gut einem Monat lebte ich in Fontenera, doch schon jetzt sah ich alles mit anderen Augen. Mein idyllischer erster Eindruck war bald an den tagtäglichen kleinen Wahrheiten zerbröckelt, und die sonnenüberfluteten Weinberge hatten für mich ihren Zauber verloren. Es war, als hätte sich ein schwarzer Schleier über ihre Schönheit gelegt. Die Touristen, die auf Entdeckungsreise durch die Heimat des Chianti gingen, genossen den Anblick sanft geschwungener Hügel und malerischer Landhäuser, ohne auch nur zu ahnen, was sich dort verbergen konnte.

Der Anruf fiel mir wieder ein, und ich warf einen Blick auf mein Handy. Wie erhofft las ich dort Camillas Nummer und rief sie zurück. Nach langem Klingeln meldete sie sich.

»Hallo, Schriftsteller.« Sie machte einen fröhlichen Eindruck.

»Tut mir leid wegen vorhin, aber ich konnte nicht drangehen.«

»Wie geht's dir?«

»Ich muss mit dir reden.«

»Was ist passiert?«

»Ich habe herausgefunden, wer der Werwolf ist …«

»Was hast du denn geraucht?«, lachte sie.

»Das ist kein Witz. Komm doch zum Abendessen vorbei, dann erzähl ich dir alles«, sagte ich in der Hoffnung, sie neugierig zu machen. Es folgte eine lange Pause, und ich dachte schon, die Verbindung wäre abgebrochen.

»Bist du noch dran?«

»Ich bin hier …«

»Ich habe dich nicht mehr gehört.«

»Um wie viel Uhr?«

»Passt es dir um neun?«

»Ich hoffe, das schaffe ich. Aber ich habe nicht ganz verstanden, wo du wohnst.«

»Das ist ganz leicht.« Ich beschrieb ihr den Weg. Sie konnte das Haus nicht verfehlen, mein Auto stand ja vor der Tür.

»Gibt es etwas, das du nicht isst?«

»Männer.«

»Schade …«

»Ich muss Schluss machen, wir sehen uns heute Abend.«

Camilla hatte zugesagt. Ich war aufgeregt wie ein kleiner Junge, der zum ersten Mal an einem Büstenhalter hantiert, und gleich erschien mir die Landschaft weniger düster.

Pünktlich zu den Nachrichten schaltete ich das Radio an. Die übliche innenpolitische Leier, künstliche Auseinandersetzungen unter den Mächtigen, Meldungen aus dem Ausland, Wirtschaftsnachrichten. In Kalabrien hatte man in einem Steinbruch die Leiche eines Mannes mit abgetrennten Händen gefunden, und in Turin waren bei einem Fabrikunglück drei Arbeiter erstickt. Hoch lebe Italien. Als es schließlich um Mode ging, schaltete ich das Radio ab.

Früher oder später würden alle landesweiten Nachrichtensendungen im Fernsehen über den Schriftsteller Emilio Bettazzi berichten, der dem Hühnermörder von Fontenera auf die Schliche gekommen war, woraufhin ich mit etwas Glück einen Haufen Bücher verkaufen würde. Noch aber sah ich mich nicht in der Lage, mit dem Maresciallo darüber zu reden. Ich musste Geduld haben. Irgendetwas übersah ich noch, vor allem aber hatte ich keine Beweise in der Hand. *Bockmist,* wäre Pantanos Kommentar gewesen.

Auch die Stimmen aus der Villa Rondanini ließen mir keine Ruhe, aber wie schon mein Großvater immer sagte, war es besser, eins nach dem anderen zu tun. Zunächst musste ich mich auf Rachele konzentrieren. Und wenn sie nun vor zehn Jahren den jungen Deutschen im Wald getötet hatte? Jederzeit konnte sie so etwas wieder tun. Hielt ich sie nicht rechtzeitig auf, hätte ich ein Menschenleben auf dem Gewissen.

Vor allem musste ich meine Gedanken ein wenig ordnen. Ich hatte das Bedürfnis, jemandem alles von Anfang bis Ende zu erzählen, um zu hören, ob es einen Sinn ergab. Camilla war dafür bestens geeignet. Sie lebte in der Gegend, kannte die beteiligten Orte und Personen, und, was das Wichtigste war, sie gefiel mir.

Ich fuhr nach Fontenera und betrat Marinellas Laden. Zu meiner Verwunderung musste ich nicht anstehen, das war noch nie vorgekommen.

»Was darf's sein?«, fragte Marinella teilnahmslos. Ich kaufte ein paar Leckereien zum Abendessen, unter anderem eine Flasche Vin Santo vom Bauern. Für den Rotwein würde ich wohl nach Siena fahren müssen. Schließlich konnte ich nicht eine Frau einladen und ihr dann einen Sangiovese für einen Euro siebzig vorsetzen. Während Marinella auf einem Zettel alles zusammenrechnete, griff ich nach einer Dose mit eingelegten Artischocken, und sie blickte auf.

»Kommt die dazu?«

»Ich wollte nur lesen, was auf dem Etikett steht … Kennen Sie eigentlich Signora Rondanini?«

»Die kennt jeder.« Zahlen vor sich hin murmelnd, rechnete sie weiter.

»Rachele, ihre Enkelin … ist sie so von Geburt an oder seit ihre Mutter gestorben ist?«

»Keine Ahnung.« Sie machte sich nicht einmal die Mühe, den Kopf zu heben.

»Was sagen Sie denn zu den zerfleischten Hühnern?«

»Nichts.«

»Es wird wohl kein Werwolf sein?«, ließ ich scheinbar unbedarft fallen. Marinella sah mich mit ihren schräg stehenden Augen an. Der Moment zog sich in die Länge.

»Sonst noch etwas?«

»Ich denke nicht …«

»Zweiundvierzig fünfundzwanzig.« Sie tippte den Betrag in die Kasse und ließ den Bon in die Tüte fallen. Schweigend bezahlte ich. Es hatte keinen Sinn weiterzubohren, sie würde mir keine Auskunft geben. Beim Hinausgehen stieß ich beinahe mit dem hübschen behinderten Mädchen zusammen. Ihre Mutter entschuldigte sich bei mir und versetzte ihr einen Stoß.

»Heilige Mutter Gottes! Kannst du nicht aufpassen, wo du hintrittst?«

Ich machte einem Schritt zur Seite, um sie vorbeizulassen, und blieb in der Tür stehen. Die Ärmste sah mich an. Sie trug Kindersandalen und einen blauen Minirock, der ihr hervorragend stand. Ich winkte ihr zu, woraufhin sie mit schiefem Gesichtsausdruck etwas murmelte. Es war wirklich eine Schande, dass ihr Gehirn nicht in gleichem Maße entwickelt war wie der Rest. Hätte sie das richtige Leuchten in den Augen gehabt … die armen Jungs.

Als Marinella mir einen argwöhnischen Blick zuwarf, machte ich mich auf den Weg. Kurz stellte ich zu Hause meine Einkäufe ab, bevor ich auf der Suche nach einem anständigen Wein weiter nach Siena fuhr. Ich fühlte mich, als hätte ich seit Ewigkeiten keine Frau mehr zum Essen eingeladen, und trällerte unterwegs auf der Via Chiantigiana ein altes Lied von Battisti vor mich hin.

Um Viertel nach neun war Camilla noch immer nicht da. Ich hatte den Tisch in der Küche mit den schönsten Tellern gedeckt, die ich in der Vitrine finden konnte. Die beiden Weingläser passten nicht zusammen, aber das war auf dem Land normal. Auch für ein gemütliches Feuer im Kamin hatte ich gesorgt. Da das Nudelwasser bereits zu lange kochte, setzte ich neues auf. Ich nahm Platz, stand wieder auf, sah auf die Uhr, beobachtete, wie die Flammen das Holz verzehrten. Ein paar Lampen in den Ecken verbreiteten behagliches Licht. Alles, was fehlte, war sie.

Um halb zehn schaltete ich den Herd aus und deckte den Topf zu. Mehrmals vergewisserte ich mich, dass der Tisch auch ordentlich gedeckt war. Gehörten Dessertlöffel zwischen Glas und Teller, auch wenn es gar kein Dessert gab? Sahen die Servietten zu Rechtecken oder zu Dreiecken gefaltet besser aus? Mit all dem wollte ich nur ein wenig Zeit totschlagen. Auf dem Handy anrufen wollte ich Camilla nicht, da es nicht so aussehen sollte, als könne ich ihren Besuch kaum erwarten. Früher oder später würde sie schon kommen.

Ich legte ein paar Holzscheite nach und ging nach draußen. Die Luft war feucht und ziemlich kalt. Der Sommer war eindeutig vorbei. Riesig groß und schon fast rund stand der Mond am Himmel. Ich konnte nicht ruhig stehen bleiben. Während ich auf und ab spazierte, blickte ich im Fünfzehn-Sekunden-Takt auf die Uhr. Ging es mir wirklich in meinem Alter noch immer so? In der Ferne begann ein Hund auf herzzerreißende Weise zu jaulen. Andere Hunde antworteten ihm aus den umliegenden Hügeln, und bald hallte ein Trauerchor durch das Tal. In einer Nacht wie dieser fiel es nicht schwer, an Legenden zu glauben.

Ich kehrte ins Haus zurück und ging nach oben. Dort stellte ich mich ans Schlafzimmerfenster. Die Hunde hörten einer nach dem anderen auf zu heulen, bis wieder Ruhe eingekehrt war. Weit entfernt wechselten sich in regelmäßigen Abständen die Rufe zweier Eulen ab. Die Felder wirkten im Mondlicht so unheimlich wie in bösen Märchen und gerade deshalb wunderschön. In Gedanken sah ich mich in die Weinberge hinausgehen und den Anblick von dort genießen, obwohl mir klar war, dass ich das niemals tun würde. Nicht in Fontenera.

Nach einer Weile verriegelte ich die Fensterläden und kehrte nach unten zurück. Ich ging erneut vor die Tür und spazierte wie ein Sträfling auf und ab. Vielleicht würde sie ja gar nicht kommen. Ich würde sie nie wiedersehen. Sie hatte sich einen Spaß mit mir gemacht … Ich war schlimmer als ein Jugendlicher im Hormonrausch.

Um neun Uhr zweiundvierzig hörte ich in der Ferne ein Motorengeräusch, und gleich darauf wanderte ein Lichtstrahl durch den Olivenhain. Mit pochendem Herzen lief ich ins Haus. Sie sollte mich nicht wie liebeskrank draußen warten sehen. Hinter der Tür lauschte ich, wie ihr Wagen sich näherte. Sobald der Motor verstummte, schlich ich auf Zehenspitzen in die Küche. Erst als es klopfte, ging ich aller Ruhe zurück und öffnete die Tür.

»Entschuldige die Verspätung«, sagte sie beim Hereinkommen.

»Welche Verspätung?«

»Was für ein schönes Haus.« Die Kälte ließ sie ein wenig frösteln. Sie sah fantastisch aus. Jeans und flache Schuhe, dezentes Make-up. Während ich sie in die Küche führte, hoffte ich inständig, auf meinem Gesicht möge sich nicht das gleiche dümmliche Lächeln zeigen, das sich in meinem Verstand ausgebreitet hatte.

»Was für ein schönes Feuer …«, sagte sie. Der Anfang hätte nicht besser sein können.

»Hunger?«

»Ich könnte sterben.«

»Das Essen ist in zehn Minuten fertig. Ein Glas Wein?«

»Gern, danke.« Sie ging zum Kamin, um sich die Hände zu wärmen. Ich stellte den Topf wieder auf den Herd. Dann schenkte ich einen Teroldego aus und reichte Camilla ein Glas. Penne mit Krebsfleisch. Hoffentlich war sie beeindruckt. Sie machte es sich auf dem Sofa bequem.

»Was ist denn nun mit dem Werwolf?«

»Das muss ich dir von Anfang an erzählen, sonst kannst du nicht folgen.«

»Dann leg los.« Sie sah mich aus wunderschönen schwarzen Augen an.

»Ich habe nur eine Bitte. Keine Kommentare, bis ich fertig bin.«

»Ich schwör's.«

»Gut.« Ich gab die Nudeln ins Wasser und begann möglichst verständlich zu erzählen. Damit ihr Zeit zum Nachdenken blieb, ging ich ganz langsam Punkt für Punkt vor. Die menschliche Gestalt im Olivenhain, Maresciallo Pantano, Signora Rondanini, mein Besuch in der Villa, die nachgemachten Schlüssel …

Schließlich setzten wir uns an den Tisch, vor uns die Teller mit dampfenden Nudeln. In aller Ruhe sprach ich weiter und ließ kein Detail aus. Camilla hörte mir die ganze Zeit über schweigend zu. Während mein Blick auf ihrem roten Mund lag, stellte ich mir vor, ihn mit meinen Lippen zu berühren.

Nach dem Obstsalat entkorkte ich die Flasche Vin Santo. Mit zwei vollen Likörgläsern machten wir es uns auf dem Sofa vor dem Kamin bequem. Während ich weitererzählte, betrachtete ich ihr Gesicht im Schein der Flammen. Es war ein magischer Augenblick, der so nie wiederkehren würde.

Beim zweiten Glas kam ich zum Ende der Geschichte. Nach einem Moment des Schweigens stand ich auf und ging hinter dem Sofa auf und ab.

»Da du nun alles weißt, fasse ich noch einmal zusammen. Rachele ist fünf Jahre alt. Eines Abends versteckt sie sich unter dem Bett ihrer Eltern und muss mit ansehen, wie Buch, der Hund, ihre Mutter zerfleischt. Natürlich erleidet sie ein Trauma und zieht sich völlig in sich selbst zurück. Ihr Verstand kann die schreckliche Wahrheit nicht verarbeiten, die all die Jahre ins Unbewusste verdrängt wird. In ihrer Psyche bildet sich eine Art krankes Gleichgewicht. Auf der einen Seite die Bilder der Tragödie, die an die Oberfläche drängen, auf der anderen Seite Racheles Bewusstsein, das sie auslöschen will. Vielleicht ist das der Grund für ihren Wahnsinn. Zwei Kräfte, die sich im Kampf gegenseitig ausschalten, ohne dabei Raum für etwas anderes zu lassen. Aber fahren wir fort. Aus irgendeinem Grund zerbricht plötzlich das Gleichgewicht. Ein neuer Trieb drängt aus dem Unbewussten hervor, ein unkontrollierbarer Wille, der Rachele immer wieder aufs Neue das Grauen suchen lässt, das sie als Kind durchlebt hat. Deshalb reißt sie nachts von zu Hause aus, zieht durch die Gegend und tötet wehrloses Kleinvieh … Und, was hältst du davon?« Ich erwartete Lob, Camilla aber runzelte die Stirn.

»Na ja …« Mehr sagte sie nicht.

»Na ja – was?«

»Glaubst du wirklich, Rachele läuft nachts herum und …«

»Wieso nicht?«, fiel ich ihr ins Wort. Nachdenklich nippte sie an ihrem Wein.

»Ich weiß nicht, das klingt für mich alles sehr seltsam.«

»Du hättest sehen sollen, wie sie sich die Arme zerbissen hat.«

»Das beweist nicht, dass sie auch Hühner umbringt.«

»Zweimal habe ich sogar gesehen, wie sie nachts über die Felder lief. Ich bin so gut wie sicher, dass sie es war.«

»*So gut wie*, sagst du.«

»Unabwägbarkeiten gibt es immer.«

»Ich weiß nicht …«, wiederholte sie alles andere als überzeugt. Ihr Blick ging ins Leere. Ich schenkte mir Wein nach und blieb stehen. Ich war etwas aufgewühlt.

»Überleg doch mal, es ist alles plausibel. So etwas ist schon häufig vorgekommen. Erinnerst du dich noch an das Monster in Russland, das Kinder verspeiste? Als Achtjähriger hatte er mit ansehen müssen, wie sein kleiner Bruder verschlungen wurde, und viele Jahre später …«

»Erinnere mich bloß nicht daran«, fiel Camilla mir mit angewiderter Miene ins Wort. Ich setzte mich zu ihr aufs Sofa und füllte ihr Glas.

»Mal ehrlich, glaubst du wirklich, Rachele sei von Geburt an geistesgestört, wie ihre Großmutter behauptet?«

»Ich habe keine Veranlassung, etwas anderes zu vermuten.«

»Auch nicht nach dem, was ich dir erzählt habe?«

»Du wirst zugeben, dass es schwer zu glauben ist.«

»Ich war vom Gegenteil überzeugt.«

»Manch einer ist auch überzeugt, er wäre Napoleon«, lachte sie. Ich tat, als hätte ich die Spitze überhört.

»Gehen wir einen Schritt weiter. Ich weiß um das Arztgeheimnis, aber warst du an dem Abend, als ich dich zu Signora Rondanini gefahren habe, wegen ihr oder wegen Rachele da? Ich frage das nicht nur aus Neugier. Stell dir vor, das hier wäre eine Vernehmung.« Noch immer erschüttert von ihrer Skepsis, sah ich sie mit erwartungsvoller Dramatik an. Camilla antwortete nach einigem Zögern.

»Also gut, im Grunde ging es ja nur um eine Kleinigkeit … Die Signora hat mir erzählt, sie schlafe seit einiger Zeit schlecht. Sie bat um ein Schlafmittel, und ich habe ihr eine Packung Tabletten gegeben, die ich in der Tasche dabeihatte.«

»Wenn du mich fragst, zerdrückt sie die mit dem Löffel und gibt sie in Wasser aufgelöst ihrer Enkelin zu trinken. Vielleicht hat sie etwas bemerkt und versucht so zu verhindern, dass sie nachts ausreißt«, sagte ich, um meine Theorie zu stützen. Auf ihren Lippen kauend, starrte Camilla in das züngelnde Kaminfeuer.

Ich stand auf, um noch etwas Holz nachzulegen, und hoffte, die schöne Dottoressa möge nicht zu früh wieder gehen. Dann setzte ich mich wieder neben sie, ein Stück näher als zuvor.

»Und was sagst du zu den Stimmen oben aus der Villa?«

»Ich denke, du solltest mal den Dealer wechseln.« Sie grinste.

»Glaubst du genau wie der Maresciallo, ich hätte mich verhört?«

»Könnte doch sein.«

»Ich versichere dir, so ist es nicht, ich habe ganz deutlich einen Mann und eine Frau streiten hören. Eine klassische Eifersuchtsszene.«

»Aber die Villa steht seit Jahrzehnten leer.«

»Eben. Vielleicht spukt es dort.«

»Ich bitte dich …«

»Gib mir eine andere Erklärung.«

»Hast du noch immer die Schlüssel?«

»Sicher.«

»Lass uns zusammen hinfahren.«

»Wenn du unbedingt willst … Hast du morgen Vormittag Zeit?«

»Ich meinte jetzt gleich.«

»Jetzt?«

»Hast du Angst?«

»Ach was, Angst … Ich habe bloß keine Lust zu erfrieren.« Das war gelogen.

»Ich dagegen habe Angst, aber trotzdem würde ich gern hinfahren.«

»Auch bei diesem Mond?«

»Noch ist doch nicht Vollmond …«

»Aber er ist ganz schön groß.«

»Ja, und? Wir beide wissen doch, dass es keine Werwölfe gibt … und auch keine Gespenster.«

»Schon, aber lieber bleibe ich am Kamin sitzen und trinke Vin Santo.«

»Ich auch, und trotzdem würde ich gern hinfahren«, wiederholte sie und setzte sich auf. Im Licht des Feuers leuchteten Neugier und Angst in ihren schwarzen Augen. Nie zuvor hatte ich eine so schöne Frau gesehen. Zugegeben, den Gedanken an sich hatte ich schon einmal gehabt, nicht aber mit einer solchen Intensität. Sie hatte wirklich etwas ganz Besonderes …

»Was ist nun?«, fragte sie. Ich wollte sie nicht enttäuschen, vor allem aber sollte sie mich nicht für einen Schlappschwanz halten.

»Also los.« Ich trank mein Glas in einem Zug leer und stand auf. Ein echter Mann.

Wir verließen das Haus und stiegen in den Fiesta. Ich übernahm das Steuer. Ohne ein Wort zu wechseln, fuhren wir mit schlitternden Reifen die Schotterstraße bergauf. Wir waren beide angespannt. Wo die Scheinwerfer nicht hinstrahlten, war nur schwarzer Wald.

Vor dem Villentor hielt ich an. Nachdem ich die Taschenlampe eingeschaltet hatte, warfen wir uns einen kurzen Blick zu und stiegen aus. Ich schloss das Tor auf, und wir betraten das Grundstück. Seite an Seite gingen wir über den Kiesweg, unsere Schultern berührten sich bei jedem Schritt.

»Ich muss zugeben, es ist etwas unheimlich hier«, raunte Camilla mir zu.

»Alles nur Einbildung.« In erster Linie wollte ich mich selbst beruhigen. Plötzlich klammerte sie sich an mich und deutete in die Dunkelheit.

»Was ist das?«, flüsterte sie, und ich zuckte zusammen. Als ich mit der Taschenlampe leuchtete, sahen wir eine Katze davonlaufen. Da aber schlug mir das Herz bereits bis zum Hals.

»Tu das nie wieder«, zischte ich.

»Entschuldige, ich habe einen Schatten gesehen und …«

»Pssst.«

Aufmerksam lauschend erreichten wir ohne ein weiteres Wort das Haus. Geräuschlos öffnete ich die Tür, und wir schlüpften hinein. Camilla hing an mir wie eine Zecke. Mit angehaltenem Atem gingen wir hinauf in den ersten Stock. Zum dritten Mal bog ich nun im Flur um die Ecke.

»Das ist das Zimmer«, flüsterte ich und öffnete die Tür. Wir blieben auf der Schwelle stehen. Für sie richtete ich die Taschenlampe auf das, was ich nun schon zweimal gesehen hatte … das Bett, die Flecken auf dem Boden, die bespritzte Wand, die Abdrücke blutverschmierter Schuhe. Schließlich auf den Strang, der einer Drohung gleich von der Decke baumelte. Camilla hatte sich wieder an meinen Arm geklammert, was das einzig Angenehme an der Situation war. Ich ermunterte sie, mit mir gemeinsam durchs Zimmer zu gehen. Zwar tat ich ganz entspannt, doch ich konnte es kaum erwarten, wieder draußen zu sein. Ich deutete auf den kleinen Handabdruck an der Wand, bevor ich über den Boden leuchtete und ihr zeigte, was ich für die Spuren von Kinderschuhen hielt.

»Ja, das wäre möglich …«, wisperte Camilla.

»Inzwischen bin ich fast sicher, dass Rachele sich an jenem Tag unter dem Bett versteckt hatte.« Wir sprachen so leise, als wären wir im Theater.

»Ich hoffe noch immer, es war nicht so«, sagte sie.

»Klar, ich auch. Sollte ich jedoch recht haben … dann könnte jemand mit dem Wissen um die wahre Ursache ihrer Krankheit vielleicht versuchen, sie zu heilen.«

»Das würde ich lieber nicht beschwören.«

»Ich auch nicht, aber man sollte nicht immer alles dem Schicksal überlassen.« Da ich das Gefühl hatte, etwas Wichtiges zu übersehen, suchte ich weiter mit der Taschenlampe den Boden ab. Camilla hielt meinen Arm eng umklammert, während ihr Blick dem Lichtstrahl folgte. Plötzlich wurde mir schlagartig klar, was nicht stimmte.

»Leck mich am Arsch … Oh, entschuldige.«

»Keine Sorge, ich weiß, was du meinst«, flüsterte Camilla. Mir schien nun nicht der Zeitpunkt, das Thema weiter zu vertiefen.

»Sieh mal genau hin. Fällt dir nicht auf, dass etwas fehlt?« Ich leuchtete zwischen der einen großen Blutlache neben dem Bett und der anderen, die von dem Hund stammte, hin und her.

»Fußspuren des Yeti?«, gab sie zurück.

»Ich meine es ernst, sieh doch … Da ist kein einziger Pfotenabdruck.«

»Ja, und?«

»Überleg mal. Ein Hund zerfleischt eine Frau, und seine Pfoten kommen nicht mit ihrem Blut in Berührung. Hier ist nirgends auch nur ein Abdruck von Buch. Findest du das normal?«

»Ich weiß nicht … Was schließt du daraus?« Sie zitterte ein wenig, und ich legte einen Arm um ihre Schultern.

»Es kann nur eines bedeuten. Der Wolfshund wurde gleich, als er zur Tür hereinkam, erschossen, genau dort, wo der dunkle Fleck ist. Deshalb ist er nicht durchs Blut gelaufen.«

»Entschuldige, willst du etwa damit sagen, nicht Buch hat Racheles Mutter getötet?«

»Genau das.«

»Wer war es dann?«

»Ich habe keine Ahnung. Aber das ist genau das, was auch Rachele immer sagt: *Es war nicht Buch, es war nicht Buch …*«

»Ich darf dich daran erinnern, dass Rachele geisteskrank ist.«

»Das spielt keine Rolle. Morgen fahre ich noch einmal zu Signora Rondanini und setze ihr die Pistole auf die Brust.«

»Wieso lässt du die arme Frau nicht in Ruhe?«

»Das würde ich ja gern, aber ich komme nicht dagegen an.« Das war die Wahrheit. Die Geschichte hielt mich stärker gefangen, als ich es je für möglich gehalten hätte. Und erst recht nach meiner jüngsten Entdeckung. Wenn Buch tatsächlich nichts damit zu tun hatte, steckte etwas noch viel Grauenvolleres hinter der Familientragödie der Rondaninis. Womöglich war die arme Frau vorsätzlich ermordet worden oder einem Anfall von Suizidwahn erlegen. Langsam drängte sich mir der Gedanke auf, dass Geistesstörungen eine regionale Spezialität waren.

»Lass uns gehen«, flüsterte Camilla und zog mich am Arm.

»Warum übernachten wir nicht hier?« Ich wollte witzig sein. Sie zog noch stärker, und wir brachen auf.

Wieder draußen zu sein, war für uns beide eine große Erleichterung, obwohl der finstere Park noch unheimlicher wirkte als zuvor. Eilig verließen wir das Grundstück. Ich schloss das Tor wieder ab. Aus dem Wald drangen seltsame Geräusche herüber, so als strichen große Tiere durch das Unterholz.

»Wildschweine«, sagte ich und hoffte, dass ich damit recht hatte. Wir stiegen ins Auto und sprachen während der gesamten Heimfahrt kein Wort. Meine Gedanken waren bei Rachele. Immer mehr war ich davon überzeugt, dass sie mit angesehen hatte, wie ihre Mutter starb, und dass ihr Geisteszustand genau darauf zurückzuführen war. Sie war nicht von Geburt an verrückt.

In der Küche herrschte eine angenehme Temperatur, doch das Feuer war fast erloschen. Ich legte ein paar dicke Holzscheite nach und hoffte, noch gemeinsam mit der Dottoressa erleben zu können, wie sie von den Flammen verzehrt wurden. Nachdem wir uns aufs Sofa gesetzt hatten, füllte ich erneut die Gläser. Camilla lächelte.

»Mir kommt es vor, als hätte ich diesen Raum nie verlassen.«

»Vielleicht stimmt das ja. Wie wär's mit ein bisschen Gras?«

»Das kann ich jetzt gut gebrauchen …«

Ich drehte einen Joint, den wir uns abwechselnd reichten. Dabei sprachen wir weiter über Rachele und über zerfleischte Hühner, über Gespenster, Werwölfe, Bücher, Filme, Kochen … In allen Einzelheiten betrachtete ich ihr Gesicht. Stirn, Ohren, Augenbrauen, Nase, Kinn, Mund … beim Mund verharrte ich. Ich trank einen Schluck, stellte das Glas auf dem Boden ab und erhob mich. Jetzt oder nie.

»Steh mal kurz auf.« Regungslos stand ich vor ihr.

»Wieso?«

»Nur ganz kurz.«

»Hoffentlich gibt es einen guten Grund.«

»Um das herauszufinden, musst du schon aufstehen.«

Seufzend erhob Camilla sich. Ich umfasste ihr Gesicht. Sie schenkte mir ein merkwürdiges Lächeln, so als wäre ich eine Marionette in ihren Händen. Als ich mich ihrem Mund näherte, wich sie nicht aus. Da küsste ich sie, ohne sie an mich zu pressen. Ich wollte behutsam sein. Unsere Zungen schmeckten nach Tabak und Wein. Kaum löste ich mich von ihr, setzte sie sich wieder hin.

»Nur dafür hast du mich aufstehen lassen?«

»Ich kann dir auch meine Schmetterlingssammlung zeigen.«

»Lässt sie sich transportieren?«

»Nein, leider ist sie in meinem Schlafzimmer …«

»Ich vögle nie bei der ersten Verabredung«, erklärte sie lächelnd.

»Moralische Bedenken?«, fragte ich scherzhaft. Ihre direkte Art machte mich ein wenig verlegen.

»Die Frage ist hoffentlich nicht ernst gemeint.«

»Weißt du, ich vögle auch nicht bei der ersten Verabredung.«

»Dreh lieber nicht den Kopf, Pinocchio, du könntest sonst mit der Nase gegen die Wand stoßen.«

»Du glaubst mir nicht?«

»Eher glaube ich an Werwölfe«, gab sie noch immer lächelnd zurück. Vielleicht wusste sie, dass ihr Lächeln mir die Sicht vernebelte. Sie zog mich am Arm zu sich aufs Sofa und küsste mich wieder. Einmal nur, dann blickte sie auf die Uhr und stand auf.

»Ich muss morgen früh raus«, bemerkte sie im normalsten Tonfall der Welt. Sie war nicht ein bisschen überwältigt von der Kraft meiner Küsse.

»Wann sehe ich dich wieder?«

»Das wird ja immer schlimmer, Casanova ... Wenn du so weitermachst, kann ich mich mit mir selbst unterhalten.«

»Ich bin ein bisschen eingerostet«, erklärte ich errötend. Im vollen Bewusstsein ihrer Macht kaute sie an ihrer Lippe. Schließlich griff sie nach ihrer Jacke, und wir näherten uns dem großen Abschied.

Feuchtigkeit lag wie ein Schleier über dem Fiesta. An der Wagentür küssten wir uns erneut, diesmal in einer leidenschaftlichen Umarmung. Mit dem zarten Körper in meinen Armen kam ich mir vor wie ein böser Riese. Wunderschön leuchtete der Mond am Himmel, und der Werwolf war in dem Augenblick ich.

»Der Wein war wirklich ausgezeichnet«, sagte Camilla, als sie sich aus meinen Tentakeln befreite.

»Wie poetisch. Nach einem solchen Satz macht es mir nichts mehr aus zu sterben.«

»Auch die Pasta war köstlich.«

»Du bist so romantisch ...«

»Ich meine es ernst. Ich hätte nicht gedacht, dass ein Exemplar der Gattung Mann zu so etwas fähig ist.«

»Die üblichen Vorurteile. Auch ich dachte viele Jahre lang, Frauen hätten keine Seele.«

»Womit du recht hattest«, erwiderte sie beim Einsteigen.

»Männer haben *immer* recht.«

»Gute Nacht, Casanova.«

»Träum süß.« In dem Moment, als die Tür zuschlug, war alles vorbei.

Ich sah dem Fiesta nach, der über die Schotterstraße davonfuhr, und dabei fiel mir auf, dass Camilla sich nicht im Geringsten für die echten Werke des großen Emilio Bettazzi interessiert hatte. Vielleicht tat sie das nie bei der ersten Verabredung.

Kaum schlug ich die Augen auf, war Camilla mein erster Gedanke. Ich stellte mir ihre roten Lippen vor, den durchdringenden Blick aus schwarzen Augen, ihren Po in den engen Jeans. Nachdem ich schon bis nachts um vier beim Solitärspielen pausenlos an sie gedacht hatte, hatte ich dann auch noch von ihr geträumt. *Instrumentum diaboli.* Franco amüsierte sich bestimmt köstlich, dass eine Frau es schaffte, mich so durcheinanderzubringen. Ich sollte mich endlich aufraffen und arbeiten, anstatt mich mit allem zu befassen, was mir vor die Nase kam. Als wären Gespenster und Werwölfe nicht schon genug, war da nun auch noch Camilla. Ich war hierhergekommen, weil ich schreiben wollte, stattdessen hatte ich noch beim Einschlafen das Solitärspiel vor mir gesehen … der Kreuz-König passt hier, die Pik-Zwei lege ich dort an.

Zum Trost redete ich mir ein, der Roman, sofern es ihn denn gab, werde auch während der verlorenen Zeit in seinem Schlupfwinkel heranreifen. Eines Tages werde er dann hervorkriechen und sich einfangen lassen. Um ehrlich zu sein, glaubte ich jedoch selbst nicht so ganz daran. Wie ein Kind von einem Ball ließ ich mich von tausend Dingen ablenken und schaffte es nicht, mich zu konzentrieren – so sah die Wahrheit aus. Ich verplemperte eine Menge Zeit mit allem möglichen Unsinn, vor allem mit einer Frau, die niemals bei der ersten Verabredung vögelte. Das alles war die Mühe nicht wert. Ich versuchte mir weiszumachen, dass Camilla so toll doch gar nicht sei, aber leicht war das nicht.

Es war kurz vor neun. Ich wälzte mich aus dem Bett und ging mein Gesicht mit kaltem Wasser waschen. Wo war Camilla wohl gera…

Mit einer wegwerfenden Handbewegung verscheuchte ich den Gedanken und schwor mir, sie den Tag über nicht anzurufen und nicht einmal an sie zu denken. Es lag nun an ihr, sich zu melden. Pech für sie, wenn sie es nicht tat. Ich ging ans Fenster, um zu lüften, und lehnte mich hinaus. In der Nacht hatte es geregnet. Der Himmel war mit dunklen Wolken verhangen, aber das konnte mich nicht betrüben. Ich hatte Camilla geküsst …

Schluss jetzt, ich wollte doch nicht an sie denken. Hastig trank ich eine Tasse Kaffee, zog mich an und setzte mich ins Auto. Ich legte eine Chopin-CD ein und stellte lauter. Die erhabene Musik rief mir wieder in Erinnerung, dass es jenseits der Hügel eine abendländische Zivilisation gab.

An der Abzweigung nahm ich die Provinzstraße in Richtung Fontenera. Bevor ich der alten Rondanini auf die Nerven ging, wollte ich auf einen Sprung bei Maresciallo Pantano vorbeischauen und ihn bitten, mich einen Blick in den Polizeibericht zur Tragödie werfen zu lassen. Ich wollte gern einen Schritt weiterkommen. Vielleicht würde ich ja in den Akten auf ein Detail stoßen, das meine Vermutungen entweder bestätigte oder widerlegte. Immer mehr war ich davon überzeugt, dass ich richtig lag, aber besser, ich setzte nichts als gesichert voraus.

Im Ort angekommen, parkte ich auf dem kleinen Platz vor der Kirche. Auf den Straßen war kaum jemand zu sehen. Wenige alte Frauen und dicke Katzen mit verstümmelten Ohren. Ganz selten einmal waren mir überheblich wirkende junge Männer und grell geschminkte Mädchen begegnet, wenn sie auf ihren Motorrollern an mir vorbeibrausten. Es war nie vorgekommen, dass sie irgendwo saßen und sich unterhielten. Vermutlich flüchteten sie auf der Suche nach ein wenig Abwechslung in die Nachbarorte oder nach Siena.

In einer Gasse spielten sechs oder sieben Kinder auf dem Asphalt Fußball. Ich fragte mich, ob sie wohl die höllische PlayStation kannten, dieses elektronische Monster, das den Verstand der Kinder in der Überflussgesellschaft zersetzte. Um ehrlich zu sein, nicht nur den der Kinder. Dann sagte ich mir, dass sie vielleicht nie von Molière oder Mozart gehört hatten, mit der PlayStation aber ganz sicher vertraut waren.

An einem Fenster tauchte eine dicke Frau auf und sang vor sich hin, während sie einen scheußlichen kleinen Teppich über dem Sims ausbreitete. Sie warf mir einen argwöhnischen Blick zu, bevor sie sich wieder ihrer Arbeit zuwandte. Ob ich wollte oder nicht, ich war noch immer ein Fremder.

Ich lief so lange durch die Gassen, bis ich schließlich über einer Tür den Schriftzug *Carabinieri* entdeckte. Vor dem Gebäude stand ein dunkelblauer Panda mit Blaulicht auf dem Dach. Ich klingelte. Und wartete. Endlich öffnete sich ein quadratisches Guckloch, und ein Augenpaar blickte hindurch.

»Sie wünschen?«, fragte eine Stimme. Sie gehörte dem Gefreiten Schiavo. Ich grüßte ihn und fragte nach dem Maresciallo.

»Er ist zu einem Bauernhof in der Nähe gefahren«, erklärte Schiavo, ohne die Tür zu öffnen.

»Sind schon wieder Hühner abgeschlachtet worden?«

»Kaninchen.«

»Wann kommt er zurück?«

»Das weiß ich doch nicht.«

»Grob geschätzt?«

»Vor Weihnachten«, gab Schiavo kichernd zurück. Er war ein Meister der geistreichen Witze.

»Es geht um etwas Wichtiges. Können Sie ihn nicht über Funk erreichen?«

»Erzählen Sie es ruhig mir, ich werde ihm dann berichten.«

»Lieber würde ich mit dem Maresciallo sprechen.«

»Ganz wie Sie wollen«, sagte er und verriegelte das Guckloch wieder.

Ich ging zurück zum Auto und verließ das Dorf. Es war an der Zeit, Signora Rondanini aufzusuchen. Ich musste sie dazu bringen, mich anzuhören … aber wie nur? Mit Überredungskunst? Oder war ein Frontalangriff die bessere Strategie? *Ich weiß mit Gewissheit, dass nicht Buch Ihre Schwiegertochter getötet hat.* Sie allein kannte vielleicht die Wahrheit.

Unterwegs auf der Provinzstraße grübelte ich weiter und kämpfte mit tausend Zweifeln. Das Vernünftigste wäre gewesen, die Sache auf sich beruhen zu lassen und niemanden noch länger zu belästigen, doch mein Wissensdrang war stärker als alle Vernunft. Ich musste weiterforschen, koste es, was es wolle. In einem Augenblick des Überschwangs stellte ich mir vor, das Schicksal habe mich nur aus dem einen Grund in dieses Hügelland geführt, damit ich die Geheimnisse von Fontenera lüftete … doch schon im nächsten Moment überkamen mich wieder Zweifel. Vielleicht lag ich völlig falsch. Ich sollte nicht in der Vergangenheit dieser Familie herumstochern, damit brachte ich ein Gleichgewicht in Gefahr, das seit Jahrzehnten Bestand hatte. Dann überlegte ich: Wenn nicht Buch Racheles Mutter getötet hatte, wer dann? Und warum? Wie? Ich wollte die Wahrheit herausfinden. *Ihr seid nicht da, zu leben wie die Tiere …*

Als ich bei den Rondaninis eintraf, erwartete mich eine Überraschung. Ein schwerer, staubbedeckter Geländewagen parkte quer vor dem Haus. Racheles Fenster war geschlossen. Ich schaltete den Motor aus und blieb im Wagen sitzen, bis der andere Besuch zu Ende war. Ich wollte unter vier Augen mit der alten Dame reden. Damit die Zeit schneller herumging, versuchte ich gedanklich eine Seite zu schreiben, allerdings ohne Erfolg.

Nach zwanzig Minuten ging endlich die Haustür auf, und ein dicklicher Mann kam heraus. Ich erkannte ihn wieder, es war der Vizebürgermeister von Montesevero. Signora Rondanini stand auf ihren Stock gestützt in der Tür und sah zu mir herüber. Mit einer leichten Verbeugung verabschiedete sich der Vizebürgermeister von ihr und kletterte in den Geländewagen. Sobald er den Motor angelassen hatte, stieg ich aus und blieb neben dem Auto stehen, um die Wendemanöver dieses Panzers zu verfolgen. Nach einem misstrauischen Blick in meine Richtung fuhr der Vizebürgermeister über den Feldweg davon. Ich wartete, bis er hinter der ersten Kurve verschwunden war, bevor ich auf Signora Rondanini zuging, die mich noch immer von der Tür aus beobachtete. Als ich vor ihr stand, zwang ich mich zu einem Lächeln.

»Guten Morgen.«

»Was wollen Sie noch?« Vielleicht beabsichtigte sie mit ihrem prüfenden Blick herauszufinden, wie gefährlich ich war.

»Wenn ich nicht irre, war das gerade der Vizebürgermeister«, lenkte ich ab, um Zeit zu gewinnen.

»Ein aufgeblasener Geizhals ist das«, entfuhr es ihr.

»Mir scheint, er ist Ihnen nicht sonderlich sympathisch …«

»Ich muss die Wäsche aufhängen.« Sie war immer sehr beschäftigt.

»Ist er ein Verwandter?«

»Sagen Sie das nicht einmal im Scherz.«

»Wenn Sie ihn so sehr verachten, wieso kommt er dann zu Besuch?«

»Das geht Sie nichts an.« Da sie mir soeben die Tür vor der Nase zumachen wollte, beeilte ich mich, etwas zu sagen.

»Signora Rondanini … Ich muss unbedingt mit Ihnen reden.«

»Lassen Sie unser Haus in Frieden«, murmelte sie eisig. Ich sah ihr fest in die Augen.

»Ich bin überzeugt, dass Ihre Enkelin die Wahrheit sagt. Es war nicht Buch, der ihre Mutter getötet hat.« So, nun war es heraus. Mit weit aufgerissenen Augen machte die alte Frau einen Schritt auf mich zu und zog die Tür hinter sich bis auf einen kleinen Spalt zu. Sie wollte wohl vermeiden, dass Rachele uns hörte.

»Sie wissen ja nicht, was Sie sagen«, zischte sie aufgebracht.

»Und wenn ich Ihnen sage, dass ich es beweisen kann?«

»Lassen Sie uns in Frieden leben.«

»Sie wissen nur zu gut, dass ich Recht habe …«, wagte ich zu behaupten.

»Ich habe nichts mehr zu sagen.«

»Ich hingegen habe eine Menge zu sagen, wenn Sie die Güte hätten, mich anzuhören.«

»Es interessiert mich nicht.« Sie zog sich ins Haus zurück.

»Warten Sie doch …«

»Verschwinden Sie.« Sie schloss die Tür und schob die Riegel vor. Obwohl ich mich selbst als Quälgeist empfand, ließ mir die Sache keine Ruhe. So konnte ich sie nicht gehen lassen. Erneut klopfte ich an. Die Tür blieb verschlossen. Also klopfte ich lauter.

»Signora Rondanini!«, rief ich. Mit der flachen Hand schlug ich nun noch fester gegen die Tür. Auf einmal flog sie auf. Wie ein Stier stürmte die Signora heraus und zwang mich zurückzuweichen. Ihre Augen glühten.

»Schämen Sie sich nicht?«, zischte sie außer sich. Ich kam mir ziemlich mies vor, aber ich ließ nicht locker.

»Warum wollen Sie mich nicht anhören?«

»Leben Sie wohl.« Sie drehte sich um und wollte wieder hineingehen.

»Warten Sie … Kann es sein, dass Rachele, ohne dass Sie es bemerken, nachts das Haus verlässt?«, fragte ich in einem Atemzug, bevor sie hinter der Tür verschwinden konnte. Sie erstarrte und drehte sich wieder zu mir um.

»Warum wollen Sie das wissen?«

»Ich habe guten Grund zu der Annahme, dass Ihre Enkelin nachts durch die Gegend streift, um …«

»Das ist unmöglich.«

»Wie können Sie da so sicher sein?« Ich war überzeugt, sie würde mir die Tür vor der Nase zuschlagen, doch stattdessen sah sie mich mit schmerzerfülltem Blick an.

»Rachele ist seit jeher Schlafwandlerin. Nachts schließe ich alle Türen von innen ab und trage die Schlüssel immer an einer Kette um den Hals bei mir«, erklärte sie mit schwacher Stimme und legte dabei eine Hand auf ihre Brust. Sie wollte sich gern den Anschein eines strengen Wachhundes geben, in Wahrheit jedoch war sie nur eine bedauernswerte, von Leid gebrochene alte Frau.

»Wäre es nicht möglich, dass …«

»Nein«, fiel sie mir, nun wieder streng, ins Wort. Sie wirkte aufrichtig. Vielleicht war es an der Zeit, sie in Ruhe zu lassen.

»Verzeihen Sie die Störung. Auf Wiedersehen.«

»Leben Sie wohl.« Und sie schloss die Tür.

Bedrückt und traurig machte ich mich auf den Weg zum Auto. Was auch immer geschehen war – dieses Haus war ein Grab.

Ich wollte gerade die Wagentür öffnen, als eine Art Pfiff ertönte. Ich drehte mich um und entdeckte Rachele am Fenster ihres Zimmers. Wie immer hatte sie ein Kopftuch ums Gesicht gebunden und gab mir mit den Händen Zeichen. Während ich mich dem Haus wieder näherte, versuchte ich, ihre Gesten zu deuten. Es schien, als solle ich zur Rückseite des Hauses gehen. Ich folgte der Wand bis auf die andere Seite. Auf ein Wispern hin näherte ich mich einem niedrigen, mit einem Eisengitter gesicherten Fenster. Mit leuchtenden Augen blickte Rachele mir durch das Gitter entgegen. Ich kam mir vor wie in einer Romanszene aus Manzonis *Die Verlobten*.

»Willst du ein Geheimnis wissen?«, flüsterte sie, während sie sich verstohlen umsah.

»Klar …«

»Ich bin auch ein Werwolf«, erklärte sie, als wäre es ein Riesenspaß. Trotz des Gitters wich ich einen Schritt zurück.

»Ich weiß.« Es stimmte also, dass sie die Hühner und Kaninchen zerfleischte, sie hatte es soeben zugegeben.

»Aber das ist ein Geheimnis, du darfst es niemandem verraten.«

»Ich werde es niemandem verraten.«

»Manchmal kommt auch Buch mich besuchen.«

»Das freut mich.« Ich schwitzte.

»Ich weiß, dass er tot ist, meine Oma hat ihm in den Kopf geschossen. Bumm. Aber Buch hat mich lieb, deshalb kriecht er nachts aus der Erde und kommt mich besuchen.«

»Was für ein braves Hündchen …«

»Mmmmm, mein schöner Buch«, summte sie und wiegte sich wie ein kleines Kind hin und her.

»Läufst du durch den Wald, wenn Vollmond ist?«

»Der Mond ist gemein, immer hängt er da oben.«

»Würdest du ihn gern anfassen?«

»Das kann ich dir nicht sagen …«

»Warum nicht?«

»Darum nicht«, grinste sie. Dumpf drang Signora Rondaninis Stimme durch die Mauern.

»Racheleeee … Wo bist du?«

»Deine Großmutter ruft dich«, sagte ich. Rachele biss sich auf die Lippen und schlug das Fenster zu.

»Racheleeee …«

Ich rannte zum Auto und raste davon, dass die Reifen über den Kies schlitterten. Ich durfte die schönen Dinge des Lebens nicht aus den Augen verlieren. Deshalb hob ich meinen Schwur auf und rief Camilla an. Ihr Handy war ausgeschaltet.

Ich fuhr geradewegs nach Fontenera, um ein paar Einkäufe zu erledigen. Häufig traf ich nun auf bekannte Gesichter. Wenn mich auch niemand grüßte, so warfen wir uns doch lange Blicke zu.

Beim Aussteigen hörte ich von irgendwoher gedämpft eine Musikkapelle einen Marsch spielen. Ich betrat Marinellas Laden. Nicht nur Frauen warteten dort in der langen Schlange, sondern auch ein paar Männer. Das Gemurmel aber klang wie immer. Obwohl ich inzwischen eigentlich jeden im Dorf hätte kennen müssen, tauchte jedes Mal ein neues Gesicht auf, das ich noch nie gesehen hatte. Ich grüßte, aber niemand grüßte zurück. Wie üblich erntete ich nur Blicke, die jedoch argwöhnischer waren als gewohnt. Vielleicht hatte sich herumgesprochen, dass ich meine Nase in Angelegenheiten steckte, die mich nichts angingen. Selbst Marinella kam mir abweisender vor als sonst.

»Wer spielt denn da?«, fragte ich in die Runde hinein.

»Die Kapelle probt gerade«, antwortete eine der Frauen.

»Wofür probt sie denn?«

»Wissen Sie das nicht?«

»Was?«

»Morgen ist das Fest …«

»Was für ein Fest?«

»Zu Ehren des Schutzpatrons«, erklärte Marinella, während sie eine dicke Salami zurechtschnitt.

»Wer ist der Heilige?«, wollte ich wissen.

»Der heilige Augustinus«, antworteten alle im Chor.

»Ah, den heiligen Augustinus finde ich toll.« Ich lächelte bei der Bemerkung. Mit prüfenden Blicken versuchten die Frauen zu verstehen, ob sich hinter meinen Worten etwas Ketzerisches verbarg, und um sie im Zweifel zu belassen, schwieg ich geheimnisvoll. Ich wartete, bis ich an der Reihe war. Dann bestellte ich, zahlte und ging.

Für einen Fremden war das Dorfleben schwierig. Es würde Jahre dauern, diese Frauen, die ihre Jugend auf den Feldern vergeudet hatten, für mich zu gewinnen.

Zu Hause zündete ich sofort den Kamin an. Nach dem Essen machte ich es mir dort mit einem Buch auf dem Sofa bequem. Schließlich war ich auf dem Land, ich musste mich erholen. Auch deswegen war ich hierhergezogen, um ein ruhiges Leben zu führen, gute Bücher zu lesen und entspannt zu arbeiten. Zwar wusste Franco nichts davon, aber er hatte mir ein Geschenk gemacht. Bevor ich in die Stadt zurückkehrte, wollte ich es nutzen, so gut ich nur konnte.

Aber die Mühlräder in meinem Kopf standen nicht still. Wieder einmal stellte ich alles in Frage. War tatsächlich Rachele der Hühnermörder? Ich war verwirrt. Ich wollte mich nicht in Annahmen verstricken, die durch nichts gestützt wurden. Ein Gedanke versuchte spürbar, sich gegen all die anderen durchzusetzen. Ich wollte ihn hervorholen, aber er ließ sich nicht greifen.

Es kam mir vor, als gebe es im Mechanismus meiner Vermutungen ein Rädchen, das ins Leere lief. Vielleicht brauchte mein Verstand einfach nur ein bisschen Ruhe. Ich schlug das Buch auf und las ein gutes Stück weiter.

Um fünf ging ich hinaus, um mir ein wenig die Beine zu vertreten. Eigentlich hätten mir meine langen Spaziergänge in der Natur Gelassenheit schenken sollen, doch gelang das nur zum Teil. Oder auch gar nicht. Ständig schwirrten mir diese verdammten Fragen im Kopf herum. Ich machte einen Bogen um die Villa und drehte stattdessen eine lange Runde durch die Felder. Als ich sah, dass die Sonne sich langsam dem Horizont näherte, machte ich mich auf den Heimweg.

Zu Hause drehte ich mir einen Joint, den ich am offenen Schlafzimmerfenster rauchte. Draußen vollzog sich einer dieser Sonnenuntergänge, die dem Menschen bewusst machen, wie winzig und unbedeutend er ist. In sanften Wellen zeichneten sich dunkel die bewaldeten Hügel vor einem in feuerrotes Licht getauchten Himmel ab. Ich wartete, bis die Sonne hinter dem Horizont verschwunden war, bevor ich hinunter in die Küche ging und ein neues Feuer im Kamin anzündete. Wieso nur rief Camilla nicht an? Ich legte mich aufs Sofa und schlief ein.

Als ich um halb zehn wach wurde, fühlte mein Kopf sich schwer an. Ich aß eine Kleinigkeit vor dem Fernseher und schaltete dabei gelangweilt von einem Programm zum anderen. Nachdem ich zum Abschluss etwas Obst gegessen hatte, schaltete ich den Fernseher wieder aus. Ich legte Holz im Kamin nach und streckte mich mit meinem Buch auf dem Sofa aus. Ich begann zu lesen. Nach nur einer halben Seite schreckte ich plötzlich hoch.

»Ach du Scheiße …«, entfuhr es mir laut. Wie hatte ich das nur übersehen können? Was war ich für ein Trottel. Und was für eine Blamage vor Camilla …

Die Gestalt, die nachts durch die Felder streifte, konnte nicht Rachele sein. Die Erklärung lag auf der Hand. Ich Vollidiot! Zwischen dem Anwesen der Rondaninis und dem Olivenhain, wo ich den Schatten zum ersten Mal gesehen hatte, lagen mehr als fünfzehn Kilometer. Etwa eine halbe Stunde zuvor hatte ich Rachele noch gesehen. Nicht einmal ein Olympiasieger hätte das auf einer Querfeldeinstrecke geschafft. Nachts quer über die Äcker war es ein Ding der Unmöglichkeit. Rachele konnte es also nicht sein. Aber wen hatte ich dann gesehen? Wer war es?

Ich fand keine Ruhe mehr. Daher stand ich auf und ging, die Hände in den Taschen, in kleinen Schritten auf und ab. So einfach, wie ich gedacht hatte, war es nicht. Ich hatte drei getrennte Dinge zusammengefügt, als gäbe es zwischen ihnen eine unanfechtbare logische Verbindung: die Tragödie in der Villa, den Schatten, der durch die Nacht lief, und die zerfleischten Kaninchen. Daraus eine Bilanz zu ziehen, war schon fast zu leicht gewesen. Und wie ich doch an meinen Unsinn geglaubt hatte … Aber war das wirklich alles nur Unsinn?

Schon versuchte ich zu retten, was zu retten war. Ich durfte mich nicht entmutigen lassen. Manchmal führte der Weg zur Wahrheit auch über Irrtümer. Was war denn im Grunde passiert? Ich hatte herausgefunden, dass die mysteriöse Gestalt nicht Rachele sein konnte … Ja, und? Nichts sprach doch dagegen, dass sie durch das Fenster entkam und in der Gegend nach Hühnern suchte, denen sie den Kopf abreißen konnte. Die beiden Dinge schlossen sich nicht aus. Meine Theorie war mir derart ans Herz gewachsen, dass ich alles tat, um sie aufrechtzuerhalten.

Die eigentliche Frage aber war eine andere: Wer, in Teufels Namen, war diese Gestalt, die sich nachts herumtrieb? Während ich sie in Gedanken wieder unter meinem Fenster vorbeilaufen sah, erinnerte ich mich plötzlich an ein Detail. Ich ging nach oben zu dem Fenster, an dem ich auch an jenem Abend gestanden hatte. Fahles Mondlicht lag behutsam über dem Land. Ehe die *Kreatur* zwischen den Bäumen verschwunden war, war sie unter den Ästen eines mächtigen Olivenbaumes hindurchgelaufen. Und ich erinnerte mich genau, dass sie dabei den Kopf eingezogen hatte. Um in etwa ihre Größe abschätzen zu können, brauchte ich mir nur diesen Baum aus der Nähe anzuschauen.

Am Morgen hätte ich das in Ruhe bei Tageslicht tun können … doch meine Neugier war zu groß. Ich nahm allen Mut zusammen und ging mit der Taschenlampe in der Hand nach draußen. Obwohl noch nicht Vollmond war, erschien der Mond riesengroß. Inmitten der Stille hörte ich in der Ferne einen Hund bellen, und hin und wieder rauschte der Wind durch die Bäume. Zügig ging ich im Schein der Taschenlampe hinüber zu dem großen Olivenbaum. Als ich das Licht auf den Ast richtete, versetzte es mir einen Schlag in die Magengrube … Noch mit einer Kardinalsmütze auf dem Kopf hätte ich aufrecht darunter durchgehen können. Wenn die Kreatur gezwungen war, sich zu bücken, musste sie mehr als zwei Meter groß sein. Ein Riese.

Ich bemerkte, dass meine Hände schweißnass waren … Vielleicht gab es ja wirklich Werwölfe. Von wegen Hühner und Kaninchen; in der Gegend war ein junger Deutscher ermordet worden, das durfte ich nicht vergessen. Als ich es im Wald rascheln hörte, kehrte ich, mit der Taschenlampe ringsumher leuchtend, schleunigst zum Haus zurück.

Dort schloss ich die Tür hinter mir ab und schob alle Riegel vor, genau wie Signora Rondanini. Das Landleben bekam mir nicht. Der Riese hatte mir gerade noch gefehlt … Wie war ich bloß auf die Idee gekommen, es wäre Rachele?

Mit einem Glas Vin Santo setzte ich mich vor den Kamin und starrte ins Feuer. Ich stellte mir vor, wie die alte Rondanini mit dem Schlüsselbund um den Hals durchs Haus lief, und ein beklemmendes Gefühl von Traurigkeit überkam mich. Wenigstens für eine gewisse Zeit musste ich aufhören, über all das nachzudenken.

Ich sah auf die Uhr. Sehr spät war es noch nicht, und so rief ich Camilla an. Sie war nicht erreichbar. In jeder Hinsicht vermutlich. Zwei, drei Küsse bedeuteten gar nichts. Mir schon, aber bei ihr war es vielleicht anders.

Ich schrieb ihr eine Nachricht: *Ruf mich an, sobald du kannst, auch wenn es spät ist, ich habe eine große Neuigkeit.* Da ich hoffte, das Handy würde bald klingeln, legte ich es neben mich auf das Sofa. Zischend wie eine Schlange stieß ein zu feuchtes Holzscheit dichten Rauch in die Luft. Tick … Tack … Tick … Tack … Tick … Tack … Tick …

Was hatte Rachele während unseres angeregten Gespräches über Werwölfe noch gesagt? *Einer kommt oft an mein Fenster, wir sind Freunde.* Das konnte nur der Riese sein. Es sei denn …

Als ich aufwachte, lag im Kamin nur noch Asche. Ich fühlte mich wie erschlagen. Draußen war es noch dunkel. Camilla hatte nicht angerufen. Ich ging ins Schlafzimmer, zog mich aus und legte mich ins Bett. Ich knipste das Licht aus. Eigentlich wollte ich schlafen, aber meine Gedanken hatten sich schon wieder selbstständig gemacht. Ich schlug die Augen auf und starrte in die Dunkelheit. Spukte es tatsächlich in der Villa? Hatte Rachele gesehen, wie ihre Mutter getötet wurde? Und von wem? Und was war mit den armen Hühnern? Und dem Riesen?

Ich musste schrittweise und besonnen vorgehen. Die Dinge auseinanderhalten und noch einmal von Neuem aufrollen, ohne dabei von irgendwelchen festen Annahmen auszugehen. Genug geredet, jetzt war ernsthaftes Handeln gefragt. Nach Plan.

Ich wollte wissen, ob Rachele es schaffte, nachts aus ihrem Gefängnis zu entkommen? Also gut. Zunächst einmal galt es, eine Antwort auf die entscheidende Frage zu finden: War es überhaupt möglich, aus dem Fenster zu steigen, über das Scheunendach zu laufen, am Baum hinabzuklettern … und vor allem, auf gleichem Wege wieder zurückzukommen? Das musste ich vor Ort prüfen.

Und die Gespenster in der Villa? Was konnte ich tun, um mehr herauszufinden? Plötzlich hatte ich eine Idee. Ich stand auf und wählte mich ins Internet ein. Das Schöne am Netz war, es gab keine starren Bürozeiten. Die Suche kostete mich eine halbe Stunde, doch schließlich fand ich auf der Seite einer Firma namens *Elektra-International* genau das, was ich wollte: ein Abhörgerät. Es machte einen professionellen Eindruck. Zwei hochempfindliche Sender, nicht größer als eine Zündholzschachtel, ausgestattet mit leistungsfähigen Akkus (Betriebsdauer *eine Woche!*, wurde garantiert), Neodym-Magneten, Allzweckkleber und verschiedenen Häkchen für alle erdenklichen Anforderungen. Dazu eine Zweifach-Ladestation mit Ladestandsanzeige. Ein Kopfhörerempfänger und zusätzlich ein Zweikanal-Empfangsgerät mit USB-Anschluss, über das sich die empfangenen Geräusche auf dem Computer aufzeichnen ließen. Bis zu fünfhundert Meter Reichweite in freiem Gelände. Auch wenn nicht ersichtlich war, aus welchem Teil der Erde der Hersteller seine Geräte verschickte, garantierte er die Lieferung innerhalb von drei bis vier Werktagen. Zweihundertzehn Euro plus Versand. Gar nicht mal so teuer.

Es konnte funktionieren. Die Villa lag auf halber Höhe des Hügels. Zu Fuß brauchte man fast zwanzig Minuten, aber wahrscheinlich betrug die Entfernung von meinem Haus nicht mehr als zweihundert Meter Luftlinie. Und so bestellte ich unter Einsatz meiner Kreditkarte bei *Elektra-International* ein Abhörgerät. Ein weiterer kleiner Schritt.

Die Jacke bis obenhin geschlossen, beobachtete ich am offenen Fenster den Anbruch des Tages. Was hätte wohl meine Mutter gesagt, wenn sie gewusst hätte, womit ich meine Zeit verbrachte? Am Horizont zeigte sich gerade ein erstes grünliches Leuchten, und der Wald begann sich bereits zu regen. Wie immer verfolgte ich dieses Spektakel mit prickelnder Begeisterung, während mir zugleich alles unendlich nutzlos vorkam. Das Dasein hatte nicht den geringsten Sinn, und doch fand jeder für sich einen Grund zu leben, und die Welt drehte sich weiter.

Ich ließ die Fensterläden offen stehen und schloss nur die Scheiben, bevor ich mich, noch in der Jacke, wieder ins Bett legte. Wie ein Stein sank ich in den Schlaf.

Als ich aufwachte, schien mir die Sonne geradewegs in die Augen. Mein Kopf fühlte sich an, als wäre er von einer Bassgeigensaite umspannt. Das Leben, das ich derzeit führte, war absurd. Taumelnd schleppte ich mich aus dem Bett hinunter in die Küche, um ein Kaffeebad zu nehmen. Es war kurz vor zehn.

Nach einer ausgiebigen Dusche rief ich bei den Carabinieri an und verlangte Maresciallo Pantano. Nach längerem Geflüster stellte man mich zu ihm durch.

»Ja bitte?«

»Guten Morgen, Maresciallo, ich störe Sie nur eine Minute.«

»Sie stören nicht.« Seine Stimme ließ das Gegenteil vermuten.

»Ich wollte Sie um einen Gefallen bitten …«

»Worum geht es?«

»Ich habe mich gefragt, ob es wohl möglich wäre, einen Blick in den Bericht über diese schlimme Geschichte zu werfen … die mit dem Wolfshund, oben in der Villa.«

»Soll das ein Scherz sein?«

»Wieso?«

»Ich sehe keinen Grund dafür.«

»Schriftsteller sind wie Geier, Maresciallo. Sie ernähren sich von Aas gleich welcher Art.« Vielleicht würde eine scherzhafte Bemerkung die Situation ein wenig entspannen.

»Die Geschichte ist alt und längst begraben, Dottore. Lassen Sie die Vergangenheit ruhen, und blicken Sie nach vorn.«

»Heißt das, ich darf den Bericht nicht lesen?«

»Wenn Sie wollen, können Sie bei Gericht einen schriftlichen Antrag stellen, aber ich glaube kaum, dass Sie damit etwas erreichen. Die werden nicht einmal wissen, in welchem verfluchten Karton die Akte gelandet ist.«

»Haben Sie denn keine Kopie?«

»Vor fünfzehn Jahren gab es ein Hochwasser, bei dem unser Archiv zerstört wurde.«

»So ein Pech.« Ich war sicher, dass er log, aber weitere Hartnäckigkeit schien mir nicht angebracht zu sein.

»Auf Wiederhören, Dottore«, sagte Pantano.

»Darf ich Ihnen eine letzte Frage stellen?«

»Bitte.«

»Sie wissen nicht zufällig etwas über einen Riesen, der nachts knurrend durch die Gegend läuft?«

»Was, zum Henker, meinen Sie damit?«

»Ich meine damit, dass ich nachts einen Riesen über die Felder habe laufen sehen … Er könnte der Hühnermörder sein.«

»Ich kann Ihnen sagen, was Sie gesehen haben: einen Wilderer auf der Jagd nach Wildschweinen nämlich.«

»Das wäre möglich, vorausgesetzt, Wilderer sind über zwei Meter groß und knurren.«

»Das hier ist ein friedliches Dorf, Dottore. Vergessen Sie Ihre Riesen und Gespenster, und genießen Sie die gute Luft.«

»Sie haben recht, Maresciallo. Nur eine Sache noch. Hatten Sie in der Gegend wirklich nie mit Werwölfen zu tun?«

»Doch, natürlich, selbst meine Oma ist ein Werwolf … und mein Papagei auch«, erwiderte Pantano, ohne zu lachen.

»Ach, Sie haben einen Papageien?«

»Er spricht sogar, zum Glück kann er aber nicht mit dem Telefon umgehen.« Ich tat, als wäre mir die Anspielung entgangen.

»Wenn ich recht verstanden habe, glauben Sie auch nicht an Gespenster …«

»Sollte Ihnen eins begegnen, schicken Sie es doch zu mir, dann lasse ich mir die richtigen Lottozahlen sagen.«

»Ich will Ihre Zeit nicht noch mehr in Anspruch nehmen, Maresciallo.«

»Alles Gute, Dottore, und strengen Sie Ihre Fantasie nicht zu sehr an.«

»Ich werde mein Bestes tun. Einen angenehmen Tag.«

»Ihnen auch.« Klack. Vermutlich hatten sie in der Kaserne noch immer Gabeltelefone.

Vielleicht hatte Pantano Recht, besser vergaß ich das alles und widmete mich dem Schreiben. Dass Fontenera ein Irrenhaus war, ließ sich nicht ändern. Niemand war davor gefeit. Nicht einmal Camilla … diese arme Verrückte, die einem wunderbaren Mann wie mir nicht hinterherlief. Diesen unverzeihlichen Fehler würde sie teuer bezahlen, mit bitteren Tränen und schlaflosen Nächten im Delirium. Da ich hingegen ein intelligenter Mensch war, versuchte ich sie anzurufen.

Beim ersten Klingeln stockte mir der Atem. Nach einer halben Ewigkeit meldete sie sich.

»Hallo … Ich habe nur eine Minute, dann muss ich Schluss machen.«

»Hast du meine Nachricht bekommen?«

»Ach ja, natürlich … Was hat es mit dieser großen Neuigkeit auf sich?«

»Das sage ich dir nur, wenn du zum Abendessen kommst.«

»Besser nicht, bis ich da bin, wäre es zu spät.«

»Kein Problem, ich warte auf dich.«

»Ich bin gerührt …«

»Heißt das, du sagst ja?«

»Verschieben wir es auf morgen?«

»Hervorragend. Um wie viel Uhr?«

»Nach zehn.«

»In Ordnung.«

»Bis dann.«

Das war fast zu leicht gewesen. Ich musste bloß einen Tag warten … verdammt. Ich trank noch einen Kaffee. Gern hätte ich mich an den Computer gesetzt, um mir meine Brötchen zu verdienen, aber leider hatte ich etwas Wichtiges zu erledigen.

Ich parkte den Wagen etwa hundert Meter vom Landhaus der Rondaninis entfernt und ging zu Fuß weiter. Obwohl die Sonne bereits hoch am Himmel stand, war die Luft kalt. Vorbei an den Feldern näherte ich mich der Scheunenseite. Vom Haus aus konnte man mich nicht sehen. Ich blieb vor dem Baum stehen, der dicht an eine Ecke der Scheune herangewachsen war. Sein Stamm war zerfurcht und dunkel gefärbt. Ich versuchte, daran bis zur Höhe des Daches hinaufzuklettern, was wesentlich mehr Mühe und größeren Leichtsinn erforderte, als ich gedacht hatte. Irgendwann hing ich nur noch keuchend und mit zerkratzten Händen an den Stamm geklammert da. Nachdem ich zu Atem gekommen war, griff ich in einer letzten Kraftanstrengung nach einem Ast und zog mich hoch, wobei ich meinen Herzschlag in den Ohren spürte.

Das Scheunendach war zu weit weg, als dass ich es durch einen Sprung hätte erreichen können. Das war nur etwas für Leistungssportler, ich versuchte es erst gar nicht. Aufmerksam sah ich mir die Dachziegel an. Sie waren von einer sehr glitschig aussehenden grünlichen Moosschicht überzogen, in der jeder, der das Dach betrat, Spuren hinterlassen hätte. Sie war jedoch unberührt. Ich musste es einsehen. Auf diesem Weg konnte Rachele nicht aus dem Haus entkommen, ich hätte es selbst nicht geschafft. Und was, wenn sie stattdessen seelenruhig zur Tür hinausging? Vielleicht besaß sie ja einen Zweitschlüssel, wovon ihre Großmutter nichts …

»Was haben Sie da oben verloren?«, rief eine Stimme. Sie gehörte dem Bauern mit den roten Hosenträgern.

»Guten Tag.« Ich grinste wie ein Idiot.

»Was haben Sie da oben verloren?«

»Nichts.« Ich kletterte so eilig vom Baum, dass ich mir die Hände und ein Knie aufschürfte.

»Was hatten Sie da oben verloren?«

»Ich habe die Aussicht bewundert.«

»Ist das eine Art, einfach so auf anderer Leute Bäume zu steigen?« Er schickte auch noch einen Fluch hinterher. Ich ließ mir Zeit, während ich den Staub von meinen Kleidern klopfte. Vielleicht gelang es mir, ihm über Umwege ein paar Informationen zu entlocken.

»War die Lese erfolgreich?«, erkundigte ich und deutete in die Umgebung.

»Hätte besser sein können.«

»Arbeiten Sie schon lange für die Signora?«

»Ich war schon immer hier.« Er ging weiter und bewegte dabei den Kopf wie ein Hund, der einen Hasen wittert. Ich folgte ihm.

»Dann haben Sie sicher Rachele zur Welt kommen sehen?«

»Was sind denn das für Fragen?« Noch ein Fluch.

»Ich habe mich nur gefragt, ob Rachele vor dem schlimmen Ereignis ein ganz normales Kind war.«

»Ich muss mich um den Esel kümmern«, sagte er und blieb stehen. Wir hatten den Vorplatz erreicht. Ich startete einen letzten Versuch.

»Ist der Vizebürgermeister ein Freund der Signora?«

»Ich weiß nichts und will nichts wissen«, gab Rote Hosenträger zurück. Damit drehte er sich um und bog auf einen steinigen Pfad ein, der quer durch die Weinhänge bergab führte.

»Entschuldigen Sie … warten Sie einen Moment …«

»Ich muss die Traubenpresse ausspülen, sonst verklebt alles!«, rief er, ohne stehen zu bleiben. Ich ließ ihn ziehen.

Racheles Fensterläden waren als einzige geschlossen. Ob sie mich durch die Schlitze beobachtete? Ich ging über den Feldweg zurück zu meinem Auto. Als ich mich vor der ersten Biegung noch einmal umsah, glaubte ich zu erkennen, dass sich hinter einem Fenster eine Gardine bewegte. Rachele oder ihre Großmutter?

Eine alte Bäuerin kam mir auf ihrem Weg nach oben entgegen. Sie war dürr wie ein Stock, und ihr Gesicht war von einem verblichenen bunten Kopftuch eingerahmt.

»Guten Tag«, grüßte ich sie freundlich. Die Alte warf mir nur einen flüchtigen Blick zu und ging weiter. Ich holte sie ein und passte mich ihrem Schritttempo an, das gar nicht einmal so langsam war.

»Entschuldigen Sie, darf ich Sie etwas fragen?«

»Keine Zeit, keine Zeit …«

»Ich stehle Ihnen nur eine Minute …«

»Was wollen Sie mir stehlen?«, gab sie zurück, ohne mich anzusehen.

»Nichts, auf Wiedersehen.« Ich blieb stehen und sah ihr nach, während sie den Hügel hinaufhinkte. Hier ging es zu wie in einem Dorf, in dem die Mafia regierte. Schließlich kehrte ich zu meinem Auto zurück und holperte durch die vielen Schlaglöcher bergab.

Während der Fahrt nach Fontenera grübelte ich weiter. Wenn Rachele nicht von zu Hause ausreißen konnte, musste demnach der Riese der Mörder aus den Hühnerställen sein … und ich würde die Beweise dafür liefern, egal, was Pantano sagte. Noch wusste ich nicht, wie, aber es würde mir gelingen. Sollte der Riese noch einmal an meinem Haus vorbeikommen, würde ich ihm folgen. Äußerst vorsichtig natürlich. Er war kein Werwolf, so viel stand fest, aber angesichts der Ereignisse konnte auch er nicht ganz richtig im Kopf sein. Zwei Meter Irrsinn konnten gefährlich werden.

Dieses Mal sagte mir mein Gefühl eindeutig, dass ich recht hatte. Er war der Hühnerkiller. Manchmal tötete er auch Mäuse und Eidechsen und brachte sie Rachele als Geschenk mit. Romeo und Julia. Ich hätte eine Hand dafür geopfert, einmal eines dieser Treffen beobachten zu können.

Ich durchquerte das Dorf und hielt bei Romero an. Er stand im Unterhemd unter einem Plastikwelldach und hackte Holz. Mit dem Lächeln eines Stammkunden ging ich auf ihn zu. Als Romero mich bemerkte, rammte er die Axt in den Hackklotz.

»Wie viel wollen Sie?«

»Zehn Klafter.«

»In Ordnung.« Er nahm die Axt wieder auf und spaltete ein weiteres Holzstück der Länge nach mit einem einzigen Schlag. Rumms.

»Kennen Sie Rachele, die Enkelin der Rondanini?«

»Wer kennt die nicht?«

»Ich habe mich gefragt, ob sie wohl vor dieser schlimmen Geschichte ein ganz normales Kind war oder ob sie vielmehr …«

»Der Krug geht so lange zum Brunnen …« Rumms.

»Verzeihung, inwiefern?«

»In jeder Hinsicht.« Rumms. Mit dieser Antwort hatte ich gerechnet. Langsam kannte ich ihn.

»Wissen Sie, wen ich neulich aus dem Haus der Rondaninis habe kommen sehen?«

»Nein.« Rumms.

»Den Vizebürgermeister.«

»Was für eine Neuigkeit …«

»Ich hatte den Eindruck, dass die Signora nicht gerade verrückt nach ihm ist.«

»Ja, ich weiß.« Rumms.

»Warum?«

»Sie kann ihn nicht ausstehen.«

»Wieso nicht?«

Rumms.

»Dottor Fallani versucht seit Jahren, die Signora zu überreden.«

»Überreden wozu?«

»Er hat sich in den Kopf gesetzt, die Sonnenuhrvilla zu kaufen, aber die Signora will davon nichts wissen.« Rumms.

»Fährt er oft zu ihr?«

»Die Straße ist schon ganz zerfurcht.«

»Warum ist er so hartnäckig?«

Rumms.

»Wenn man ihn fragt, hat er nur das Wohl der Signora im Sinn.«

»Wieso?« Bewusst fragte ich nicht: *Inwiefern?*

»Er sagt, für die Signora wäre es das Beste, sich von der unglückseligen Villa zu befreien.« Rumms.

»Vielleicht hat er nicht ganz unrecht.«

»Der Kerl lügt, wenn er nur den Mund aufmacht. Die alte Frau ist ihm scheißegal, er will aus der Villa Wohnungen machen, die er an die Deutschen verkaufen kann.«

»Immobilienspekulation …«

»Das ist sein Beruf. Jeden Monat geht er der Signora auf den Geist und erhöht sein Angebot um fünf Millionen.« Er sprach noch immer von Lire. Rumms.

»Weiß man, wie viel er inzwischen bietet?«

»Hundertneunzig Millionen.« Ich rechnete den Betrag in Euro um: weniger als hunderttausend. Ein Witz. Die Villa war mindestens eine Million Euro wert, wenn nicht noch mehr.

»Das Angebot ist lächerlich.«

»Im Dorf gibt es ein Sprichwort … (Rumms) *Kommst du durch Fontenera und wirst nicht beschissen, war Fallani nicht da oder horchte am Kissen.*« Rumms.

»Sehr eindrucksvoll.«

»Für Geld würde Dottor Fallani sogar seine Großmutter verkaufen, (rumms) aber solange die Signora lebt, bleibt die Villa, wo sie hingehört.«

Rumms.

Am Abend besuchte ich das Dorffest zu Ehren des Schutzpatrons. Der heilige Augustinus. Ein Mann mit der Gabe, das Unbewusste eintausendfünfhundert Jahre vor Freud bereits intuitiv zu erfassen. Wer weiß, was er von Fontenera und Umgebung gehalten hätte …

Ziellos bummelte eine endlose Menschenschlange im Festtagsstaat rings um zehn Stände umher. Viele waren wohl auch aus den Nachbardörfern gekommen. Es gab gebratenes Spanferkel, Aniswaffeln, Honignougat, Lakritzschnecken und andere Wohltaten für die Leber. Die gleichen Schweinereien hatte es schon gegeben, als ich ein kleiner Junge war. Patronatsfeste veränderten sich schleppender als die kirchlichen Gebote.

In der Menge traf ich auf bekannte Gesichter, wenn mich auch wie üblich niemand grüßte. Unter anderem sah ich Marinella, Romero und das hübsche geistig behinderte Mädchen mit seiner Mutter. Sogar zwei Einwanderer aus anderen Kontinenten waren dabei: eine Chinesin, die blinkende Feuerzeuge verkaufte, und ein Senegalese, der noch dunkler war als seine Holzskulpturen. Der Lauf der Welt erreichte selbst dieses abgelegene Hügelland. Nur Nero fehlte. Seit der Begegnung in der Casa del Popolo hatte ich ihn nicht mehr gesehen.

Einen Meter erhöht auf einer Bühne hatte die Musikkapelle Aufstellung genommen. Gleich sollte es losgehen. Ich fühlte mich wohl. Das Dorffest lenkte mich von Camilla ab und ließ die Zeit schneller vergehen. Als die Kapelle zu einer Verdi-Arie anhob, brandete allgemeiner Beifall auf. Ich lauschte dem gesamten Repertoire bis hin zu einer getragen-triumphalen Version von *Bella Ciao,* die traurig klang wie nie. Mir kamen fast die Tränen, und ich war glücklich darüber. Seit längerem schon konnte nichts außer einem Teller Pasta mein Herz erweichen. Ich blickte zum Himmel. Hoch oben prangte alles beherrschend der Vollmond. Es war die Nacht der Werwölfe, doch im Dorf wurde gefeiert.

Um zehn Uhr gab es ein Tauziehen zwischen betrunkenen alten Männern, die von ihren Frauen angefeuert wurden. Um halb elf ein Feuerwerk, das dem in der Stadt in nichts nachstand. Um Viertel nach elf leerte sich der Platz. Der Mond stand noch immer am Himmel, und um nicht allein in den Straßen zurückzubleiben, fuhr ich nach Hause.

Nachdem ich neues Feuer im Kamin angefacht hatte, rauchte

ich vor dem Fernseher ein paar leichte Joints. Ich sehnte den nächsten Tag herbei. Doch im Grunde hatte auch das gespannte Warten voll Verlangen und Fantasien seinen Reiz. Ich füllte mein Glas und musste mit einem Mal an meine verflossenen Beziehungen denken, besonders an die, die schon am längsten zurücklagen. Aus der Flut verblasster Erinnerungen stachen unvergessliche Momente hervor, die zum Teil wunderschön, zum Teil aber auch sehr töricht waren. Verliebte verhalten sich immer töricht, das ist ihre große Stärke. Erst wenn der Rausch vorüber ist, wird ihnen bewusst, wie lächerlich sie waren. Ich war inzwischen gereift, ich schaffte es, mich zur gleichen Zeit verliebt und lächerlich zu fühlen.

Endlich war der nächste Tag da. Gleich nach dem Aufwachen räumte ich das Brennholz weg, das Romero wohl schon im Morgengrauen neben meinem Wagen abgeladen hatte. Ich unternahm zwei lange Spaziergänge über die Felder, einen am Vormittag und einen am späten Nachmittag, nachdem ich mich noch einmal hingelegt hatte.

Um neun Uhr heizte ich den Kamin und deckte den Tisch. Ich stellte einen Topf mit Wasser bei kleiner Flamme auf den Herd und legte mich mit meinem Buch aufs Sofa. Von den zwölf Zimmern, die mir zur Verfügung standen, nutzte ich nur drei: Küche, Schlafzimmer und Bad. Ich begann zu lesen. Dabei kam mir immer wieder Camilla in den Sinn, und häufig musste ich einen Satz noch einmal von vorn anfangen.

Es war schon nach halb elf, als ich einen Wagen vorfahren hörte und Camillas Fiesta wiedererkannte wie ein Hund, der sein Herrchen erwartet. Auch wenn man es nicht sehen konnte, wedelte ich freudig mit dem Schwanz. Ich lief zum Herd und stellte die Flamme unter dem Topf höher. Dann atmete ich tief durch und öffnete die Haustür.

»Hallo.« Ich war scheinbar die Ruhe selbst.

»Ich hab's nicht früher geschafft.« Sie war todmüde und ihr Haar ein wenig zerzaust, doch nichts konnte das Strahlen in ihren Augen trüben. Im Gegenteil, sie war nur noch schöner. Sie folgte mir in die Küche. Am Kamin ließ sie sich aufs Sofa fallen. Sie zog ihre Schuhe aus und legte die Beine hoch. Als ich sah, wie wohl sie sich fühlte, war ich wie elektrisiert. Ich griff nach zwei Weinflaschen.

»Hör mal …«

»Bitte nicht … Keine Werwölfe heute Abend«, fiel sie mir ins Wort.

»So sei es.«

»Du bist besessen.«

»Vielleicht bin ich das, aber eben wollte ich dich nur fragen, ob du lieber einen Bruciato oder einen Fonterutoli trinkst.« Ich hob die Flaschen hoch.

»Such du einen aus.«

»Zu Befehl.« Ich entkorkte den Bruciato, später würde ich vielleicht auch noch den anderen öffnen. Zum Wein servierte ich Kleopatra auch noch ein Schälchen mit gehobeltem Parmesankäse.

»Oh, vielen Dank«, sagte sie, ganz beeindruckt von meiner Liebenswürdigkeit.

»Sag mir nicht, dass du so etwas noch nie erlebt hast.«

»Jedes Mal. Aber es überrascht mich immer wieder.«

»Ach so, na dann …«

Ich ging zum Herd, gab die Spaghetti in den Topf und rührte so lange um, bis sie ganz im Wasser verschwunden waren. Als weißer Schaum über den Topfrand zu quellen begann, pustete ich einmal dagegen und stellte die Flamme kleiner. Mein inneres Feuer ließ sich hingegen nicht kleiner stellen.

»Du bist ganz besessen von diesen absurden Geschichten …«, bemerkte Camilla.

»Das muss ich zugeben.«

»Ich habe einen Entschluss gefasst. Ich will mich da nicht hineinziehen lassen.«

»Eine gute Entscheidung.«

»Außerdem brauche ich heute Abend Ruhe.«

»Richtig.«

»Ich bin schließlich nicht wie du.«

»Das fehlte gerade noch …«

Stille. Während sie ihre Beine rieb, schaute sie mit leicht mürrischem Blick ins Feuer. Ich rührte abwechselnd die Spaghetti und die Tomatensoße um. Man hörte nur das Holz im Kamin knistern. Ich vergewisserte mich noch einmal, ob auf dem Tisch auch nichts fehlte. Camilla streckte sich quer auf dem Sofa aus und gähnte mit offenem Mund. Sie verhielt sich ganz so, als wäre sie meine Freundin, dabei wusste ich nicht einmal, wie ihre Brüste aussahen. Ich konnte sie unter ihrem Pullover erahnen, sie schienen nicht groß, aber perfekt geformt zu sein. Wie Champagnerkelche, so mochte ich sie am liebsten. Alles an ihr gefiel mir. Der melancholische und doch vor Lebendigkeit sprühende Blick. Die leicht raue, beinahe kindliche und doch entschlossene Stimme … und ihre Nase, ihre Ohren, ihre Hände …

»Bist du wach?«, fragte sie.

»Wie? Ich war in Gedanken.«

»Wie schon gesagt … Kannst du mir im Hinblick auf diese Geschichte, über die ich absolut nicht reden will, nur eine Frage beantworten?«

»Kommt darauf an …«

»Warst du bei Signora Rondanini?«

»Ja.«

»Hast du mit ihr gesprochen?«

»Ja, aber ich habe nichts aus ihr herausbekommen.«

»Mehr will ich nicht wissen.«

»In Ordnung, reden wir nicht mehr davon. Noch etwas Wein?«

»Danke«, seufzte sie. Ich ging mit der Flasche zu ihr hinüber und füllte ihr Glas. Auch weil sie die Beine ein wenig gespreizt hatte, fiel mein Blick auf ihren Schritt. Unter der Naht ihrer

Jeans lag der Schatz verborgen, die dunkle Höhle, die das Universum in Bewegung bringt. Und ringsum war eine Frau …

»Hat es dich verzaubert?«, schmunzelte Camilla.

»Ich seh mal nach den Nudeln …« Errötend lief ich zum Herd, um die Spaghetti umzurühren. Wie schön, dass ich noch rot werden konnte. Ich zog eine Nudel heraus und probierte sie. Sie war noch hart.

»Allerdings hatte ich ein sehr interessantes Gespräch mit Rachele.«

»Aha …«

»Entschuldige, ich vergaß, dass du davon heute Abend nichts hören willst.«

»Erzähl mir nur, was sie dir gesagt hat.«

»Dass sie selbst ein Werwolf ist.«

»Dann hattest du also recht damit, dass Rachele die Hühner umbringt«, stellte sie fest, während sie sich aufrichtete.

»Nein, sie ist es nicht. Ich habe mir das Dach angesehen …«

»Welches Dach?«

»Egal, ich habe eine viel interessantere Neuigkeit.«

»Ich bin nicht sicher, ob ich sie hören will.«

»Ja oder nein? Entscheide dich.«

»Lass hören …«, sagte sie in einem Ton, als täte sie mir einen Gefallen. Darauf hatte ich nur gewartet, von der Schmetterlingssammlung einmal abgesehen.

»Die menschliche Gestalt, die ich über die Felder habe laufen sehen … ist nicht Rachele.«

»Ach, nein?«

»Nein. Es ist ein Riese.«

»Ein was?«

»Ein über zwei Meter großer Koloss.«

Kurz berichtete ich ihr, wie ich darauf gekommen war. Camilla legte sich wieder hin.

»Ganz normal bist du nicht …«

»Wieso?«

»Du beschäftigst dich mit nichts anderem als mit diesen Geschichten.«

»Was ist so schlimm daran? Ich will doch bloß die Wahrheit herausfinden ... was mir früher oder später gelingen wird. Vielleicht hat das Schicksal mich ja genau aus dem Grund hier in die Berge geführt.«

»Ach so, nicht wegen mir?«

»Natürlich auch wegen dir. Wegen beidem. Manchmal ist das Schicksal großzügig.«

»Du nimmst nicht zufällig gerade im Internet an einem Verführungsseminar teil?« Nur mit Mühe konnte sie sich das Lachen verkneifen.

»Warum?« Ich war beinahe gekränkt.

»Na ja ...« Zärtlich sah sie mich an. Es war demütigend. Ich beugte mich über den Topf mit der Pasta.

»Sie müsste bald so weit sein.«

»Falls du von mir sprichst, irrst du dich«, sagte sie. Ich tat, als hätte ich nichts gehört, doch es hatte gesessen wie ein Dolchstoß. Bei unserem ersten Mal würde sie mir das alles bezahlen. Mit jedem Lendenstoß würde ich ihr einen ihrer Scherze in Erinnerung rufen. Es versprach großartig zu werden.

Scheinbar unbeteiligt zog ich eine Nudel aus dem Topf und probierte sie. Viel fehlte nicht mehr.

»Es sind Vollkornnudeln, man muss den richtigen Augenblick abpassen, sonst verkochen sie sofort«, erklärte ich mit der wissenden Miene eines Chefkochs.

»Ich weise dich darauf hin, dass ich nie bei der zweiten Verabredung vögle«, sagte sie darauf. Ich stockte, während ich noch eine Nudel zwischen den Fingern hielt.

»Hör zu, lass uns Klartext reden. Wenn du glaubst, du könntest mich mit diesen billigen Tricks ins Bett kriegen, täuschst du dich gewaltig«, gab ich zurück. Vielleicht hatte ich gerade den dümmsten Witz meines Lebens gemacht. Ich rechnete mit einer ihrer schneidenden Bemerkungen, nach einem Moment des Schweigens jedoch … brach sie in Gelächter aus. Wenn das so war, hatte ich vielleicht den besten Witz meines Lebens gemacht. Ich goss die Spaghetti ab, und wir setzten uns an den Tisch.

»Ich engagiere dich als meinen persönlichen Koch«, urteilte Camilla nach dem ersten Bissen. Ich dankte ihr mit einer kurzen Verneigung.

»Wusstest du schon, dass der Vizebürgermeister verzweifelt versucht, die Sonnenuhrvilla zu kaufen?«, ließ ich beiläufig fallen.

»Ach ja? Woher weißt du das?«

»Von Romero, dem Mann mit dem Brennholz.« Ich erzählte ihr, dass ich den Vizebürgermeister aus dem Haus der Signora hatte kommen sehen.

»Wenigstens ist das mal kein Rätsel«, sagte sie achselzuckend.

»Wer weiß …« Ich betrachtete ihre Lippen, die sich an den Rand des Glases legten, und erschauerte, als der Wein in ihren Mund hineinfloss. Ich hatte große Lust, ihre Zunge zu schmecken, auch mit Spaghetti in Tomatensoße … Allerdings war ich nicht sicher, ob es der richtige Zeitpunkt war. Mir blieb nur, es auszuprobieren. Ich stand auf, ging um den Tisch herum und beugte mich über sie, um sie zu küssen. Sie ließ mich gewähren wie eine wehrlose Gefangene. Nach einem langen Kuss kehrte ich seelenruhig zu meinen Spaghetti zurück. Ich nahm einen großen Schluck aus dem Weinglas. Mit einem Lächeln um den Mund sah sie mich an.

»Langsam glaube ich allen Ernstes, du bist total pervers.«

»Vielleicht macht das die Luft in diesem Dorf … Hier sind doch alle etwas seltsam.«

»Einer, der alle um sich herum seltsam findet, sollte sich selbst ein paar wichtige Fragen stellen.«

»Ich tue nichts anderes.«

»Gibt du mir noch etwas Wein?«

»Mit Vergnügen.« Ich füllte ihr Glas.

»Ich weise dich darauf hin, dass Alkohol keinerlei Wirkung auf mich hat.«

»Ich weise dich darauf hin, dass ich es noch nie nötig hatte, eine Frau betrunken zu machen. Mir scheint, du hast eine Menge Stereotypen im Kopf.«

»Ihr Männer seid die Stereotypen. Ihr verhaltet euch alle gleich, weil ihr auf das Gleiche hinauswollt.«

»Wechseln wir das Thema?«

»Solange du nicht von Werwölfen oder zerfleischten Hühnern anfängst …«

»Natürlich.«

Kurzes Schweigen. Die Pasta schmeckte gut, dahinter steckte jahrelange Erfahrung.

»Was glaubst du, wer dieser Riese ist?«, fragte sie.

Als ich aufwachte, lag ich quer auf dem Bett. Camilla war gegen zwei nach Hause gefahren, nachdem wir den ganzen Abend geredet und Wein getrunken hatten. Wir hatten nicht miteinander geschlafen, uns aber viel geküsst. Das letzte Mal draußen an ihrem Wagen. Ich fühlte mich wieder wie damals in der Mittelstufe, was mir aber, um ehrlich zu sein, nicht im Geringsten missfiel.

»Sag mir doch, bei der wievielten Verabredung du vögelst, damit ich mich darauf einstellen kann«, hatte ich zu ihr gesagt, bevor sie die Wagentür zuzog.

»Endlich eine vernünftige Frage«, hatte sie lächelnd erwidert, ohne mir jedoch Auskunft zu geben.

Nach einer Tasse Kaffee setzte ich mich mit der Absicht an den Computer, zu tun, was zu tun war. Während ich wartete, bis sich etwas tat, spielte ich wieder einmal dieses verfluchte Solitär. Nach zwei Partien spürte ich, dass mir eine Geschichte durch den Kopf schwirrte. Ich öffnete eine neue Datei und schrieb sofort drauflos, ohne auch nur einmal die Finger von der Tastatur zu heben. Woher die Worte kamen, war mir schleierhaft, ich fühlte mich eher wie eine Schreibkraft, nicht wie ein Autor. Mittendrin kam mir die Idee für den Titel: *Weißer Body.* Um sechs Uhr war ich fertig. Ich druckte den Text aus und las ihn noch einmal durch. Die Geschichte war nicht übel. Sie handelte von einem Mann, der von einer Frau zum Narren gehalten wurde. Nun blieb mir nur noch, Camilla anzurufen und sie wieder zum Abendessen einzuladen, was sie hoffentlich annahm. War das ein kluger Schachzug? Bevor ich es mir anders überlegen konnte, griff ich zum Handy und wählte ihre Nummer.

»Ich bin es, Emilio, stör ich dich?«

»Ich habe gerade einen Patienten.«

»Dann mache ich es kurz. Darf ich dich zum Abendessen einladen?«

»Heute wieder?«

»Warum nicht ...«

»Langweilst du dich, so ganz allein?«

»Das Spielkasino in Fontenera hat heute Abend leider zu, da fielst du mir ein.«

»Eine solche Einladung kann man unmöglich abschlagen.«

»Wann darf ich dich erwarten?«

»Bei mir wird es auch heute etwas später.«

»Komm, wann du willst.«

»Ich muss Schluss machen.«

»Bis dann.«

»Bis dann.« Nichts leichter als das. Zu leicht. Ich rechnete jeden Moment damit, dass sie anrief, um mir zu sagen, sie habe es sich anders überlegt.

Ich ging in die Küche und zündete ein Feuer im Kamin an. Ich verspürte ein Bedürfnis nach dem Anblick der Flammen. Danach legte ich mich zum Lesen aufs Sofa. Nach ein paar Seiten ließ ich das Buch auf den Bauch sinken. Meine Gedanken kreisten um den Riesen. Ich hätte wer weiß was dafür gegeben, ein Foto von ihm machen zu können. Das würde ich dem Maresciallo präsentieren: *Hier ist Ihr Wilderer,* würde ich sagen. Er würde dastehen wie ein Volltrottel. Es gab nur ein Problem. Ich brauchte einen Fotoapparat, am besten eine Digitalkamera. In Florenz hatte ich nur ein ganz simples Modell für Filmrollen. Vielleicht Camilla …

Ich schickte ihr eine Nachricht: *Wenn du eine Digitalkamera hast, bring sie bitte mit, ich erkläre dir alles später. Kuss.* Eigentlich ging es mir dabei mehr um den Kuss als um die Kamera.

Um halb zehn deckte ich den Tisch. Camilla hatte mir nicht geantwortet. Ich stellte wie immer einen Topf Wasser auf den Herd, legte ein paar Holzscheite im Kamin nach und nahm, eingelullt vom lauten Ticken der Wanduhr, meine Lektüre wieder auf.

Um elf hörte ich Camillas Auto vor dem Haus. Ich wedelte mit dem Schwanz, drehte die Flamme unter dem Topf höher und ging zur Tür.

»Mein Gott, was hatte ich Angst …«, stöhnte sie, als sie hereinkam. Ihre Stimme zitterte leicht.

»Was ist los mit dir?«

»Gib mir etwas zu trinken.« Wir gingen in die Küche, wo ich ihr ein Glas Wein reichte. Camilla nahm einen großen Schluck und ließ sich aufs Sofa fallen. Unnötig zu erwähnen, dass sie umwerfend aussah. Sie trug die üblichen hautengen Jeans und eine schwarze Lederjacke.

»Jetzt glaube ich, dass es Werwölfe gibt …«, sagte sie leise.

»Ich bin ganz Ohr.« Ein wenig machte ich mir Sorgen.

»Ich war unterwegs auf der Provinzstraße … Urplötzlich stand ein halbnackter Koloss mit einer wirren Mähne vor mir.«

»Mein Riese.«

»Keine Ahnung, wie ich es geschafft habe, ihn nicht anzufahren.«

»Vermutlich wäre dein Wagen jetzt Schrott …«

»Er blieb regungslos vor dem Auto stehen und starrte mich

an. Ich wusste nicht, was ich tun sollte. Dann habe ich so lange gehupt, bis er sich endlich in die Felder davongemacht hat.«

»Warum gehen wir nicht raus und suchen ihn?«, schlug ich vor.

»Kommt gar nicht in Frage.«

»Ich nehme alles zurück.«

»Ich weiß nicht, wie du diesen Zyklopen mit Rachele verwechseln konntest.«

»Es war dunkel, ich habe ihn nur von weitem gesehen. Außerdem bewegte er sich recht leichtfüßig, er schien mir nicht so riesig zu sein«, rechtfertigte ich mich, obwohl mir bewusst war, dass ich mich hatte täuschen lassen, weil ich auf eine Bestätigung meiner Theorien aus war.

»Und wenn es wirklich der Yeti ist?«, gab sie zu bedenken.

»Der Maresciallo nimmt dich fest, wenn er dich hört. Kleiner Joint gefällig?«

»Oh ja …«

Ich gab die Nudeln ins Wasser, Spaghettini von De Cecco. Alla Carrettiera, mit Pilzen und Thunfisch. Dann drehte ich einen Joint und reichte ihn zusammen mit dem Feuerzeug an Camilla weiter.

»Hast du meine Nachricht bekommen?«

»Wegen der Digitalkamera?«

»Da war auch noch ein Kuss, um genau zu sein.«

»Was hast du damit vor?«

»Mit dem Kuss?«

»Mit der Kamera …«

»Hast du sie mitgebracht?«

»Ich habe immer eine dabei, aber ich bin nicht sicher, ob sie so gut ist«, sagte sie, während sie ihre Tasche aufmachte. Sie holte eine Digitalkamera hervor und reichte sie mir. Es war eine schicke Canon mit fünf Megapixeln und einem recht guten optischen Zoomobjektiv.

»Die ist genau richtig. Leihst du sie mir?«

»Willst du dich nackt im Spiegel fotografieren?«

»Ich plane eine Reportage über das Paarungsverhalten bei Wildschweinen. Mein ganzes Leben habe ich auf diesen Augenblick gewartet.«

»Komm schon, was hast du damit vor?«

»Wir brauchen ein Foto vom Werwolf, der die Hühner reißt«, antwortete ich ernst.

»Vom Riesen?«

»So ist es.«

»Geh allein, ich bin nicht scharf darauf, ihm noch einmal zu begegnen.«

»Wie du willst, aber dir entgeht das Spannendste.«

»Ich habe Hunger.«

»Es ist gleich so weit.« Ich stellte die Kamera auf der Anrichte ab und sah nach den Nudeln. Ein paar Minuten brauchten sie noch, was mir Gelegenheit gab, etwas Holz im Kamin nachzulegen.

»Wie willst du es denn schaffen, ihn zu fotografieren?«

»Ganz einfach. Ich rufe ihn auf dem Handy an und bitte ihn um ein Treffen.«

»Ein nettes Abendessen bei Kerzenschein?«

»Ach ja, die Kerzen …« In einer Schublade hatte ich ein paar gesehen. Schlichte weiße Kerzen für den Fall, dass der Strom ausfiel, aber mehr brauchte ich nicht. Ich zündete sie an und stellte sie in zwei kleinen Gläsern auf den Tisch.

»Was hältst du davon?«

»Fehlt nur noch ein Totenkopf in der Mitte, dann wäre es perfekt.«

»Findest du es so makaber?«

»Aber nein, es sieht hübsch aus …« Sie lächelte. Im Grunde hatte auch sie ein Herz. Ich goss die noch sehr bissfesten Nudeln ab, und wir setzten uns an den Tisch. Die Kerzen sorgten für die richtige Atmosphäre. Bei einem vorzüglichen Primitivo sprachen wir weiter über die rätselhaften Ereignisse in Fontenera.

Nach dem Essen machten wir es uns auf dem Sofa vor dem Kamin bequem. Das Feuer war grandios, das Sofa war herrlich, die Risse an den Wänden und das Ticken der Uhr waren wundervoll … da wurde mir klar, dass die schöne schwarzhaarige Dottoressa mir langsam den Kopf verdrehte. Immer mit der Ruhe, Emilio, immer mit der Ruhe.

Ich erzählte ihr, dass ich ein Abhörgerät bestellt hatte und es in der Sonnenuhrvilla anbringen wollte. Mit einer gewissen Verwunderung im Blick sah sie mich an, sagte jedoch nichts.

Nachdem wir die Geheimnisse von Fontenera erschöpfend erörtert hatten, legte ich alle Hemmungen ab. Ich erzählte ihr von Franco und unserer Freundschaft, seinem Tod im Krankenhaus und von allem anderen. Schließlich wagte ich mich an die Frage, welche Rolle Zufall und Schicksal gespielt hatten … da kam sie plötzlich näher und nahm mein Gesicht in ihre Hände. Ihre Finger waren warm. Nach einem Kuss flüsterte sie mir etwas ins Ohr.

»Hattest du nicht eine Schmetterlingssammlung im Schlafzimmer?«

»Die habe ich gestern einem marokkanischen Händler verkauft.«

»Auch das Bett?«

»Das nicht …«

»Dreh uns einen Joint, ich warte oben auf dich«, sagte sie und stand auf.

»Kennst du den Weg?«

»Vertrau mir«, entgegnete sie mit einem geheimnisvollen Mona-Lisa-Lächeln. Als sie zur Treppe ging, fiel mein Blick unweigerlich auf ihren Po in den knackig engen Jeans. Kurz war ich wie betäubt, bevor ich mich zusammenriss und mich dem Joint zuwandte. Das war kein Leichtes in der Situation. Ich versuchte, besonnen vorzugehen, doch die Eile war stärker als ich. Ich rollte das Papier zusammen, befeuchtete es mit der Zunge und hatte auf einmal den krummsten Joint meines Lebens in der Hand. Da löste ich ihn wieder auf und startete mit mehr Konzentration einen zweiten Versuch. Diesmal gelang er mir besser. Ich nahm ihn zwischen die Lippen und hatte, als ich die Treppe hinaufstieg, das Gefühl, als ginge ich meinem Schicksal entgegen.

Ich betrat mein Schlafzimmer. Auf dem Bett lag Camilla mit einem Buch in der Hand, das sie sofort zuschlug, als sie mich bemerkte. Nur die Nachttischlampe brannte, das Zimmer war voller Schatten. Ich setzte mich auf die Bettkante, reichte ihr den Joint und zündete ihn an. Sie rauchte mehr als die Hälfte, bevor sie ihn mir in den Mund steckte.

»Alles für dich«, sagte sie.

»Sprichst du von dir?«

Sie grinste. Ich beugte mich zu ihr hinunter und küsste sie. Ihre Zunge schmeckte noch nach Bacchus, und sie war Venus. Ich war in poetischer Stimmung. Kurz hob ich den Kopf und drückte den Joint im Aschenbecher aus, bevor ich mich zu ihr legte und sie erneut küsste. Wir begannen uns zu streicheln. Einige Knöpfe und Reißverschlüsse gingen auf, doch wir blieben angezogen. Zwei Teenager auf ihrer ersten sexuellen Entdeckungsreise. Ihr Geruch war betörend. Mein Herz raste. Ungefähr so hatte ich mich als Kind gefühlt, wenn ich am Abend vor der Bescherung durch eine Glastür die bunten Weihnachtskugeln am Baum glitzern sah. Vor mir sah ich eine Frau, die es völlig neu zu erforschen galt, und dass ich so gut wie nichts über sie wusste, war aufregender als ein Absprung aus der Luft. Es gelang mir sogar, nicht an Werwölfe und Hühner ohne Köpfe zu denken. Nach einem längeren Kuss sahen wir uns an. Ihre Augen glänzten wie feuchte Steinchen.

»Morgen früh fahre ich für ein paar Tage weg.«

»Besuchst du deinen Mann?«, fragte ich halb im Scherz, halb ernst.

»Ich fahre zu meinen Eltern, meine Mutter hat Geburtstag.«

»Sie ist sicher eine bildschöne Frau.«

»Schöner als ich auf jeden Fall.«

Noch ein Kuss.

»Weißt du schon, wann du zurückkommst?«

»Donnerstag.«

»Das sind ja vier Tage …«

»Wirst du es überleben?«

»Genau das habe ich mich gerade gefragt … Gut, dass es Handys gibt.«

»Mir wäre Funkstille lieber, ich muss nachdenken.«

»Über mich?«

»Halt dich nicht immer für den Mittelpunkt der Welt.«

»Frauen, die nachdenken, machen mir Angst …«

»Weil du ein Ferkel bist«, entgegnete sie und kniff mir in die Nase.

»Lieber will ich ein Werwolf sein«, flüsterte ich und fletschte die Zähne. Sie zog mich auf sich, schlang die Beine um mich und küsste mich erneut.

Auch an dem Abend schliefen wir nicht miteinander, doch unsere endlosen Küsse und ihre heiße Haut unter der Kleidung machten das Warten wunderschön … Tja, wenn ich so überschwänglich wurde, hieß das, ich war ernsthaft dabei, mich zu verlieben. Hoffentlich ging es nicht nur mir so.

Gegen vier Uhr fuhr Camilla nach Hause. Ich sah ihrem Wagen nach, wie er in der ländlichen Dunkelheit verschwand, und hörte den Motor noch mindestens eine Minute lang brummen. Dann war es still. Bevor ich die Haustür schloss, erhob sich in der Ferne ein Geheul, aber ich konnte nicht ausmachen, ob es von einem Menschen oder einem Tier stammte.

Am Vormittag brach ich wie immer zu einem Spaziergang auf, ich war schon geradezu süchtig danach. Der Himmel war bedeckt, und hin und wieder fiel ein harmloser Nieselregen. Ich konnte Camillas Rückkehr kaum erwarten. Als ich ein paar Freunde anrief, um ihnen zu sagen, dass ich noch lebte, fiel es mir schwer, nicht von Werwölfen zu reden.

Nachdem ich etwas gegessen hatte, machte ich Feuer im Kamin und legte mich aufs Sofa. Mir fehlte nur sie. Ich schlug mein Buch auf und las, immer wieder von einem Nickerchen unterbrochen, bis abends um neun.

Nach dem Abendessen packte ich eine Flasche Wasser, den Fotoapparat und die Taschenlampe in einen Rucksack. Ich stieg ins Auto und nahm die Provinzstraße in Richtung Fontenera. Die Wolkendecke war aufgerissen, und es wehte ein erstaunlich warmer Wind. Ich hatte einen leichten Joint vorbereitet, den ich nun anzündete. Alle Götter bat ich um ihren Beistand, damit mir der Riese über den Weg lief und ich ihn auf einem Foto verewigen konnte. Erst vor zwei Tagen war Vollmond gewesen, und der Trabant stand noch immer groß und hoch am Himmel. Sein Licht bedeckte Hügel und Täler mit einem Perlmuttschleier.

J. J. Cale sorgte ganz leise für die musikalische Untermalung meiner nächtlichen Landpartie. Die Suche nach dem Ungeheuer führte mich kreuz und quer über die Feldwege. Normal war ich nicht. Ich hätte ebenso gut in Paris mit einem hübschen Mädchen im Noctambule sitzen und Calvados trinken können, stattdessen durchkämmte ich die Hügel des Chiantigebietes in der Hoffnung, einem zwei Meter großen Humanoiden zu begegnen. Das Gras begann zu wirken, die fahle Landschaft erschien mir magisch wie im Märchen. Meine Gedanken drehten sich nur um Camilla. Ich hatte große Lust, sie anzurufen, aber sie hatte ja gesagt, sie wolle das *lieber* nicht. Und ich wollte nicht kindisch erscheinen. Ich war nämlich jemand, der sehr wohl warten konnte. Es war schon drei Uhr durch, als ich mich müde und enttäuscht, aber entschlossen, die Jagd fortzusetzen, auf den Heimweg machte.

In der folgenden Nacht ging ich in Begleitung von Camillas Fotoapparat erneut auf die Suche. Unzählige Male fuhr ich die immer gleichen Wege ab und beobachtete die Umgebung. Überraschend und geheimnisvoll wie verlassene Burgen traten Bauernhäuser aus dem Dunkel hervor, und bisweilen leuchtete ein Fenster auf, wenn ich vorbeifuhr.

Am Waldrand bemerkte ich eine Horde Wildschweine, ein Hirsch sprang über den Weg, ein Stachelschwein trottete gemächlich vorbei. Vom Werwolf keine Spur. Dennoch waren die Nächte im Auto keine vertane Zeit, sie dienten mir zur Ablenkung. Ich zählte die Stunden, die mich von Camilla trennten.

Auch in der dritten Nacht brach ich zu meiner Mission auf. Der Mond nahm zwar ab, aber sein Licht reichte noch aus, die Landschaft zu erhellen. Langsam und von leiser Hintergrundmusik begleitet, fuhr ich die Provinzstraße entlang und bog nach und nach in jeden Seitenweg ein, die sich alle in der Dunkelheit verloren. Absolut nichts.

Als ich zu Hause ankam, war es bereits nach vier, und ich ging sofort ins Bett. Ich fühlte mich ein wenig entmutigt, doch wollte ich mich dem Maresciallo nicht geschlagen geben. Die Angelegenheit hatte sich zu einem Wettkampf zwischen ihm und mir entwickelt, wenn auch nur ich davon wusste. Ich brauchte ein Foto des Riesen, koste es, was es wolle. Früher oder später würde ich ihn finden, dessen war ich mir mehr als sicher. Ich musste mich nur ein wenig gedulden, jede Nacht konnte es so weit sein. Die Mondphasen taten nichts zur Sache, ich suchte nicht nach einem Werwolf … mit diesem Unsinn musste jetzt Schluss sein. Es war nur ein Verrückter, der Hühner und Kaninchen abschlachtete. Vielleicht auch größere Lebewesen, wenn sich ihm die Gelegenheit bot, wie den jungen Deutschen. Was ich brauchte, war ein hübsches Erinnerungsfoto vom Riesen. Ich konnte kaum erwarten, es Pantano unter die Nase zu halten. Ob er wollte oder nicht, er würde sich bei mir zu bedanken haben. Vielleicht würde sich die Lösung des Falls sogar als förderlich für seine Karriere erweisen …

Während ich so im Dunkeln dalag, dachte ich darüber nach, was ich tat: Mitten in der Nacht machte ich mich in den lieblichen Hügeln der Toskana auf die Suche nach einem Riesen. Ich kam mir lächerlich vor. Wenn es nun aber doch Werwölfe gab? Setzte ich dann nicht mein Leben aufs Spiel?

Aber nein, das mit den Werwölfen war ein Unsinn. Vielleicht war es ein Eremit, ein von Gott Vergessener. Sicher war nur, dass er nicht ganz richtig im Kopf war. Mir blieb nichts weiter übrig, als darüber zu schlafen und den nächsten Tag abzuwarten. Lächerlich oder nicht, ich würde nicht aufgeben. Ich würde das Ungeheuer fotografieren. Und sollte Pantano nichts unternehmen, würde ich die Sache selbst aufklären. Das Schicksal würde sich nicht von einem Maresciallo aufhalten lassen …

Hinter jedem Gedanken schimmerte Camillas Gesicht auf, und ich konnte nicht einschlafen. Ich sah ihren roten Mund, ihr strahlendes Lächeln … und biss mir auf die Lippe. Ich sah zwei schwarze Augen, die Licht verströmten, und riss meine in der Dunkelheit auf. Ein Tag noch, dann würde ich sie wiedersehen, nur ein Tag …

Nichts zu machen, ich konnte nicht schlafen. Dem musste ich Abhilfe schaffen. Ich knipste das Licht an und drehte mir einen starken Joint. Dann endlich schlief ich ein.

Ich träumte von Franco, er ging barfuß über das Wasser und deutete nach vorn. Seinem Fingerzeig folgend, sah ich Menschen vom Himmel fallen und mit dumpfen Schlägen, die mir sehr nahe gingen, auf dem Boden aufprallen … bumm … bumm … bumm … bumm …

Ich wurde wach. Jemand pochte gegen die Tür, und nach der Vehemenz der Schläge zu urteilen, war es nicht Camilla. Sonnenstrahlen drangen durch die Fensterläden herein. Ich sah auf die Uhr, Viertel nach acht.

… bumm … bumm … bumm …

Wer, zum Teufel, konnte das sein? Der Bauer mit den roten Hosenträgern? Die Zeugen Jehovas? Der Maresciallo, der mich zu meinen nächtlichen Streifzügen verhören wollte?

… bumm … bumm … bumm …

Ich wälzte mich aus dem Bett und lugte durch die Fensterläden. Vor dem Haus stand ein UPS-Lieferwagen. Natürlich, das Abhörgerät von *Elektra-International*. Ich öffnete das Fenster.

»Ich komme!«, rief ich. Die Schläge brachen ab, und ich hörte jemanden murmeln. Hastig zog ich mich an und ging hinunter zur Haustür. Davor stand ein hochgewachsener blasser Kerl um die zwanzig.

»Entschuldigen Sie, wenn ich Sie geweckt habe … Ich hab das Auto gesehen und … Sonst hätte ich noch mal hier rauffahren müssen.«

»Du hast genau das Richtige getan.« Ich unterschrieb und brachte das Paket in die Küche. Nachdem ich einen Kaffee aufgesetzt hatte, öffnete ich es, als wäre es ein Weihnachtsgeschenk. Das Ganze machte einen seriösen Eindruck, sogar eine Gebrauchsanweisung auf Italienisch lag bei. Zunächst schloss ich den Akku an den Strom an und stellte fest, dass er bereits vollständig aufgeladen war. Respektabel, die Firma *Elektra*. Schnell trank ich einen Kaffee, bevor ich aufmerksam das Handbuch studierte. Kinderleicht.

Ich platzierte eine Abhörwanze vor dem laufenden Fernseher und ging mit dem Kopfhörerempfänger nach draußen. Alles war ganz deutlich zu hören. Ich entfernte mich in Richtung Villa. Nachdem ich einen Bauern begrüßt hatte, nahm ich mit gleichmütiger Miene die Steigung in Angriff. Der Empfang war noch immer gut. Gerade liefen die Nachrichten, von einem Anschlag im Irak war die Rede. Etwa hundert Meter von der Villa entfernt war die Tonqualität nur geringfügig schlechter. Im Hintergrund rauschte es ein wenig, aber ich konnte jedes Wort verstehen. Es ging um Fußball. Vor dem Parktor angekommen, ging ich an der

Mauer entlang einmal um das ganze Grundstück herum. Hin und wieder setzte der Ton kurz aus, doch ansonsten hörte man gut. Gerade lief die Wettervorhersage. Sonnenschein in Mittelitalien für die nächsten zwei Tage.

Ich kehrte nach Hause zurück und testete auch den anderen Sender bis in eine Entfernung von etwa hundert Metern. Auch er funktionierte einwandfrei. Ich beschloss, die Sender sofort anzubringen. Mit dem Wagen fuhr ich erneut den Hügel hinauf. Ich parkte ungefähr fünfzig Meter von der Villa entfernt auf einer Lichtung. Eine Faust um die Schlüssel in meiner Hosentasche ballend, näherte ich mich dem Gittertor und horchte. Wie üblich war bis auf Vogelgezwitscher kein Laut zu hören. Rasch öffnete ich sämtliche Schlösser und schlich mich ins Haus. Durch einen Spalt in den Fensterläden drangen ein paar Sonnenstrahlen herein, doch ihr Licht war so schwach, dass man nicht einmal erkennen konnte, wohin man die Füße setzte. Ich knipste die Taschenlampe an. Wie jedes Mal, wenn ich das Haus betrat, krampften sich meine Eingeweide zusammen. Doch obwohl ich es kaum erwarten konnte, wieder draußen zu sein, hielt mich gleichzeitig eine gespannte Erwartung gefangen … besonders an diesem Tag.

Aufmerksam auf jedes Geräusch achtend, durchquerte ich die Eingangshalle. Der Nervenkitzel gefiel mir, er wirkte beinahe belebend auf mich; doch sobald ich anfing, Wesen aus dem Jenseits vor mir zu sehen, wandte ich mich schleunigst hilfesuchend an meinen Verstand. Dieser innere Zwiespalt trieb mir den Schweiß auf die Stirn.

Ich hatte die Treppe erreicht. Urplötzlich hörte ich ein dumpfes Geräusch, etwas schlüpfte zwischen meinen Füßen hindurch. Mit einem Satz stand ich auf einmal vier Stufen höher. Ich leuchtete über die Treppe. Eine Ratte von der Größe einer Hand sprang gerade die untersten Stufen hinab. Hätte ich eine Pistole dabeigehabt, ich hätte sie erschossen.

Ich trocknete mir mit der Hand die Stirn und wartete, bis

mein Herz sich ein wenig beruhigt hatte. Mein Mund war wie ausgetrocknet. Nach einem tiefen Atemzug setzte ich meinen Weg fort.

Ich erreichte das Schreckenszimmer und drückte vorsichtig gegen die Tür. Mit der Taschenlampe leuchtete ich auf das Bett. Bis in alle Ewigkeit erzählten die blutverschmierten alten Laken ihre Geschichte. Ich hatte die Bilder jener Nacht vor Augen … ich hörte, wie die arme Frau schrie, als sie zerfleischt wurde … Doch von wem? Ich sah ihren leidgeprüften Ehemann mit heraushängender Zunge und aufgerissenen Augen von der Decke baumeln … und ich sah ein kleines Mädchen, das sich unter dem Bett versteckte …

Ich biss die Zähne zusammen und suchte mit der Taschenlampe ringsum nach dem sichersten Versteck für den ersten Sender. Das Zimmer hatte ich ausgewählt, weil ich ganz sicher war, dass die Stimmen von dort kamen. Der Gedanke verursachte mir eine Gänsehaut. Ich musste mich auf etwas Konkretes konzentrieren, das Gefühl von Bedrohung zurückdrängen, das in den vergangenen Minuten allzu stark geworden war. Ich redete mir selbst ein, ich wäre ganz ruhig, und pfiff dazu im Stillen die Fanfare der Bersaglieri vor mich hin.

In der Gebrauchsanweisung hatte ich gelesen, es sei ratsam, den Sender an einer hochgelegenen Stelle zu positionieren, und so legte ich ihn oben auf den Kleiderschrank. Dort war er gut aufgehoben. Ich verwanzte ja nicht das Büro eines Politikers, der womöglich mit so etwas rechnete. Niemand würde ihn je finden, auch die Gespenster nicht.

Neugierig fragte ich mich, ob auch im Schrank wohl noch alles so war wie an jenem Tag. Nach kurzem Zögern öffnete ich die eine Schranktür einen Spaltbreit, und im Strahl der Taschenlampe flimmerte eine Wolke aus kleinen Faltern. Ich machte den Schrank ganz auf und leuchtete hinein. Auf den Bügeln hingen die mottenzerfressenen Überreste eleganter Damenkleider. Im unteren Schrankfach lag noch originalverpackte Babywäsche. Mir war, als entweihte ich einen uralten Tempel. Ich zog eine Schublade heraus. Aufgereiht standen darin unzählige Damenschuhe in Größe sechsunddreißig, höchstens siebenunddreißig. Darunter war ein sehr schickes silbernes Paar mit nicht allzu hohem Pfennigabsatz. Ich nahm einen Schuh in die Hand, er war federleicht. Mode aus anderen Zeiten … in mancher Hinsicht längst vergangenen Zeiten, obwohl sie eigentlich gar nicht so weit zurücklagen.

Ich schloss den Schrank wieder. War es möglich, dass es kein einziges Foto der Eheleute gab? Ich sah in den Schubladen der Kommode nach, in denen jedoch nur Wäsche vor sich hin moderte. Beim Durchsuchen der Nachtschränkchen fand ich schließlich ein Foto in einem ovalen Samtrahmen. Mit dem Finger versuchte ich, den Staub vom Glas abzuwischen, doch es war so klebrig, dass ich ein Taschentuch und Spucke zu Hilfe nehmen musste. Vor mir tauchten die fröhlichen Gesichter eines Brautpaares beim Hochzeitsbankett auf. Neben dem Bräutigam stand, jung und stolz, Signora Rondanini. Neben der Braut ein vornehmer, jugendlich wirkender Mann mit schlohweißem Haar. Vielleicht ihr Vater? Alle waren sehr elegant im Stil der Sechzigerjahre gekleidet. Sie lächelten. Niemand von ihnen ahnte, was geschehen würde. Das Grausame an Fotografien war, dass sie den Betrachter mit einem Zeitsprung in Situationen zurückversetzten, die nicht mehr existierten. Ich legte das Bild zurück und machte die Schublade zu. Überall hatte ich mich bereits umgeschaut. Bevor ich hinausging, inspizierte ich noch einmal die verschmierten Blutspuren auf dem Fußboden, um festzustellen, ob ich vielleicht einen Pfotenabdruck übersehen hatte. Ich konnte keinen finden. Ich verließ das Zimmer und schloss respektvoll die Tür.

Damit mich nicht wieder so eine verflixte Ratte überraschen konnte, leuchtete ich mit der Taschenlampe hin und her, während ich die Treppe hinabstieg. Den zweiten Sender wollte ich im Erdgeschoss verstecken. Unten angekommen, heftete ich den Minisender mit der selbstklebenden Seite unter den Vorsprung der untersten Treppenstufe. Nun konnte ich gehen.

Kaum war ich in meinem Schlafzimmer, schloss ich das USB-Empfangsgerät an meinen Computer an und installierte die Aufzeichnungssoftware. Man konnte die Geräusche über Lautsprecher mithören und gleichzeitig auf der Festplatte speichern. Ich schaltete alles ein. Es war aufregend. Ohne gesehen zu werden, hörte ich die Laute aus der Villa, als wären meine Ohren dort oben. Schon immer hatte es mir ein prickelndes Vergnügen bereitet, andere zu beobachten. Ich erinnerte mich noch an meine Kindheit, wenn meine Eltern Freunde zum Essen eingeladen hatten. Ich gab vor, ins Bett zu gehen, doch nach einer Weile stand ich auf, schlich barfuß hinaus auf den dunklen Flur und tastete mich an der Wand entlang. Mit einem Lächeln auf den Lippen und voller Furcht, entdeckt zu werden, kroch ich die letzten Meter auf allen vieren. Vor dem Wohnzimmer legte ich mich auf den Boden. Meine Mutter ließ die Tür immer einen Spaltbreit geöffnet, durch den ich beobachtete, wie meine Eltern mit ihren Gästen lachten, aßen, tranken … in strahlendem Licht, als wären sie im Paradies. In solchen Augenblicken spürte ich ein so starkes Kribbeln im Bauch, dass ich mir auf die Lippen beißen musste, um nicht loszulachen …

Als ich mich vollständig angezogen aufs Bett legte, war es gerade erst elf. Keine Ahnung, wann Camilla zurück sein würde. Ich würde abwarten, bis sie sich meldete. Aus Respekt. Ein wenig auch, um mich nicht wie liebeskrank aufzuführen. Um ehrlich zu sein, eigentlich nur deswegen. Obwohl ich todmüde war, konnte ich vor innerer Anspannung nicht einschlafen. Seit dem Besuch in der Villa hatte ich ein unangenehmes Gefühl. Es war wie eine Vorahnung, dass etwas Schlimmes passieren würde … aber das lag sicher an der Müdigkeit. Kaum drei Stunden hatte ich geschlafen, und ein erschöpfter Verstand war kein guter Ratgeber. Ich durfte mich nicht so beeinflussen lassen. Doch der Schlaf wollte sich nicht einstellen, und draußen schien die Sonne. Was tat ich im Bett? Also stand ich wieder auf und trank noch einen Kaffee.

Dann setzte ich mich ins Auto. Am Ende des Schotterwegs bog ich in entgegengesetzter Richtung zu Fontenera auf die Provinzstraße ab. Ich legte ein Quartett von Schubert auf, und schon hellte sich die Landschaft auf. Die Luft war so klar, dass ich am Hang vor mir die Oliven einzeln hätte zählen können. Meine Müdigkeit schien verflogen, ich fühlte mich beinahe aufgekratzt. Vielleicht begegnete ich ja Camilla, und wir liebten uns mitten auf einer Wiese, während die Grillen um uns herumhüpften. Mit unterdrückter Rufnummer rief ich sie vom Handy aus an. Nicht erreichbar. Bei einem Freizeichen hätte ich aufgelegt. Es war an ihr, sich bei mir zu melden.

Bei leicht geöffnetem Fenster ließ ich mich mit dem Fahrtwind im Gesicht von meinem Wagen davontragen, als wäre er mein altgedientes Pferd. Nach einigen Kilometern bemerkte ich am Ende einer Geraden mehrere am Straßenrand geparkte Autos, um die sich eine kleine Menschentraube gebildet hatte. Als ich näher kam, erkannte ich einen Krankenwagen und zwei Fiat der Carabinieri … und meine böse Vorahnung kam mir wieder in den Sinn. Ich parkte hinter den anderen Wagen und stieg aus. Die umherstehenden Männer und Frauen waren allesamt Bauersleute. Ich erkundigte mich, was passiert sei.

»Eine Frau ist umgebracht worden«, erklärte ein dicker Mann.

»Was?«

»Eine Frau … umgebracht …«, wiederholte eine Frau.

»Wie, umgebracht?«

»Umgebracht … Umgebracht …«

»Getötet«, fügte eine Stimme hinzu.

»Und wer hat sie umgebracht?«

»Das weiß Gott allein …«, erwiderte eine Frau.

»Weiß man denn, wer sie ist?«, erkundigte ich mich besorgt. Ich dachte sofort an Camilla.

»Das haben sie noch nicht herausgefunden«, gab der dicke Mann zurück.

»Hat jemand sie gesehen? Welche Haarfarbe hat sie?«, fragte ich in die Runde.

»Niemand weiß etwas.«

»Wo ist sie?«

»Dort oben, aber da darf keiner hin«, antwortete der Dicke und zeigte auf die unbefestigte Straße, die den Hügel hinaufführte.

»Der Hund eines Jägers hat sie aufgespürt, heute früh um sieben«, berichtete ein anderer.

»Sie lag hinter einem Gebüsch«, ergänzte eine Bäuerin, die breit war wie ein Schrank. Ich trat ein paar Schritte zurück und versuchte noch einmal, Camilla zu erreichen. Ihr Handy war ausgeschaltet. Mir brach der Schweiß aus. Da machte ich mich auf den Weg den Hügel hinauf.

»Da darf keiner hin«, wurde ich gleich von mehreren Seiten gewarnt. Ich zuckte nur mit den Schultern und ging weiter. Vor mir erstreckte sich ein Pinienwald.

Auf einmal hörte ich hinter mir ein Motorengeräusch und wandte mich um. Ein schwarzes Auto kam auf mich zugefahren. Als es mich überholte, warf ich einen Blick hinein. Zwei Männer in Zivil, beide mit dem Handy am Ohr. Das mussten der Staatsanwalt und sein Assistent sein. Ich sah dem Wagen nach, bis er im Wald verschwunden war, und ging schneller. Kurz darauf fuhr ein Transporter mit Fenstern an mir vorbei. Vier junge Gesichter hinter schwarzen Sonnenbrillen. Vielleicht die Spurensicherung. Auch sie verschwanden hinter der Kurve.

Mit klopfendem Herzen lief ich weiter. Camilla konnte es unmöglich sein, wiederholte ich mir in einem fort. Der Weg führte mich in den Wald hinein. Nach einigen Biegungen sah ich etwa hundert Meter vor mir den Transporter und den anderen Wagen mitten auf der Straße stehen; dahinter parkte ein blauer Panda. Schon von weitem erkannte ich Maresciallo Pantano. Er sprach mit einem Mann in Zivil. Ein wenig abseits stand ein alter Mann mit geschultertem Gewehr und einem braunen Spürhund, der sich zu seinen Füßen zusammengerollt hatte. Vermutlich war es der Jäger, der die Leiche entdeckt hatte.

Der Maresciallo drehte sich um und bemerkte mich. Ich war sicher, dass er mich erkannt hatte. Eine Weile sprach er weiter, als ob nichts wäre, bevor er dem Mann in Zivil die Hand schüttelte und mir mit einer gewissen Entschlossenheit entgegenkam. Ungefähr dreißig Meter vom Ort des Geschehens entfernt fing er mich ab. Wir reichten uns die Hand.

»Ich war auf der Provinzstraße unterwegs, als ich all die Leute gesehen habe …«

»Sie sind grundsätzlich an den falschen Orten unterwegs.«

»Das gehörte schon immer zu meinen Eigenarten … Was ist denn eigentlich los?«, erkundigte ich mich betont beiläufig.

»Sie sehen sehr müde aus, Dottore«, bemerkte er anspielungsreich.

»Ich habe wenig geschlafen.«

»Wieso das?«

»Ich habe bis spät in die Nacht gearbeitet, und um acht hat mich … das Telefon geweckt«, schwindelte ich. Wenn ich es genau betrachtete, war ich eigentlich nicht verpflichtet, ihm Auskunft zu geben. Doch gefiel mir die Art nicht, wie Pantano mich ansah.

»Fahren Sie nicht vielleicht nachts ein bisschen zu viel durch die Gegend, Dottore?«, fragte er noch anspielungsreicher. Gut möglich, dass mich jemand gesehen hatte, ich erzählte ihm besser keine Märchen.

»Manchmal kann ich nicht einschlafen, dann entspanne ich mich, indem ich Auto fahre und ein bisschen Musik höre.«

»Da sieh mal einer an …«

»Entschuldigen Sie, aber was ist eigentlich passiert?«

»Ich bin sicher, das wissen Sie bereits.«

»Soweit ich verstanden habe, ist eine Frau ermordet worden.«

»Richtig …«, sagte Pantano. Wer weiß, wie dumm er mir kommen würde, wenn ich ihn nun nach der Haarfarbe der Toten fragte. Besser ließ ich es sein.

»Weiß man, wer sie ist?«, erkundigte ich mich mit unbeteiligter Miene.

»Noch nicht.«

»Hatte sie keine Papiere dabei?«

»Nein.«

»Wie wurde sie getötet?«

»Dazu kann ich Ihnen nichts sagen, tut mir leid. Ich muss jetzt los.« Er hob zum Abschied die Hand und ging wieder zurück.

Die Hände in den Hosentaschen, schlenderte ich in Richtung Provinzstraße. Ich wollte gelassen erscheinen, obwohl ich alles andere als das war. Das Gespräch hatte mir nicht gefallen. Ich fand die Anspielungen des Maresciallos sehr ärgerlich und auch ein wenig beunruhigend. Ich hatte mich bedroht gefühlt, hatte aufpassen müssen, was ich sagte und wie ich es sagte. Das gefiel mir nicht.

Alle drei Schritte drehte ich mich nach dem Jäger um. Seit sieben Uhr war er bereits da, sie konnten ihn nicht ewig festhalten. Unterdessen fragte ich mich, welcher Logik meine Fantasie folgte. Nur weil Camilla nicht bei mir war, kam ich auf den Gedanken, es handele sich bei der ermordeten Frau um sie. Ich war schlimmer als ein kleiner Junge. Dennoch ließ mich dieses Gefühl nicht los.

Als ich mich wieder umdrehte, sah ich den Jäger mit seinem Hund auf mich zukommen. Da wurde ich langsamer und wartete geduldig, bis er mich eingeholt hatte. Der Spürhund schnüffelte an mir.

»Guten Tag«, grüßte ich.

»Grüß Gott.«

Ohne uns anzusehen, liefen wir nebeneinander her.

»Man sagte mir, Sie hätten die Frau gefunden …«

»Stimmt.«

»Ist sie schwarzhaarig?«

»Blond«, antwortete er. Ich spürte, wie die Anspannung aus meinen Muskeln wich. Es war nicht Camilla. Ein anderer würde statt meiner verzweifeln.

»Wie wurde sie getötet?«, fragte ich beinahe fröhlich.

»Von einem Wildschwein oder einem großen Hund.«

»Zerfleischt?«

»Sie ist übel zugerichtet«, erklärte er.

»Blond, haben Sie gesagt, richtig?«

»Von oben bis unten blond, sogar zwischen den Beinen.«

»Danke.« Ich blieb stehen.

Erneut versuchte ich, Camilla zu erreichen, ich musste ihre Stimme hören. Das Handy war ausgeschaltet. Ich ließ dem Jäger einen großen Vorsprung und setzte dann meinen Weg fort.

Unweigerlich kamen mir gewisse Gedanken. Eine Frau war von einem *Wildschwein* oder einem *großen Hund* getötet worden … und nachts streifte ein Koloss durch die Gegend und knurrte dabei wie ein Wolf. Ob Werwolf oder nicht, der Riese hatte womöglich die Nase voll von Hühnern und hatte sich eine größere Beute gesucht, wie damals den jungen Deutschen. Verdammter Mist. Ich musste unbedingt ein Foto von ihm schießen, denn ich brauchte einen handfesten Beweis. Ich hatte nicht die geringste Lust, mich als Geisterseher in den Schlagzeilen wiederzufinden, auch wenn ich so vielleicht ein paar Bücher mehr verkaufen würde.

Vor mir tauchte ein schwarzer Lieferwagen auf und fuhr mit zwanzig Stundenkilometern an mir vorbei. Kein Grund zur Eile, es waren die Sargträger des Leichenschauhauses. Innerlich bat ich die arme Frau um Verzeihung für die Erleichterung, mit der ich vernommen hatte, dass es sich bei ihr um sie und nicht um Camilla handelte.

Als ich zurück zur Provinzstraße kam, waren alle noch da. Ohne zu grüßen, stieg ich in mein Auto und wendete.

Ich ließ Fontenera hinter mir und bog nach einer Weile in den Weg ab, an dem Camilla wohnte. Im Schritttempo fuhr ich weiter und hielt an, sobald das Haus in Sicht kam. Der Fiesta stand nicht da. So kehrte ich um und machte mich auf den Weg nach Hause.

Dort ging ich zunächst vor der Tür auf und ab und versuchte es noch einmal bei Camilla. Nicht erreichbar. Zwar hatte man sie nicht getötet, doch ihr Schweigen bereitete mir langsam Sorgen. Vielleicht hatte sie irgendwo einen Liebhaber oder sogar einen grauenhaften Ehemann, der sie wie ein Tier bestieg ... Hastig verscheuchte ich den Gedanken, um keine Messerstiche im Bauch zu spüren. Nie wieder würde ich einer Frau wegen leiden, das hatte ich mir geschworen. Nie wieder. Es würde geschehen, was geschehen musste. Ich würde abwarten, bis sie auf mich zukam. Und sollte sie beschließen, mich nicht wiedersehen zu wollen, Pech gehabt. Verflucht noch mal.

Ich ging hinein und geradewegs nach oben ins Schlafzimmer. Dort hörte ich die vom Computer aufgezeichneten Tonspuren ab, fand jedoch nichts. Ohnehin hätte mir das nicht viel genützt. Damit ich rechtzeitig eingreifen konnte, musste ich die Stimmen live hören.

Ich ließ alles eingeschaltet und ging in die Küche, um etwas zu essen. Mein Magen war wie zugeschnürt, ich bekam nur einen Apfel hinunter. Anschließend sah ich mir im Fernsehen die Nachrichten an. Ausführlich wurde über die ermordete Frau berichtet. Maria Conti, siebenundzwanzig Jahre, Bankangestellte. Alleinstehend, wohnhaft in Siena. Seit mindestens drei Tagen tot. Noch war nicht bekannt, wie und mit wem sie in das Waldstück gekommen war. Die Spurensuche am Boden wurde durch den Regen vor wenigen Tagen erschwert, doch die ersten Indizien sprachen dafür, dass die Frau auf dem Weg höchstwahrscheinlich von einem *großen Hund* getötet und anschließend ins Gebüsch gezerrt worden war. Die Ermittlungen gingen in alle Richtungen …

Von wegen großer Hund, ich konnte ihnen sagen, wer es war. Ob ich lieber gleich zur Polizei gehen sollte? Und wenn sie mir nicht glaubten? Der Maresciallo würde damit kommen, dass Bettazzi Stimmen hörte und von Werwölfen erzählte, woraufhin alle nur lachen würden. Besser machte ich meine Sache gründlich. Ich musste einen Beweis, ein Foto des Riesen nämlich, in der Hand haben.

Ich dachte über die Vermutungen der Polizei nach. Sie machten mich ziemlich ratlos. War es nicht seltsam, dass ein Hund sich die Mühe machte, die Leiche ins Gebüsch zu zerren? Allerdings war das auch für einen Werwolf seltsam … Alles war seltsam in dieser verfluchten Gegend. Vielleicht fühlte ich mich ja deshalb im Grunde wohl hier.

Das Handy klingelte. Meine Mutter.

»Schatz, geht's dir gut?« Sie klang aufgeregt.

»Was ist los, Mama?«

»In den Nachrichten haben sie gesagt, dass eine Frau zu Tode gebissen wurde!«

»Ich weiß, ich hab's gerade gesehen.«

»Kommst du zurück nach Florenz?«

»Ich wüsste nicht, wieso.«

»Wie bitte? Vor deinem Haus wurde eine Frau ermordet und …«

»Das war dreißig Kilometer von hier entfernt, Mama.« Es waren weniger als zehn, aber das erzählte ich ihr lieber nicht.

»Komm nach Hause, Schatz … Ich habe ein ungutes Gefühl.« Das sagte sie jedes Mal, und jedes Mal klopfte ich auf Holz.

»Mama, bitte, es ist alles in Ordnung …« Da ich sie zu nehmen wusste, hatte ich ihr die Sorge in wenigen Minuten ausgeredet. Zum Abschied schmatzte sie einen Kuss ins Telefon. Sie hatte ich beruhigt, mich selbst jedoch nicht. Eine Frau war zu Tode gebissen worden, und ich war vielleicht der Einzige, der wusste, wer es getan hatte. Würde er weiter morden? Und wann?

Ein letztes Mal versuchte ich, Camilla zu erreichen, aber ihr Handy war noch immer ausgeschaltet. Noch angezogen, sank ich aufs Bett und schlief endlich ein.

Ein jammerndes Geräusch weckte mich; ich hob den Kopf und sah mich um. Die Sonne schien blendend durchs Fenster herein. Ich hörte einen Schrei, dann wieder ein Jammern ... Es dauerte ein wenig, bis ich begriff, dass die Stimmen aus dem Computer kamen.

»Die Villa ...« Mit einem Satz war ich aus dem Bett und näherte mich den Lautsprechern. Die Geräusche klangen gedämpft, als stammten sie aus einem vom Sender entfernt liegenden Zimmer. Ein Mann und eine Frau, wie die anderen Male auch. Ich schlüpfte in meine Schuhe und wusch mir schnell das Gesicht. Ich hatte Glück, das Abhörgerät war noch nicht lange da und ... Vielleicht hatte ich aber auch alles andere als Glück, weil mich dort oben eine schaurige Wahrheit erwartete. Doch nun konnte ich keinen Rückzieher mehr machen. In aller Eile schnappte ich mir den Kopfhörerempfänger und den Fotoapparat und stürzte hinaus. Ich sprang ins Auto und trat so sehr aufs Gas, dass die Reifen durchdrehten. Während ich zur Villa hinauffuhr, hörte ich in meinem Ohr unentwegt die Stimmen.

»... uaaa ... naaa ... aiii ... eeeoo ... aaaa ...« Wie immer schrie der Mann herum, doch ich konnte kein Wort verstehen. Die Frau jammerte nur. Wenn es wirklich Gespenster waren, würde es mir gelingen, sie zu fotografieren?

Ich parkte den Wagen weit entfernt von der Villa auf einer Lichtung und stieg mit pochendem Herzen aus. Während ich zu Fuß durch den Wald ging, brachen die Stimmen plötzlich ab … nein, doch nicht, der Mann war noch immer zu hören, aber seine Stimme war ruhiger. Es klang, als plaudere er über dies und das. Die Frau hingegen war nicht mehr zu hören. Das Gemurmel des Mannes verstummte … Stille … Lauter werdende Schritte … Vielleicht näherten sie sich dem Sender unten an der Treppe … Plötzlich sprach der Mann.

»Schöne Stute …«, sagte er. Schöne Stute? Ganz deutlich hatte ich die Worte gehört. Was für eine Sorte Gespenst war denn das? Der Reiz des Geheimnisses verflog schlagartig.

Unterdessen hatte ich die Villa erreicht. Über Kopfhörer konnte ich Schritte erahnen, die sich immer weiter entfernten, dann nichts mehr. Einen Augenblick später hörte ich auf der anderen Seite des Hauses eine Tür ins Schloss fallen, kurz darauf Schritte auf dem Kies. Sie waren herausgekommen. Das also waren die Gespenster, ein Pärchen beim Sex. Mit ziemlicher Sicherheit ein heimliches Liebespaar. Aber woher hatten sie die Schlüssel?

Ich wollte ihre Gesichter sehen. Ich steckte den Kopfhörer in die Hosentasche und ging eilig an der Grundstücksmauer vorbei. Am Ende blieb ich stehen und lugte um die Ecke … Gerade noch rechtzeitig, um einen Mann um die fünfzig mit einem jungen Mädchen durch den Lieferanteneingang kommen zu sehen. Mir fiel die Kinnlade herab. Ich kannte sie beide, wenn auch nur vom Sehen.

Er war recht elegant gekleidet, das Mädchen trug einen alten dunklen Mantel um die Schultern. Jetzt schlugen sie den Weg ein, der hinter der Villa in den Wald hinabführte. Sie gingen nebeneinander her. Das Mädchen machte zögerliche Schritte und ließ die Arme herabbaumeln. Der Mann legte die flache Hand auf ihren Kopf, als wäre sie sein Besitz.

Da schaltete ich die Digitalkamera ein. Ich hielt drauf, voller Zoom, klick, klick, klick … Leise Klicks, die hochauflösende Bilder einfingen. Als sie zwischen den Kastanienbäumen verschwunden waren, folgte ich ihnen mit ausreichendem Sicherheitsabstand. Der Weg war kurvenreich; sich zu verstecken fiel nicht schwer. Sonnenstrahlen fielen durch die Baumwipfel. Eine ungemein eindrucksvolle Atmosphäre, wie geschaffen für zwei Verliebte … Das aber waren sie nicht.

Ich verbarg mich hinter einem Baum. Klick, klick, klick, klick … doch noch immer war ich nicht zufrieden. Alle drei Sekunden wandte sich der Mann zur Seite, so als rede er mit dem Mädchen. Sie hielt den Kopf gesenkt. Nach mehreren hundert Metern sah ich auf der rechten Seite zwischen den Bäumen ein weißes Auto stehen. Dahinter brach der Wald plötzlich ab, und ein riesiger Olivenhain begann, der von einem schnurgeraden Feldweg in zwei Hälften geteilt wurde. Gerade noch konnte ich ins Gebüsch ausweichen, bevor die beiden neben dem Wagen stehen blieben. Es war ein Punto. Aus meinem Versteck hinter einem Ginsterbusch richtete ich erneut die Kamera auf sie in der Hoffnung, dass zumindest einer von beiden sich umdrehte. Ich wollte ihre Gesichter fotografieren.

Der Mann öffnete die Wagentür, das Mädchen stand neben ihm. Ich legte den Finger auf den Auslöser, als wäre es der Abzug einer Pistole und vor mir stünde ein Nazi-Scherge. Für den Bruchteil einer Sekunde drehte der Mann sich um … Ich drückte drauf, doch zu spät. Dann beobachtete ich, wie er ins Auto stieg und das Fenster herunterließ; sein Gesicht aber blieb verdeckt. Das Mädchen nickte mit dem Kopf. Nachdem der Mann ihr einen Klaps auf den Po gegeben hatte, ließ er den Motor an und fuhr mit hohen Drehzahlen davon. Als er nur noch ein kleiner Punkt inmitten einer Staubwolke war, schlug ich mir mit der Faust gegen die Stirn. Was war ich doch für ein Vollidiot, wenigstens sein Kennzeichen hätte ich fotografieren sollen. Das Mädchen blieb ein paar Minuten mit baumelnden Armen stehen, bevor es dann in Richtung Olivenhain aufbrach.

Von außen hätte man das Ganze für einen banalen Fall von Ehebruch oder Prostitution halten können, aber ich wusste nur zu gut, dass es das nicht war. Das Mädchen war niemand anderes als die hübsche geistig Behinderte, die ich oft bei Marinella traf.

Ich folgte ihr und erreichte sie erst, als sie schon im hellen Sonnenlicht durch den Olivenhain ging. Sie hörte mich kommen und drehte sich, ohne anzuhalten, kurz nach mir um.

»Hallo«, sagte ich, als ich sie eingeholt hatte.

»Hallo.«

»Du sprichst ja …«

»Du sprichst ja.«

»Wie heißt du?«

»Wie heißt du.«

»Wohin gehst du?«

»Wohin gehst du …« Sie sah sehr hübsch aus, sogar Lippenstift hatte sie aufgelegt.

»Gehst du zu deiner Mama?«

»Zu deiner Mama?«

»Lustig, dieses Spiel.«

»Lustig.«

»Hör mal …«

»Hör mal.«

»Darf ich ein Foto von dir machen?«

»Foto.«

»Ein schönes Foto …« Ich lief ein paar Schritte vor und hielt die Kamera auf sie. Ihr Gesicht war wirklich schön, und mit ein wenig Fantasie hätte ihr leerer Blick auch das Getue eines verwöhnten Mailänder Töchterchens sein können. Ich ging zurück an ihre Seite.

»Du darfst nicht mit diesem Kerl mitgehen …«

»Diesem Kerl, diesem Kerl.«

»Er ist böse, geh nicht mit ihm mit.«

»Böses Mädchen …«

»Nicht du, er ist böse. Und widerlich obendrein.«

»Böses Mädchen … Hure … Widerliche Hure …«

Ich durfte gar nicht darüber nachdenken. Der Dreckskerl, der sie vögelte, geilte sich daran auf, sie wie eine Hure zu behandeln … Ein geistig behindertes Mädchen von fünfzehn Jahren, das zu seinem Unglück die Figur eines Models hatte.

»Wo wohnst du?«

»Wo wohnst du …«

»Soll ich dich fahren?«

»Soll ich dich fahren …«

Ich sah ein, dass es keinen Sinn hatte.

»Ciao.«

»Ciao … ciao … ciao.«

Ich ließ sie ziehen und machte mich niedergeschlagen auf den Rückweg. Bald war ich wieder im Wald. Ich ging so zügig, dass ich völlig verschwitzt bei der Villa ankam. Dann holte ich den Wagen und fuhr den Pfad bergab. Das war es also, ich hatte das Rätsel um die Gespenster gelöst. Ein fünfzigjähriger wohlhabender Mann von Ansehen vögelte ein geistig behindertes Mädchen.

Zu Hause lud ich sofort die Bilder auf den Computer. Als ich das erste öffnete, fuhr ich auf … Seit wann hatte Camilla den Speicher der Digitalkamera wohl nicht mehr gelöscht? Vom Bildschirm lächelte mir ein offensichtlich nackt im Bett liegender bärtiger Kerl entgegen. Wer, zum Teufel, war das? Wieder ein neues Rätsel, das es zu lösen galt. Ich betrachtete ihn genauer. Vierzig Jahre. Ein Gesicht, das mir überhaupt nicht gefiel, der Blick trübe. Kurz gesagt, hässlich … Ein eifersüchtiger Stich durchbohrte mein Herz, und ich kam mir vor wie ein Idiot. Was glaubte ich denn? Etwa, dass Camilla noch Jungfrau wäre? Und ich, wie viele Frauen hatte ich denn gehabt?

Aber es war etwas anderes, einem Mann, der mit ihr geschlafen hatte, ins Gesicht zu sehen. Womöglich war das Foto kurz nach dem Sex entstanden … Verfluchte Scheiße. Ich versuchte, den Gedanken zu verdrängen, und wandte mich mit einem Kloß im Hals den anderen Bildern zu. Der Bärtige war noch auf mehreren zu sehen, immer im Bett. Hastig klickte ich sie durch und gelangte endlich zu denen, die ich eigentlich erwartet hatte. Das hübsche Pärchen aus dem Wald.

Die Fotos waren sehr scharf, allerdings konnte man die Gesichter nicht genau erkennen. Dennoch, wer die beiden kannte, würde sofort wissen, um wen es ging. Dieses Mal musste der Maresciallo mich anhören. Die Straftaten waren schwerwiegend. Ich versuchte mich an einer Auflistung: Ausbeutung hilfloser Personen, sexueller Missbrauch, Freiheitsberaubung … Vielleicht kam sogar noch mehr hinzu, woran ich bislang nicht dachte.

Es war nach fünf. Ich rief Camilla an. So gern wollte ich ihr von meiner Entdeckung erzählen und möglichst auch herausfinden, wer der Bärtige war … Doch ihr Handy war noch immer ausgeschaltet. Ich schickte ihr eine Nachricht: *Ruf mich sofort an, es ist dringend. Küsse.*

Den ganzen Tag hatte ich kaum etwas gegessen, ich starb fast vor Hunger. Daher ging ich in die Küche und verschlang ein mit Marinellas fantastischem, von Hand geschnittenem Schinken belegtes Brötchen.

Ich war im Zweifel, ob ich sofort den Maresciallo anrufen sollte. Nach längerer Überlegung entschied ich mich abzuwarten. Die Fotos bewiesen nur, dass *dieser Mann* mit der Verrückten aus dem Dorf im Kastanienwald spazieren ging. Na und? Das war ja kein Verbrechen. Vor allem aber war es mir nicht gelungen, sein Gesicht deutlich erkennbar zu fotografieren, es hätte auch jemand anders sein können, der ihm ähnlich sah. Nicht einmal sein Autokennzeichen hatte ich. Damit käme ich gar nicht erst bis vor Gericht. Das Schwein würde ungestraft davonkommen. Bevor ich mit Pantano redete, musste ich den Kerl auf frischer Tat ertappen, während er die Verrückte vögelte. Die Abhörwanzen brauchte ich noch.

Bis kurz vor acht arbeitete ich weiter an *Hügel des Grauens*, danach machte ich mir in der Küche etwas zu essen. Nebenher ließ ich den Fernseher ohne Ton laufen und stellte erst lauter, als ich sah, dass die Abendnachrichten auf Rai Uno begannen.

Ein Politiker hatte einen anderen als Terroristen bezeichnet, europäisches Gipfeltreffen zur Kriminalität, die Ermittlungen im Fall der toten Maria Conti liefen weiter auf Hochtouren, drei Millionen Euro Beute bei einem Raubüberfall in der Nähe von Vercelli, Sonderausstellung zu hundert Jahren Toaster, Tonis verschossener Elfmeter im Auswärtsspiel gegen Palermo …

Ich schaltete um auf Rai Due und stellte den Ton bis zu den Nachrichten wieder ab. Vielleicht brachten sie ja noch etwas Neues zu Maria Conti. Ich setzte die Nudeln auf. Als plötzlich das Telefon klingelte, zuckte ich zusammen. Ich warf einen Blick auf das Display, *Camilla*. Sofort musste ich an den Bärtigen denken.

»Hallo.«

»Hallo … Was ist denn passiert?«, fragte sie.

»Wo bist du?«

»Ich bin noch in Florenz. Was ist los?«

»Hast du von der Frau gehört, die in Stücke gerissen wurde?«

»Ich bin doch kein Höhlenmensch …«

»Aber du weißt nicht, dass ich am Tatort war. Ich war sogar dabei, als die Spurensicherung kam.« Ich sagte ihr nicht, dass ich befürchtet hatte, sie könne die Tote sein, und auch nicht, dass ich die Bekanntschaft des Bärtigen gemacht hatte.

»Wie könnte dir auch etwas entgehen«, bemerkte Camilla.

»Etwas Ähnliches hat der Maresciallo auch zu mir gesagt, als er mich am Tatort sah.«

»Wenn ich bedenke, dass es nicht weit entfernt von meinem Haus passiert ist …«

»Und wenn es hier tatsächlich einen Werwolf gäbe?«

»Genug davon … Am Ende glaube ich noch allen Ernstes daran.«

»Wie dem auch sei, nicht deshalb wollte ich dich sprechen.«

»Wolltest du mir sagen, wie sehr du mich vermisst?«

»Ich habe herausgefunden, was in der Sonnenuhrvilla vor sich geht«, erwiderte ich ungerührt.

»Meinst du die Stimmen?«

»Genau.«

»Sag mir nicht, dass es dort wirklich spukt!«

»Ich erzähle es dir, wenn wir uns sehen.«

»Mistkerl … Sag's mir jetzt!«

»Sobald wir uns sehen, erfährst du alles.«

»Ist das eine Erpressung?«

»Ja.«

»Wenn du's mir jetzt sagst, werde ich dich, sobald ich zurück bin … zufriedenstellen«, säuselte sie.

»Das ist Bestechung.«

»Wir sind doch in Italien, oder?«

»Drück dich deutlicher aus. In welcher Hinsicht wirst du mich zufriedenstellen?«

»Ich spreche von Sex.«

»Die Königin des Feingefühls …« Halb stand er schon, was ich als gutes Zeichen deutete. Es kam nicht oft vor, dass mich ein Telefongespräch erregte.

»Spukt es nun dort oder nicht?«, fragte sie beharrlich.

»Keine Chance. Wann sehen wir uns?«

»Übermorgen.«

»Zum Abendessen bei mir?«

»In Ordnung … Mistkerl.«

»Ich erwarte dich gegen neun?«

»Um acht.«

Die Nacht gehörte mir. Ich war bereit für die x-te Treibjagd. Um zehn Uhr stieg ich mit einem Joint im Mund ins Auto und schlitterte in Richtung Provinzstraße, musikalisch begleitet von Baldovino am Violoncello. Der abnehmende Mond hatte die Form einer Zitrone, und der Himmel war so klar und schwarz, dass er aussah wie gemalt.

Im Vergleich zu den anderen Malen war ich besorgter, aber

auch entschlossener. Irgendetwas sagte mir, dass ich in dieser Nacht den Riesen endlich finden würde, wenn auch ein Teil von mir das Gegenteil hoffte. Ich steckte voller Widersprüche.

Wieder und wieder fuhr ich die Feldwege ab, die Digitalkamera immer griffbereit und eine Selbstgedrehte zwischen den Lippen. Bachs Cello-Suiten schlängelten sich warm in meinen Verstand, wo sie dem Bärtigen keine Chance ließen, sich auszubreiten.

Ich musste an die Erzählung denken, an der ich schrieb, *Hügel des Grauens*. Die Handlung ähnelte recht stark dem, was ich gerade erlebte, doch spielte sie in einer Welt, in der Werwölfe tatsächlich existierten. Sie handelte von Filippo, der unbedingt alles selbst in die Hand nehmen wollte …

Die Atmosphäre der Erzählung legte sich über meine nächtliche Fahrt, bis die dunklen Flecken, die der Wald in die Landschaft zeichnete, mir wie Reiche des Bösen erschienen. Das mochte aber auch am Gras liegen. Auf den Wegen war mir längst kein Schlagloch mehr fremd. Das Fernlicht aus den Scheinwerfern prallte auf Mauern aus Gebüsch und Olivenbäume in scheinbar endloser Reihe. Denkwürdige Eindrücke.

Nach der letzten *Suite* dankte ich Baldovino und legte eine neue CD ein, *Transformer.* Ganz leise. Es war, als entstünde die Musik in meinem Kopf.

Ein paar Wildschweine liefen gemächlich den Weg entlang, und kurz darauf verharrte ein Hase wie gebannt im Scheinwerferlicht. Die Nacht war voller Leben.

Ich kehrte auf die Provinzstraße zurück. Womöglich lief der Riese gerade an meinem Haus vorbei. Hypnotisiert von Lou Reeds Stimme, machte ich mich langsam auf den Heimweg. Halb vier. Ich hatte mich damit abgefunden, mit leeren Händen ins Bett zu gehen. Ich verließ gerade eine Kurve, als ich plötzlich etwa hundert Meter vor mir am Ende der Geraden einen Schatten zu sehen glaubte. Sofort schreckte ich hoch und nahm den Fuß vom Gas. Ohne Licht und Musik fuhr ich weiter. Es war keine Täuschung. Dort ging jemand, er hatte mir den Rücken zugewandt. Ich fuhr noch näher heran … Tatsächlich, es war der Riese! Mit ausladenden Schritten lief er am Straßenrand entlang.

Ich griff zum Fotoapparat, doch in dem Moment scherte das Monster zur Seite in den Weinberg aus. Ich hielt an und stieg aus dem Wagen. Inmitten der bereits gelb gefärbten Reben bewegte sich sein Schatten im Mondlicht. Weiter hinten begann der Wald. Ich bekreuzigte mich und nahm im Schutz der Rebstöcke die Verfolgung auf. Ich hatte die Taschenlampe dabei und trug die Kamera um den Hals. Mit einem Vorsprung von etwa fünfzig Metern steuerte der Riese unbeirrt auf den Wald zu. Ich konnte sein Gebrumm hören, und hin und wieder schien er gar zu lachen …

Mir war klar, was für ein Vollidiot ich war. Ich war einem Koloss auf den Fersen, der eine Frau in Stücke gerissen hatte. Ich dachte an Camilla. In wenigen Stunden würden wir vielleicht miteinander schlafen. Wieso kehrte ich nicht um? Ich sah schon meine Mutter vor mir, wie sie sich im Leichenschauhaus bei der Identifizierung des Leichnams fragte, wo denn eigentlich mein Gesicht war.

Als der Riese zwischen den Bäumen verschwand, lief ich schneller, die Kamera fest in der Hand. Etwa zehn Sekunden nach ihm hatte auch ich den Wald erreicht. Es war stockfinster, ich musste stehen bleiben. Die Taschenlampe wollte ich nicht einschalten. Sobald ich nach einer Weile wieder Umrisse erkennen konnte, drang ich tiefer in den Wald vor. Ich durfte nur nicht zu lange darüber nachdenken, was ich tat.

Langsam tastete ich mich durch das Unterholz voran. Ich folgte dem Rascheln, mit dem sich der Riese etwa dreißig Meter vor mir durchs Gebüsch schlug. War es möglich, dass er mich noch nicht bemerkt hatte?

Auf einmal war alles still, und ich erstarrte. Der Riese musste stehen geblieben sein. Vielleicht hatte er mich gehört.

Ich duckte mich und holte die Taschenlampe hervor. Mit angehaltenem Atem horchte ich auf jedes Geräusch, doch abgesehen vom rauschenden Wind in den Bäumen war es ganz still. Mir wurde bewusst, dass ich völlig verschwitzt war. Vielleicht sollte ich besser umkehren … Und was, wenn der Riese mich verfolgte? Eine Hand hätte ich dafür gegeben, bereits zu Hause hinter fest verriegelten Türen zu sitzen. Die Stille gefiel mir überhaupt nicht. Warum bewegte er sich nicht mehr? Was tat er?

Plötzlich hörte ich Geräusche, irgendetwas Schweres streifte raschelnd durch das Gebüsch. Ich kauerte regungslos am Boden. Ungleichmäßig kamen die Geräusche näher, begleitet von dumpfem Gebrumm. Gut möglich, dass meine Haare auf einen Schlag ergraut waren. Jeden Augenblick rechnete ich mit dem Gebrüll des Wolfsmenschen … Nun würde ich sterben, ohne mit Camilla geschlafen zu haben, ich war wirklich ein Vollidiot!

Die Geräusche waren nun schon ganz nah. Ich hörte ein langgezogenes Knurren, der Ginsterbusch vor meiner Nase bewegte sich … Da sprang ich auf und richtete mit einem unmenschlichen Schrei den Strahl der Taschenlampe in die Dunkelheit. Ein hysterisches Grunzen war die Antwort, während im Lichtkegel ein großes, von schwarzem Fell umrandetes Auge aufschien, das vor Überraschung glänzte. Kurz starrte mich das Auge an, bevor das Wildschwein Hals über Kopf ins Dickicht flüchtete und dabei alles niederwalzte, was sich ihm in den Weg stellte. Ein Wildschwein, verdammte Scheiße. Verfluchtes Mistvieh. Ich konnte nur hoffen, dass mein Herz nicht explodierte.

Langsam leuchtete ich alles ringsum ab, Baumstämme, Pflanzen, Büsche, Gestrüpp jeglicher Art und urplötzlich … der Riese. Er stand etwa zehn Meter vor mir, nur ein dorniger Brombeerstrauch trennte uns. Ohne zu wissen, was ich tun sollte, leuchtete ich ihm mit der Taschenlampe ins Gesicht, als wäre sie ein Gewehr. Wild fuchtelnd versuchte er, das Licht zu vertreiben. Seine Hände waren riesig. Mit einem hundeartigen Jaulen verdrehte er den Hals, bewegte sich jedoch nicht von der Stelle.

Jetzt oder nie. Mit der freien Hand schaltete ich die Kamera ein, zoomte ganz nah heran und drückte unentwegt auf den Auslöser. Kli-kli-kli-kli-klick. Durch den Blitz wurde es taghell im Wald, der Riese stöhnte laut auf und duckte sich. Das hatte ich geschafft, doch nun kam der schwierigste Teil: lebend aus der Sache herauszukommen. Ich schaltete die Taschenlampe aus und kroch so lautlos wie möglich zurück in Richtung Weinberg. Gleich fällt er über mich her, dachte ich … Reißt mich in Stücke wie den jungen Deutschen … Wie Maria Conti …

Ein Jagdgewehr wäre nötig gewesen, um einen solchen Hünen aufzuhalten. Hin und wieder blieb ich stehen und horchte, aber was rauschte, war nur der Wind. Endlich hatte ich den Waldrand erreicht. Ich richtete mich auf und rannte, ohne mich umzusehen, auf die Provinzstraße zu, immer begleitet von meinem Schatten, den das Mondlicht auf den Boden warf. Das Auto schien endlos weit weg … Ich durfte keine Zeit damit verlieren, mich umzudrehen, ich musste einfach immer weiterlaufen und den Blick nach vorn richten. Aber die Neugier des Orpheus siegte über die Vernunft, und so wandte ich mich um …

Für einen Moment sah ich das Ungeheuer schemenhaft zwischen den Rebstöcken hindurch auf mich zustürzen, was sich jedoch als Halluzination herausstellte. Es war niemand in der Nähe. Nur ein teilnahmsloser Mond wie aus einem Gedicht Leopardis.

Bald hatte ich es geschafft. Dort hinten wartete mein geliebtes Auto auf mich. Klassische Horrorfilmszenen schossen mir durch den Kopf: hautnahe Begegnung mit dem Monster, Entsetzen und Flucht, schwindende Hoffnung … Plötzlich aber scheint die Rettung greifbar, sie ist schon ganz nah … Wenige Schritte noch, und gerade als der arme Kerl ins Auto steigen will …

Die Schlüssel hatte ich bereits in der Hand. Vor mir lagen die letzten Meter. Ich rannte bis zur Fahrertür und sprang in den Wagen. Noch ein kurzer Blick in Richtung Olivenhain und Hügel. Niemand. Anders als in Horrorfilmen sprang der Motor sofort an. Ich fuhr den ersten Gang voll aus, den zweiten auch, und als ich schließlich in den dritten Gang schaltete, wurde mir bewusst, dass mein Mund ohne mein Zutun lächelte. Ich nahm die Kamera ab und legte sie behutsam auf den Beifahrersitz. Ihr Siliziumspeicher sicherte die Bilder des Riesen, des Werwolfs von Fontenera. Mein Leben hatte ich für diese Aufnahmen aufs Spiel gesetzt, aber ich hatte es geschafft. Ich schaltete die Musik wieder an, und als die Gitarre des alten Junkies Lou Reed einsetzte, drehte ich lauter.

Kaum war ich zu Hause, drehte ich mir einen Joint. Den hatte ich mir verdient. Dann setzte ich mich an den Computer und schob die Speicherkarte der Kamera hinein. Ich lud die Fotos herunter. Ich hatte ihn voll getroffen. Mit Zoom sah ich mir die Bilder genauer an. Er hatte einen riesigen Kopf, sein Blick war animalisch. Furcht erregend sah er aus. Vielleicht war er allein im Wald aufgewachsen, eine Art Kaspar Hauser. Ein interessanter Fall für die Forschung. Vor allem aber musste er so bald wie möglich aufgehalten werden. Schließlich hatte er eine Frau getötet.

Ich überprüfte die Tonspuren der Sender, die erwartungsgemäß flach waren. Inzwischen war mir alles klar. Ich hatte den Triebtäter immer nur bei Tag stöhnen hören, und so würde es auch bleiben. Nachts war es sicher weniger angenehm in der Villa, in der die Zeit seit sechsunddreißig Jahren stillstand. Je später es wurde, umso schwieriger war es zudem, der Ehefrau irgendein Märchen aufzutischen, so abgeschieden, wie das Dorf mitten im Hügelland lag.

Nachdem ich alles ausgeschaltet hatte und nur noch die Lampe brannte, streckte ich mich auf dem Bett aus. Ich war erschöpft. Ich starrte auf die Balkendecke und ließ noch einmal die Überraschungen der vergangenen Tage Revue passieren … Den Werwolf … Den halbnackten Bärtigen …

Um neun war ich bereits wieder auf den Beinen. Obwohl ich wenig geschlafen hatte, fühlte ich mich ausgeruht. Ich schwor mir, dass ich bis zu Camillas Rückkehr nicht an den Bärtigen denken würde. Was hätte das gebracht? Es hätte mir nur Magenschmerzen bereitet.

Ich ging in die Küche und kochte mir einen Kaffee. Mit der Tasse in der Hand kehrte ich ins Schlafzimmer zurück und schaltete den Computer an. Ohne sie mir noch einmal anzusehen, sortierte ich die Fotos vom Bärtigen in einen neuen Ordner, den ich der Einfachheit halber *Bärtiger* nannte. Ich wollte nicht ständig über sie stolpern.

In Ruhe begutachtete ich dann auf dem Bildschirm nacheinander die anderen Aufnahmen. Die arme Verrückte mit dem perversen Schwein, der gewaltige Wolfsmensch … Ich konnte es kaum erwarten, Camilla von den Neuigkeiten der Woche zu erzählen, um Verwunderung und Schrecken in ihre wunderschönen Augen treten zu sehen. Vielleicht ja auch einen Hauch Bewunderung. Zuallererst jedoch musste ich eine Sache erledigen. Ich nahm den Hörer zur Hand und rief bei den Carabinieri an. Ich fragte nach dem Maresciallo, woraufhin man mich wie üblich eine Ewigkeit warten ließ. Es war, als müssten sie erst im entgegengesetzten Trakt einer weitläufigen Kaserne nach ihm suchen. Endlich hörte ich, wie der Hörer aufgenommen wurde.

»Ich höre, Bettazzi, was gibt's denn noch?«, fragte Pantano gelangweilt. Ich nahm zur Kenntnis, dass er den *Dottore* inzwischen wegließ.

»Ich würde Sie gern eine Minute sehen, Maresciallo.«

»Können wir es nicht am Telefon besprechen?«

»Das geht nicht, ich muss Ihnen etwas zeigen.«

»Was denn?«

»Ein Foto.«

»Von was?«

»Das ist schwer zu beschreiben, besser sehen Sie es sich mit eigenen Augen an.«

»Ich habe keine Zeit zu verschwenden, Bettazzi.«

»Vielleicht weiß ich, wer Maria Conti getötet hat«, versuchte ich ihn zu beeindrucken. Für einen Augenblick war es still.

»Sagen Sie mir nicht, Sie waren es …« Deutlich klang heraus, dass er nicht nur Spaß machte.

»Nein, es war mein Hamster. Bei Vollmond verwandelt er sich in einen Bären«, gab ich zurück, aber der Maresciallo konnte nicht darüber lachen.

»Kommen Sie zur Sache, Bettazzi.«

»Ich bin in zehn Minuten bei Ihnen … Einverstanden?«

»In Ordnung, ich warte auf Sie«, seufzte er resigniert.

»Bis gleich.« Ich legte auf und packte den Computer ein. Von wegen Bockmist. Pantano würde Augen machen!

Unterwegs stieg ich kräftig aufs Gas und kaute vor Genugtuung auf meinen Lippen. Ich brauchte nur wenige Minuten bis Fontenera. Der Maresciallo stand kurz vor seinem persönlichen Waterloo. Ich parkte unmittelbar vor der Wache der Carabinieri und klingelte an der Tür. Mit einem leichten Grinsen im Gesicht ließ Schiavo mich hinein. Er führte mich ins Büro des Maresciallos und zog die Tür von außen zu.

»Dann lassen Sie die große Neuigkeit mal hören«, sagte Pantano, ohne aufzustehen. Er gab mir nicht mal die Hand. Hinter ihm an der Wand hing ein Porträt des Staatspräsidenten über einer Reihe von Jahresausgaben des Carabinieri-Kalenders.

In aller Ruhe nahm ich auf dem Stuhl Platz. Ich packte den Computer aus, stellte ihn auf den mit Papieren überladenen Schreibtisch und schaltete ihn ein. Der Maresciallo sah mir schweigend und gelangweilt zu. Nachdem ich das Foto ausgewählt hatte, auf dem der Riese am besten zu erkennen war, warf ich Pantano einen bedeutungsschweren Blick zu.

»Sehen Sie hier.« Ich drehte den Computer zu ihm herum und beobachtete ihn genau, um mir seine Verwunderung nicht entgehen zu lassen. Stattdessen lächelte er.

»Das ist Angiolino«, sagte er und sah mich an, wie man einen Trottel ansieht. Ich schluckte schwer.

»Wer?«

»Angiolino.«

»Und wer ist das?«

»Ein Findelkind, das oben bei den Nonnen lebt.«

»Ach ja?« Ich war rot angelaufen. Angiolino, das Findelkind, verfluchter Mist. Wieder eine Neuigkeit, die ich Camilla zu erzählen hatte, nach unserem ersten Sex. Noch immer schüttelte der Maresciallo einigermaßen belustigt den Kopf.

»Der arme Kerl hat noch keiner Fliege etwas zuleide getan.«

»Tatsächlich?«

»Wenn der einen Spatzen hinken sieht, reißt er sich einen Knochen aus dem Finger und baut ihm daraus eine Schiene.«

»Entschuldigen Sie, aber warum haben Sie mir, als ich erwähnte, ich hätte einen Riesen gesehen, nicht gleich erklärt, wer das war?«

»Würde ich all dem Bockmist nachgehen, den ich so höre, könnte ich den Laden hier gleich zumachen«, erwiderte Pantano grinsend.

»Sie schließen also aus, dass Angiolino fähig wäre zu …«

»Ich schließe es aus«, unterbrach mich Pantano, aufs Neue gelangweilt.

»Aber vielleicht tötet er ja die Hühner …«

»Schon wieder so ein Bockmist.«

»Sind Sie da ganz sicher?«

»So sicher wie die Bremsen auf dem Kuhfladen.«

»Wo leben denn diese Nonnen?«, fragte ich, während ich den Computer wieder einpackte.

»Was haben Sie vor?«

»Ich brauche geistlichen Beistand.«

»Bettazzi, warum schreiben Sie nicht einfach in Ruhe Ihre Gedichte?«

»Schade ich jemandem?«

»Sich selber, Bettazzi … sich selber.«

»Wie meinen Sie das?«

»Früher oder später werden Sie sich irgendeinen Ärger einbrocken, das habe ich im Gefühl.«

»Das klingt ja fast nach einer Drohung, Maresciallo«, lächelte ich kalt.

»Ich gebe Ihnen bloß einen Rat, Bettazzi. Bloß einen Rat.« Wir musterten uns. Er hatte gewonnen, aber nur die erste Runde.

»Vielen Dank, Maresciallo. Wir sehen uns beim nächsten Bockmist.«

»Genießen Sie das Landleben, Bettazzi.«

»Auf Wiedersehen.« Bevor ich ging, sah ich ihn noch einmal eindringlich und voller Herausforderung an. Ich hätte sonst etwas dafür gegeben, Pantano als den Werwolf aus den Hühnerställen zu entlarven. Oder auch den Gefreiten Schiavo.

Um ein paar Einkäufe zu machen, vor allem jedoch, um den Weg zum Nonnenkloster zu erfahren, schaute ich in Marinellas Tante-Emma-Laden vorbei. Ich stellte meine Frage dem Heer der wartenden Frauen.

»Welche Nonnen? Die Oblaten oder die Dominikanerinnen?«

»Die Dominikanerinnen«, sagte ich auf gut Glück. Irgendwo musste ich ja anfangen. Die Frauen gestikulierten, als läge das Kloster gleich vor der Tür.

»Es liegt auf dem Weg rauf zu Gino …«

»… an dem breiten Feldweg hinter Beppes Schuppen …«

»… oberhalb von Troias Hof …«

»… wo sie das Wildschwein erlegt haben, das so groß war wie eine Kuh …«

»Ja, aber … wie komme ich da hin?«, fragte ich. Da schaltete sich Marinella mit kaufmännischer Sachlichkeit ein.

»Nehmen Sie die Provinzstraße nach Montesevero, nach einem Kilometer finden Sie ein Holzschild, auf dem steht *Alte Meierei*, dort fahren Sie hinauf, und dann sehen Sie es irgendwann vor sich.«

»Danke.«

»Was wollen Sie denn im Kloster?«, fragte eine der Frauen.

»Ich will Nonne werden«, erklärte ich todernst. Es wurde still. Für jede Frau, die hinausging, traten zwei andere ein, denen sogleich im Flüsterton vom neuesten Spleen des Fremden berichtet wurde. Geduldig wartete ich, bis ich an der Reihe war, und kaufte ein wenig Aufschnitt. Beim Hinausgehen hörte ich Marinella etwas brummen, doch ich verstand kein einziges Wort.

Ich stieg ins Auto und nahm die Provinzstraße nach Montesevero. Nach einem Kilometer sah ich das Holzschild, auf dem *Alte Meierei* stand; dort bog ich ab und sah irgendwann das Kloster vor mir. Halb von Bäumen verdeckt, wirkte es recht wuchtig mit seinen hohen Mauern. Vor dem Hauptportal hielt ich an und stieg aus. Es herrschte völlige Stille. Als ich an einem verrosteten Griff zog, läutete auf der anderen Seite der Mauer eine Glocke. Nach einer Weile näherten sich langsame Schritte. Ein mit einem Eisenkreuz gesichertes Guckloch wurde geöffnet, und ein faltiges Gesicht tauchte auf.

»Gelobt sei Jesus Christus.« Ein Augenpaar musterte mich.

»In Ewigkeit, Amen.«

»Was wollt Ihr?«

»Verzeihen Sie die Störung, Schwester. Lebt hier im Kloster ein gewisser … Angiolino?«

»Warum wollt Ihr das wissen?« Ihr alarmierter Ton verriet mir, dass ich den Riesen gefunden hatte.

»Falls es möglich ist, möchte ich … ihn sehen.«

»Jesus Maria! Warum wollt Ihr ihn denn sehen?« Wieder einmal kam ich mir vor wie in einer Szene aus *Die Verlobten*. Ohne zu blinzeln, starrte die Nonne mich an. Sie hatte drei Augenbrauen, eine davon über dem Mund.

»Nun … also …«, druckste ich herum, da ich nicht wusste, was ich sagen sollte. Schritte kamen näher. Die alte Nonne trat zur Seite, und ein anderes Gesicht tauchte auf.

»Gelobt sei Jesus Christus«, sagte die Neue hastig. Sie war jünger als die andere und hatte auffallend große schwarze Augen.

»In Ewigkeit, Amen.«

»Bitte, Sie wünschen?« Anders als die alte Nonne sprach sie mich nicht in der Ihr-Form an.

»Nun, wie ich Ihrer Kolleg…, ähm, Mitschwester schon sagte, würde ich gern, vorausgesetzt, dass es möglich ist … mit Angiolino sprechen.«

»Sprechen?«, staunte sie.

»Habe ich etwas Falsches gesagt?«

»Nein, aber … Angiolino kann nicht sprechen.«

»Ach, nein?«

»Der Herr hat ihm die Gabe der Intelligenz verwehrt.«

»Der Herr hat es so gewollt«, bekräftigte die andere Nonne aus dem Off.

»Kann ich ihn trotzdem sehen?«, fragte ich mit Beichtstuhlstimme.

»Er schläft.«

»Er schläft«, ertönte das Echo der alten Nonne.

»Das macht nichts, es reicht mir schon, wenn ich ihn eine Sekunde sehe. Danach gehe ich wieder.«

»Wieso wollen Sie ihn sehen?«

»Wenn ich reinkommen darf, erkläre ich Ihnen alles.« Einen Moment lang standen wir Auge in Auge da, bis das Guckloch wieder versperrt wurde. Stille. Die Sekunden verstrichen. Ich wusste nicht, was ich tun sollte. Nach einer Weile hörte ich das metallische Geräusch von Schlössern und Riegeln, und schließlich öffnete sich das Tor. Vor mir lag eine Art Paradies. Ein luftiger Kreuzgang, eine kleine Wiese mit einem knorrigen Olivenbaum in der Mitte, in einer Ecke ein steinerner Brunnen, ringsum Blumentöpfe mit Geranien und Kletterrosen …

Bedächtig schob die alte Nonne die Riegel wieder vor. Das Klirren des Metalls verstärkte den friedlichen Eindruck nur noch.

»Hier entlang«, sagte die junge. Sie war hager und ging kerzengerade im Stechschritt wie ein Soldat. Die ältere schwankte beim Gehen. Ihre Gewänder waren weiß, die Schleier jedoch schwarz. Ich folgte ihnen durch den Säulengang in einen Korridor, der zu einem kleineren Kreuzgang mit einem hübschen Gemüsegarten in der Mitte führte. Durch die dicken Steinmauern hallte gedämpft von irgendwoher ein todtrauriger Chorgesang, der bisweilen aus unterirdischen Tiefen zu dringen schien. Mir war, als stünde die Zeit still.

Wir durchquerten auch den zweiten Kreuzgang, gingen durch eine Tür in einen schmalen, dunklen Korridor und erreichten schließlich einen kleinen Innenhof. Arbeitsgerät lehnte in einer Ecke, und entlang der Wand war ein weiteres gepflegtes Gemüsebeet angelegt. Die junge Nonne öffnete eine kleine Tür.

»Da ist er …«, sagte sie, ohne hineinzugehen. Die andere sah mich stumm an. Als ich den Kopf hineinsteckte, verschlug mir ein Gestank nach Zirkus den Atem. In einer Ecke des alten Stalls lag der Riese mit halbgeöffnetem Mund im Stroh und schlief. Im Liegen wirkte er noch mächtiger. Er hatte einen Kopf wie eine Wassermelone, und seine Arme waren wie knorrige Äste. Von wegen Spatz! Mit einem Knochen seines Fingers hätte er ein Hundebein schienen können. Ich zog den Kopf aus der Tür zurück, und die Nonne schloss sie wieder. Ich nahm die Hand vor den Mund und hustete.

»Verzeihung, glauben Sie, Angiolino könnte … jemandem etwas antun?«, fragte ich nun äußerst höflich. Die Nonnen sahen sich an.

»Angiolino ist absolut außer Stande, jemandem wehzutun«, erklärte die junge.

»Verlässt er das Kloster nie?«

»Niemals …«

»Niemals!«, bekräftigte die ältere.

»Sind Sie sicher?«

»Ganz sicher.« Im Chor.

»Seltsam ... Schon dreimal habe ich Angiolino nachts auf den Feldern hier in der Gegend gesehen«, sagte ich respektvoll. Wieder sahen die Nonnen sich an.

»Manchmal gelingt es ihm auszureißen«, gab die jüngere zu.

»Soll das heißen ... er ist eingesperrt?«

»Nicht doch, aber Gott sei Dank läuft er für gewöhnlich nicht weg«, versicherte die ältere Nonne schnell.

»Gott sei Dank kommt das äußerst selten vor«, betonte auch die jüngere ein wenig verlegen.

»Wenn ich richtig verstehe, kann Angiolino also gefährlich werden, wenn er allein unterwegs ist ...«

»Auf gar keinen Fall, aber er könnte sich wehtun.«

»Ich verstehe ...«

»Er hat das Gemüt eines Kindes«, behauptete die ältere.

»Was tut er den ganzen Tag?«, wollte ich wissen.

»Er arbeitet.« Die jüngere.

»Im Garten, in der Küche ...« Die ältere.

»... er spült Teller und Töpfe ...«

»... putzt die Zellen ...«

»Haben Sie von dem Mord an der Frau aus Siena gehört?«, fragte ich und sah ihnen dabei fest ins Gesicht. Gleichzeitig bekreuzigten sie sich, die ältere jedoch war schneller fertig.

»Wir haben keinen Fernseher«, erwiderte die jüngere.

»Wenige Kilometer von hier entfernt hat man die Leiche einer Frau entdeckt. Anscheinend ist sie von einem großen Tier zerfleischt worden.«

»Möge sie in Frieden ruhen.«

»Die Ärmste«, fügte die ältere Nonne hinzu, während sie sich andeutungsweise erneut bekreuzigte.

»Ich will Sie nicht beunruhigen ... Aber was wäre, wenn es sich bei dem *großen Tier,* von dem die Frau zerfleischt wurde, um Angiolino handelt?« Ich sah vier Augen, die immer größer wurden, und zwei von allein aufklappende Münder.

»Jesus Maria! Was redet Ihr denn da?«, protestierte die ältere.

»Angiolino ist lammfromm.« Die jüngere ballte die Fäuste, wenn auch nur für einen Moment. Beide wirkten sehr überzeugt und auch ein wenig gekränkt, doch vielleicht täuschten sie sich.

»Das weiß man nie, Geisteskranke sind unberechenbar. Womöglich kriegt er ab und an seine fünf Minuten und …«

»Angiolino nicht«, beharrte die jüngere eisern.

»Natürlich träfe ihn keinerlei Schuld …«, bemerkte ich.

»Angiolino könnte keiner Ameise etwas zuleide tun«, beteuerte die ältere.

»Wir haben viel zu tun«, sagte die junge Nonne mit einem Seitenblick auf ihre Mitschwester. Gemeinsam machten sie sich auf in Richtung Ausgang, ich folgte ihnen. Wieder kamen wir durch den kleinen Kreuzgang. Der Chor sang noch immer, fern und undeutlich wie in einem Traum. Ich fühlte mich wie im Mittelalter. Hätte ich mehrere Leben zur Verfügung gehabt, eines davon hätte ich in diesen Mauern verbracht.

Ohne ein Wort zu wechseln, erreichten wir den Ausgang. Die alte Nonne schloss das Tor auf und zog mit schroffen Gesten die Riegel zurück. Das Tor öffnete sich. Dort draußen lag die Welt mit ihren Rätseln und ihrer grenzenlosen Perversität.

Die Nonnen schwiegen. Ich wusste nicht, wie ich mich verabschieden sollte. Sie machten nicht den Eindruck, als wollten sie mir die Hand schütteln.

»Gelobt sei der Herr«, murmelte die jüngere.

»In Ewigkeit, Amen«, antwortete ich gemeinsam mit der älteren.

Gleich nach dem Mittagessen setzte ich mich an den Computer und schrieb los, den Bärtigen strikt aus meinen Gedanken verbannend. Alles zu seiner Zeit. Mit *Hügel des Grauens* ging es gut voran. Ich brachte alles ein, was ich mir ausgemalt hatte, und es erschien mir wahrer als das tatsächlich Erlebte.

Hin und wieder legte ich eine Pause ein und dachte, während ich im Zimmer auf und ab ging, über den Riesen nach. So ganz hatte ich mich noch nicht von der Vorstellung verabschiedet, dass Angiolino Maria Conti getötet hatte … Ganz zu schweigen vom Gemetzel an den Hühnern. Er mochte ja ein Lämmchen sein, vor allem aber war er ein Zyklop ohne Verstand, und wenn er vielleicht nervös wurde …

Noch immer war ich gebannt von der Atmosphäre des Klosters, wo Gesänge aus dem Stein aufstiegen. Wer weiß, was ich hätte schreiben können, wenn ich mich in eine der Zellen dort zurückgezogen hätte.

Kaum hatte sich das Klostertor hinter mir geschlossen, war ich einem zahnlosen Bauern begegnet, der zu Fuß dort vorbeikam. Auf meine Frage, ob er Angiolino kenne, hatte er mit einem breiten Lachen sein Zahnfleisch entblößt.

»Ich kenne ihn, ich kenne ihn.«

»Die Nonnen sagen, er ist ganz friedlich … Er hilft im Kloster mit, kümmert sich um den Garten, spült das Geschirr …«

»Das stimmt, er macht alles, aber auch wirklich alles … Wenn Sie verstehen, was ich meine.«

»Was heißt das?«

»Nonnen mögen ja Nonnen sein, aber sie sind nun mal auch Frauen …«

»Wie?«

»Haben Sie schon mal eine Henne ohne Hahn gesehen?«, hatte der Zahnlose kichernd geantwortet und sich wieder auf den Weg gemacht. Ich weigerte mich, etwas Derartiges zu glauben.

Ich aß in der Küche vor dem Fernseher. Über Maria Conti gab es nichts Neues zu berichten. Was sollte ich tun? Zur Polizei gehen und von Angiolino berichten? Ich versuchte, mir die Szene vorzustellen. *Alle sagen, er könne niemandem ein Härchen krümmen, Commissario, aber vielleicht wird er in gewissen Momenten aggressiv* ... Wenn nun aber die Nonnen recht hatten? Wenn Angiolino wirklich lammfromm war? Schon sah ich die Schlagzeilen der Zeitungen vor mir: *Schriftsteller Emilio Bettazzi lässt sich ein X für ein U vormachen.* Wenn nun jedoch ... Jetzt aber Schluss! Ich hatte genug von all den Fragen. Nach dem Kaffee kehrte ich mit einer Flasche Vin Santo ins Schlafzimmer zurück. Ich zündete mir einen leichten Joint an und schrieb weiter.

Um halb elf klingelte mein Handy. Als ich auf dem Display *Mama* las, musste ich seufzen.

»Hallo, Mama.«

»Hallo, Schatz. Ich habe eine schlechte Nachricht für dich.«

»Was ist passiert?« Ich stand auf.

»Tante Cecilia ...«

»Ist sie tot?«

»Ja.« Sie war eine Tante meines Vaters und siebenundneunzig Jahre alt. Jeden Abend vor dem Essen trank sie ein Gläschen Cognac.

»Ach du Scheiße, das tut mir leid.«

»Gebrauche keine Schimpfwörter, schon gar nicht vor der Tante.«

»Aber sie ist doch tot ...«

»Eben, jetzt kann sie dich sehen.«

»Wie ist es passiert?«

»Bianchina hat sie im Wohnzimmer stöhnen hören und ist zu ihr gerannt, aber da war Tante Cecilia schon tot.« Bianchina war ihre fünfundachtzigjährige Haushälterin. Sie konnte nicht gerannt sein.

»Habt ihr sie gesehen?«, fragte ich.

»Wir fahren gerade hin, ich rufe aus dem Auto an.«

»Arme Tante.« Ich hatte sie immer gemocht.

Im Hintergrund hörte ich meinen Vater sagen: »Gib mir das verfluchte Telefon.«

»Setz dich ins Auto, und komm nach Hause«, brummte er.

»Jetzt? Ist es nicht besser, wenn ich morgen komme? Hallo?«

»Ich bin's, Mama … Wenn du zu müde bist, Schatz, komm ruhig morgen …«

»Nein, er soll jetzt kommen«, sagte mein Vater laut.

»Ist gut, sag ihm, ich komme.«

»Er sagt, er kommt … Ciao, mein Schatz.«

»Ciao, Mama.«

Seit einigen Jahren spürte ich, dass mein Vater keine Macht mehr über mich hatte, was meine Einstellung ihm gegenüber verändert hatte. Um sein Herrschaftsbedürfnis nicht zu enttäuschen, kam ich all seinen Wünschen nach und hatte zugleich ein wohltuendes Freiheitsgefühl im Bauch. Zeitlebens hatte ich mir vorgemacht, ihn ändern zu können, ähnlich wie ein Kind, das glaubt, es könne den Mond greifen, wenn es sich auf die Zehenspitzen stellt. Inzwischen jedoch genoss ich es, ihm in die Augen zu sehen und zu denken: *Du gefällst mir so, wie du bist, mit all deinen Fehlern.*

Den letzten Satz, den ich mittendrin abgebrochen hatte, schrieb ich noch zu Ende, bevor ich alles ausschaltete und mich ins Auto setzte. Arme Tante Cecilia, ich hatte sie seit langem nicht besucht.

Kaum hatte ich die Provinzstraße erreicht, rief ich Camilla an.

»Hallo, Mata Hari, wo bist du?«

»In einem Bordell in Bangkok …«

»Ich muss das Abendessen morgen leider verschieben. Eine alte Tante meines Vaters ist gestorben, ich bin unterwegs nach Florenz.«

»Das tut mir leid. Wie alt war sie denn?«

»Siebenundneunzig, und bis zuletzt klar bei Verstand.«

»Was für ein Glück.«

»Vielleicht hätte sie hundert werden können.«

»Hat sie gelitten?«

»Höchstens ein paar Sekunden.«

»Streichle sie für mich«, sagte sie.

»Danke.«

»Wirst du lange weg sein?«

»Keine Ahnung, ich rufe dich an, sobald ich Genaueres weiß.«

»Nicht nötig, wir telefonieren, wenn du zurück bist.«

»Wie du willst … Ich kann es kaum erwarten, dir zu erzählen, was passiert ist.«

»Meinst du die Villa?«

»Ich meine den Riesen. Ich habe ihn fotografiert.«

»Was? Ich höre dich kaum …«

»Ich habe den Riesen fotografiert. Aber er soll ein braver Junge sein, der Vogelbeine heile macht.«

»Ich kann dir nicht mehr folgen …«

»Er ist ein Findelkind. Er lebt bei den Nonnen, kümmert sich um den Garten und fegt die Zellen.«

»Wovon redest du denn?«

»Ich rede vom Werwolf.«

»Was?«

»Vielleicht hat tatsächlich er diese Frau ermordet …«

»Wer, er?«

»Lass gut sein, ich erklär's dir, wenn wir uns sehen.«

»Das ist vielleicht besser, ich habe nichts begriffen.«

»Ich auch nicht«, erwiderte ich.

»Ach, ehe ich's vergesse … Falls du am Samstag zurückkommst, werde ich nicht da sein.«

»Ach, nein?«

»Ich muss nach Turin zu einem Kongress und bleibe bis Montag.«

»Gute Reise.« Wieso war mir der Bärtige in den Sinn gekommen?

»Ich gehe jetzt, sonst denkt meine Mutter noch, ich wäre verlobt.«

»Alles, nur das nicht …«
»Ciao.«
»Ciao.«
»Emilio …«
»Ja?«
»Ach, nichts.«
»Sag schon …«
»Nichts, gute Nacht.«
»Was wolltest du mir sagen?«
»Lass gut sein, nichts …«
»In Ordnung. Gute Nacht.«
»Nacht.«
»Ciao.«
»Ciao.«
»Ciao.«
»Ciao.« Dann legte sie auf. Was wollte sie mir sagen? Schon wieder so ein verfluchtes Rätsel. Ich schaltete das Radio ein und suchte einen Sender mit klassischer Musik. Die Strecke war traumhaft. Es war kaum jemand unterwegs.

Ich hatte Tante Cecilia immer gemocht. Noch gut konnte ich mich an ihr Gesicht mit den vielen kleinen dunklen Flecken erinnern. Selbst im Alter hatte sie noch die aufgeweckten Augen eines neugierigen Mädchens gehabt. Stets hatte sie ausgesehen, als wolle sie etwas Denkwürdiges sagen, und manchmal hatte sie es wirklich getan. Als Kind schon hatte sie an ihren ersten spirituellen Sitzungen teilgenommen. Alle möglichen Abenteuer hatte sie erlebt, und manchmal erzählte sie uns mit weit aufgerissenen Augen davon. Als ich klein gewesen war, hatte ich Angst vor ihr gehabt.

Das letzte Mal hatte ich sie wenige Tage vor Weihnachten gesehen. Ich hatte sie eines Nachmittags besucht, weil ich ihr im Namen meiner Mutter ein kleines Geschenk hatte überreichen wollen. Sie hatte mit Bianchina zusammengewohnt, einer winzigen alten Frau mit gebeugtem Rücken. Sie hatten sich ununterbrochen gestritten, aber auf die Weise hatten sie sich gegenseitig am Leben gehalten.

Um der Tante eine Freude zu machen, hatte ich mir zum x-ten Mal eine Geschichte von früher erzählen lassen … wie sie nämlich als Kind, damals in einer Wohnung unweit des Piazzale Donatello, an der Stelle eines berühmten Mediums in Trance gefallen war. Es war kurz nach dem Ersten Weltkrieg, ihr achter Geburtstag lag noch nicht lange zurück. Man hatte sie früh ins Bett geschickt und sich im Salon um einen runden Tisch versammelt. Ein berühmtes Medium war eigens aus Rom angereist. Die Sitzung hatte gerade begonnen. Plötzlich ging die Tür zum Salon auf, und da stand sie, die kleine Cecilia. Ihr Gesicht war verzerrt, die Augen verdreht. Sie zeigte auf einen Mann, sagte: »Du wirst morgen sterben«, machte sich in die Hose und wachte weinend auf. Tags darauf war der Mann von einem Bus überrollt worden …

»Geht's dir gut, mein Schatz?« Meine Mutter küsste mich auf die Wange und prüfte mit der Hand an meiner Stirn, ob ich Fieber hatte.

»Ich bin nur ein bisschen müde, ich arbeite viel.«

»Du arbeitest?«, fragte sie aufrichtig überrascht. In den Augen meiner Mutter war Schreiben keine Arbeit, sondern ein Zeitvertreib. Dass ich Tausende von Büchern verkaufte, spielte keine Rolle.

»Ich schreibe an einem Roman.«

»Daran kann es nicht liegen, du siehst so erschöpft aus …«

»Mir geht es hervorragend, Mama. Wo ist Tante Cecilia?«

»Papa hat sie aufs Bett gelegt.« Ich folgte ihr im schummrigen Licht einer Wandlampe durch den Flur. Als wir das Schlafzimmer der Tante betraten, sah ich ihren schmächtigen Körper auf einer dunklen Bettdecke liegen. Ihre Hände waren über der Brust verschränkt und hielten einen Rosenkranz. Auf dem Nachttisch brannte eine Kerze.

Bianchina saß betend in einer Ecke. Als sie mich sah, stand sie sofort auf und kam mir entgegen. Ihr Kuss hinterließ einen feuchten Abdruck auf meinem Wangenknochen.

»Sie ist von uns gegangen«, sagte sie mit Tränen in den Augen.

»Jetzt ist sie im Paradies«, entgegnete ich, leider ohne daran zu glauben. Bianchina lächelte traurig, setzte sich wieder auf ihren Stuhl und betete. Ich näherte mich meiner Tante. Sie schien zu schlafen, allerdings waren ihre Wangen ein wenig zu den Ohren hin abgesackt. Ihr Mund war leicht geöffnet, und aus der Nase ragte ihr ein langes weißes Haar.

Angesichts ihrer Vergangenheit als Medium rechnete ich jeden Augenblick damit, ihr Geist werde sich aus dem Bett erheben und zu mir kommen, um mich zu umarmen. Als ich ihr, wie ich es auch bei Franco getan hatte, die Hand auf die Stirn legte, blieb die Eiseskälte an meinen Fingern haften. Die Kerze flackerte im Einklang mit Bianchinas Gemurmel.

»Wo ist denn Papa?«

»Er wollte ein wenig spazieren gehen, er kehrt jeden Augenblick zurück.« Wie herbeibeschworen kam mein Vater herein. Ich hörte die Wohnungstür aufgehen, kurz darauf seine energischen Schritte im Flur. Er war siebzig, wollte sein Alter jedoch nicht hinnehmen.

»Hallo«, begrüßte er mich und zermalmte mir dabei die Hand.

»Wissen es die Onkel schon?« Ich sprach von seinen Brüdern.

»Giampiero war schon da, Marcello kommt übermorgen zur Beisetzung.« Onkel Marcello lebte in Rom.

Schweigend standen wir nebeneinander vor dem Leichnam der Tante. Der reglose Körper auf dem Bett hatte etwas Absurdes an sich. Das war Tante Cecilia, ich konnte sie berühren … aber wo war sie? Zwischen ihren Lippen bildete sich eine weißliche Schaumblase, die an Schneckenschleim erinnerte.

»Schläfst du bei uns?«, fragte mein Vater. Hoffnungsvoll sah meine Mutter mich an. Ich zuckte mit den Schultern.

»Ich gehe lieber zu mir.«

»Mach, was du willst«, sagte mein Vater, ohne den Blick von der Tante abzuwenden, die Hände hinter dem Rücken verschränkt. Er hatte noch immer nicht verdaut, dass die Familie sich *aufgelöst* hatte, als nämlich sein Sohn im Alter von fünfundzwanzig Jahren in eine eigene Wohnung gezogen war. Die eigentliche Glucke in der Familie war er.

»Ab und zu könntest du auch mal zu Hause übernachten«, befand meine Mutter. Sie wartete auf meine Antwort.

»Na gut, ich übernachte zu Hause.«

»Du hast dein Zimmer, niemand stört dich.« Sie war glücklich. Mein Vater sah auf die Uhr.

»Bianchina, was ist mit Ihnen? Wollen Sie bei uns übernachten?«

»Ich übernehme die Totenwache«, erklärte die alte Frau mit einem verzagten Lächeln. Mein Vater ging zu ihr hinüber und klopfte ihr auf die Schulter.

»Wir gehen jetzt. Morgen gibt es einiges zu tun …«

»Bianchina, überanstrengen Sie sich nicht«, sagte meine Mutter.

»Mir geht es gut, mir geht es gut«, murmelte Bianchina.

»Gute Nacht …«

»Ich bleibe noch ein bisschen«, sagte ich.

»Hast du die Schlüssel dabei?«

»Ja.«

»Lass es nicht so spät werden.«

»Nein.«

»Wir gehen dann jetzt.«

»Bis später.«

»Komm nicht so spät …«

»Nein, Mama.« Endlich brachen sie auf.

Ich rückte einen Stuhl an das Totenbett heran und setzte

mich. Mir fiel wieder ein, worum Camilla mich gebeten hatte, und so streichelte ich Tante Cecilia über die Wange. Völlig versunken in ihre Gebetswelt, brummelte Bianchina noch immer vor sich hin. Es war, als wäre ich alleine. Aus der Kerzenflamme löste sich hin und wieder ein dünner schwarzer Rauchfaden. Ich war todmüde, ständig fielen mir die Augen zu …

Plötzlich legte Tante Cecilia die Hände neben sich und richtete sich auf. Blinzelnd bewegte sie die Schultern, als wären sie ihr eingeschlafen. Sie lächelte mir zu.

»Nein, Emilio, nicht Angiolino hat das arme Mädchen in Stücke gerissen.«

»Was?«

»Es war ein Tier.«

»Tante …« Ich wurde wach. Nach einem kurzen verwirrten Augenblick sah ich, dass Bianchina sich mit weit aufgerissenen Augen über das Gesicht der Tante beugte.

»Sie hat sich bewegt«, flüsterte sie.

»Sieht mir nicht danach aus«, erwiderte ich und setzte mich auf.

»Sie hat den Kopf gehoben, ich habe es genau gesehen.«

»Wahrscheinlich war das ein Traum …«

»Nein, nein, ich habe es genau gesehen. Sie hat sich bewegt.«

»Bianchina, stört es Sie, wenn ich nach Hause gehe? Ich bin sehr müde«, sagte ich und stand auf.

»Gehen Sie nur. Ich bleibe bei der Signora.«

»Wollen Sie sich nicht ein bisschen ausruhen?«

»Ich übernehme die Totenwache«, erklärte Bianchina erneut.

»Gute Nacht.« Ich strich ihr über das strohige Haar. Meiner Tante winkte ich zum Abschied zu, bevor ich ging.

Ich fuhr nach Hause zu meinen Eltern. Meine Mutter kochte sich gerade einen Tee in der Küche. Sie war in Erzähllaune. Nach einigen Anekdoten aus Tante Cecilias Leben berichtete sie mir von den Schicksalsschlägen, die sich zuletzt in der Verwandtschaft und im Freundeskreis ereignet hatten. Schließlich erzählte sie mir vom Sohn einer Freundin, einem angesehenen Wissenschaftler, der äußerst bedeutende Abhandlungen schrieb. (Nicht so einen Schund wie ich, fügte ich im Stillen hinzu.)

»Oh, gut … und, hast du seine Bücher gelesen?«, fragte ich mit gespielter Unschuld.

»Noch nicht.«

»Woher willst du dann wissen, dass es *äußerst bedeutende Abhandlungen* sind?« Was war auf einmal los mit mir? Ich fühlte mich ein wenig gereizt.

»Das ist doch bekannt«, erwiderte meine Mutter mit der größten Selbstverständlichkeit.

»Wie ist denn sein Name?«

»Alcide Bonechi.«

»Nie von ihm gehört.« Du lieber Himmel, ich war eifersüchtig.

»Was tut das zur Sache, Schatz? Solche Sachen liest du ja doch nicht …«

»Natürlich lese ich *solche Sachen*. Ich lese auch Bücher über Philosophie und Geschichte, wenn es darum geht.« Ich merkte selbst, dass ich ziemlich unausstehlich war. Mit meinem Vater hatte ich mittlerweile meinen Frieden gemacht, die Partie mit meiner Mutter jedoch war noch offen. Einzig meinen ersten Roman hatte sie gelesen oder es zumindest versucht. Nach fünf Seiten hatte sie das Buch aus der Hand gelegt. Sie fand es unanständig und hatte mich angerufen, um mir das zu sagen. Ich hatte das Ganze, auch vor meinen Freunden, ins Lächerliche gezogen, aber offenbar doch die Geringschätzung, als die ich ihre Worte empfunden hatte, bis jetzt noch nicht verwunden.

»Gibt's nichts zu essen?«, fragte ich, um das Thema zu wechseln.

»Es ist noch Lasagne übrig. Soll ich sie dir aufwärmen?«

»Das kann ich doch machen …«

»Es dauert nur eine Minute.« Sie schaltete den Ofen an und holte die Lasagne aus dem Kühlschrank.

»Nur ein kleines Stück«, sagte ich.

»Sie wird dir schmecken.«

»Ich will nicht mit vollem Bauch schlafen gehen.«

»Ich habe sie heute Mittag frisch gemacht.«

Am Esstisch verdrückte ich vor dem Fernseher eine Riesenportion Lasagne. Meine Mutter war schon ins Bett gegangen. Ich brachte den schmutzigen Teller in die Küche, wo ich ihn, wie ich es früher als Kind getan hatte, im Spülbecken abstellte. Mit einer Flasche Grappa kehrte ich zurück ins Esszimmer und öffnete das Fenster. Während ich mir einen alten Vampirfilm ansah, rauchte ich einen Joint und fühlte mich wieder wie damals als Jugendlicher, wenn ich mir im Bad Fotos von Elsa Martinelli und Barbara Bouchet in Unterwäsche ansah und dabei masturbierte …

Ich betrat mein Zimmer. Wie viele Jahrzehnte war es her, dass ich zum letzten Mal dort geschlafen hatte? An einigen Stellen fanden sich noch alte Erinnerungen an meine Jugend. Reste von Aufklebern an den Schranktüren, Filzstiftgekritzel an den Wänden. Wovon hatte ich in diesem Zimmer nicht alles geträumt … Bei manchen Erinnerungen fühlte ich mich wie ein geknickter alter Mann, der seiner Vergangenheit nachweint. Ich zog mich aus und kroch ins Bett … Hatte Tante Cecilia sich tatsächlich bewegt, oder sah Bianchina Gespenster?

Am Samstagmorgen um elf, nach einer kurzen Messe mit wenigen Ansprachen, brachten wir Tante Cecilia in einem schlichten Sarg auf den Friedhof von Pratolino. Die beiden Brüder meines Vaters waren mit ihren Frauen da. Meine zwei Cousins hatten geschäftlich im Ausland zu tun. Vermissen würde ich sie nicht, ich hielt sie für Schwachköpfe, und sie dachten das Gleiche von mir. Meine einzige Cousine machte gerade Urlaub in Vietnam.

Da ich immer ein wenig in sie verliebt gewesen war, bedauerte ich, sie nicht wiederzusehen.

Die Totengräber schoben die Tante in die von der Gemeinde zugeteilte Grabnische. Mit gleichmütiger Miene errichtete ein stämmiger junger Mann in wenigen Minuten ein Mäuerchen aus Ziegelsteinen, trug eine Zementschicht auf und strich sie mit der Kelle ausgiebig glatt, bevor er dann mit dem Finger hineinschrieb: *Cecilia Marescalchi.* Meine Mutter hatte Blumen mitgebracht, die sie so hübsch wie möglich ausbreitete. Wir blieben eine Weile vor der Grabnische stehen und sprachen über die noch anzufertigende Gedenktafel. Als die Karawane sich in Bewegung setzte, verabschiedete ich mich still von meiner Tante mit dem Versprechen, dass ich früher oder später zurückkommen würde, um sie zu besuchen.

Wir aßen alle gemeinsam bei meinen Eltern zu Mittag, so wie damals an Weihnachten, als ich noch klein war. Während die Unterhaltung anfangs noch gedämpft verlief, wurde es bald ein ganz normales Essen. Alle aßen und tranken mit Appetit und lachten. Ohne Ton ließ ich nebenbei den Fernseher laufen, und als ich sah, dass die Nachrichten anfingen, entschuldigte ich mich und stellte lauter.

»Ich will nur kurz etwas sehen, dann schalte ich wieder leise.« Ohne großes Interesse sahen die anderen während des Essens hin und wieder zum Fernseher hinüber. Sie wollten sich lieber unterhalten. Im dritten Bericht ging es um Maria Conti. Das Gesicht meiner Mutter verfinsterte sich, ihre linke Augenbraue begann zu zucken.

»Es gefällt mir nicht, dass du da oben so ganz allein lebst.«

»Psst … lass mich das hören.«

Die Ermittler hatten den Ex-Freund festgenommen, er wurde gerade verhört. Die Bilder zeigten einen von Fotografen umringten Polizeiwagen, in dem ein Mann sein Gesicht verbarg. Dass sie ihn früher oder später vernehmen würden, lag auf der Hand. Man begann immer bei den Personen aus dem nächsten Umfeld, das war der vorgeschriebene Weg. Doch vielleicht waren sie auf der falschen Fährte. Vielleicht lag die Wahrheit in den Hügeln um Montesevero, im Kloster der Dominikanerinnen des Heiligen Geistes. Oder aber Angiolino war tatsächlich ein gutmütiger Riese, der den Hühnern die Decken zurückschlug, und die Frau war von einem echten Werwolf getötet worden … Wieso nicht? Seitdem ich in Fontenera wohnte, konnte mich nichts mehr überraschen.

»Darf ich jetzt reden?«, fragte meine Mutter mit eindringlichem Blick.

»Worüber?« Ich stellte leiser.

»Willst du noch länger in dieser gefährlichen Gegend leben?« Die anderen sahen mich nun ebenfalls an.

»Wer gibt mir noch etwas von dem Hühnchen?« Ich tat unbekümmert, machte noch ein paar alberne Witze, und kurz darauf war alles wieder wie vorher.

Das Essen neigte sich dem Ende zu. Nach dem abschließenden Kaffee gaben mein Vater und seine Brüder zotige alte Lieder aus ihrer Jugend zum Besten. Sie sahen sich nur selten und so gut wie nie zu dritt. Nun bot sich ihnen die Gelegenheit, wieder zu spielen wie die Kinder und dabei in Erinnerungen zu schwelgen. Sie waren etwas angetrunken, und ihre Frauen beobachteten sie mit zärtlichem Blick. Das Bild rührte einen beinahe zu Tränen.

Als ich vom Tisch aufstand, war es schon drei Uhr. Ich konnte nicht mehr länger sitzen und essen. So verabschiedete ich mich von meinen Onkeln, drückte meinem Vater die Hand, gab meiner Mutter einen Kuss und brach schließlich auf. Ins Auto einzusteigen gab mir ein überwältigendes Gefühl von Freiheit.

Mit Freude ließ ich Florenz hinter mir und bog auf die Via Chiantigiana ein. Ich fuhr ganz gemächlich, auch wegen der zahlreichen Radarfallen entlang der Strecke. In der Stadt hatte ich mich ein wenig unwohl gefühlt. Nach dem von hohen Häusern versperrten Ausblick und den verstopften Straßen sehnte ich mich nach unverbauter Umgebung und sauberer Luft. Bei meinen Freunden hatte ich mich gar nicht erst gemeldet. Ich wäre bestimmt zum Abendessen eingeladen worden, was ich ungern abgelehnt hätte. Aber mir war nicht danach, in der Stadt zu bleiben. Ich verspürte ein leichtes und vielleicht absurdes Heimweh nach dem Bauernhaus in Fontenera, als lägen meine Wurzeln dort. Ich konnte es kaum erwarten, wieder *zu Hause* zu sein.

Ich blickte auf die beiden Tage mit meinen Eltern zurück, die nach längst vorgefertigten Mustern verlaufen waren. Mit meinem Vater unterhielt ich mich nur über Belangloses, doch auf unsere Art sagten wir uns damit, was keiner von beiden je aussprechen würde. Mit meiner Mutter ließ es sich nur schwer ungezwungen reden. Hinter ihren Worten blitzte immer noch etwas anderes auf, gewöhnlich ein Tadel oder ein göttliches Gebot. Ihr zu folgen war anstrengend, und so ließ ich sie reden und hing derweil meinen Gedanken nach.

Es war Samstag. Camilla war in Turin, das hatte sie zumindest gesagt. Ich versuchte, sie zu erreichen, aber ihr Telefon war ausgeschaltet. Wer wohl der bärtige Kerl auf dem Foto war? Ich brannte darauf, sie das zu fragen.

Ich legte eine CD mit barocken Chören auf und stellte ganz leise. Nach und nach kehrte ich in meine Welt zurück. Aufs Geratewohl kamen und gingen die Gedanken, begleitet von Bildern … Tante Cecilia, wie sie im matten Schein der Nachttischkerze auf ihrem Bett lag … Ihr Name im frischen Beton … Angiolino, der über die Felder lief … Rachele am Fenster … Die alte Rondanini mit ihrem Stock … Noch einmal Angiolino, mit offenem Mund im Stroh schlafend … Die beiden fassungslos dreinblickenden Nonnen … *In Ewigkeit, Amen* … die hübsche, sexy Verrückte mit dem perversen Schwein im Wald … Schöne Stute …

Um kurz nach vier kam ich in Fontenera an. Bevor ich nach Hause fuhr, hielt ich bei Marinella, um ein paar Dinge einzukaufen. Die unvermeidlichen Frauen in der Warteschlange sprachen von der armen Maria Conti, und aus ihrem Geflüster hörte ich einen Satz heraus, der mit *Werwolf* endete.

»Und wenn es Angiolino war?«, warf ich ein. Es regnete argwöhnische Blicke auf mich herab. Marinella seufzte.

»Zwölf fünfundvierzig«, sagte sie, während sie den Betrag in die Kasse tippte. Eine alte Frau öffnete ihre Geldbörse und zahlte passend. Ich sagte nichts mehr. Als ich an der Reihe war, kaufte ich einen fantastischen Pecorino und etwas Brot für mein einsames Abendmahl.

Ich kam nach Hause. Nachdem ich den Pecorino im Kühlschrank verstaut hatte, brach ich gleich wieder zu einem Spaziergang auf. Meine Wanderungen hatten mir sehr gefehlt. Es war windig, ich zog meine Jacke zu. Ich ging ein weites Stück und erkundete Wege, die ich bislang noch nicht eingeschlagen hatte. Die waldbedeckten Hügel am Horizont schimmerten veilchenfarben, und endlich verstand ich, warum viele Maler aus der Toskana ihnen diese seltsame Farbe gegeben hatten. Doch die Hügel waren nicht nur veilchenfarben, sie waren auch ein Schlupfwinkel für Geistesgestörte.

Ich dachte über die alte Rondanini und das Unglück nach, das über ihre Familie hereingebrochen war. Auch wenn diese Geschichte in den vergangenen Tagen ein wenig ins Abseits gerückt war, hatte ich sie keinen Augenblick vergessen. Ich hatte herausgefunden, wer der Riese war, und den Gespenstern aus der Villa ein Gesicht gegeben. Und so hatte ich begriffen, dass die Familientragödie der Rondaninis ein von den anderen unabhängiges Rätsel für sich war.

Kurz nach Sonnenuntergang kehrte ich nach Hause zurück. Sobald ich im Schlafzimmer war, schaltete ich den Computer und den Empfänger des Abhörgerätes ein. Ich konnte es kaum erwarten, die Stimmen des »Liebespaares« zu hören und zur Villa zu rasen. Beim ersten Mal war ich zu spät gekommen, weil ich geschlafen hatte; wenn ich jedoch bereits mitbekäme, wie sie die Villa betraten, hätte ich reichlich Zeit … Ob die Senderakkus wohl noch genügend Kapazität hatten? Zwei bis drei Tage wollte ich noch warten, dann würde ich sie holen und aufladen.

Nachdem ich eine Maschine Wäsche angestellt hatte, ging ich wieder nach oben ins Schlafzimmer, um ein wenig zu arbeiten. *Hügel des Grauens* ließ ich beiseite. Ich hatte das Bedürfnis nach etwas Neuem, von dem ich noch gar nichts wusste. Heraus kam eine seltsame Erzählung über den Teufel, der sich in den Gassen von Florenz in Gestalt eines kleinwüchsigen Buckligen manifestierte. Während ich tippte, zogen vor meinem geistigen Auge in rascher Folge die Bilder von der Beisetzung meiner Tante vorbei.

Als ich auf die Uhr sah, war es zwanzig vor acht. Beinahe zehn Seiten hatte ich hintereinander weg und sogar mit Vergnügen geschrieben. Sicher gab es viel zu korrigieren. Vor allem musste ich die Sätze streichen, die *zu schön* klangen. Zur Mitte hin war in der Geschichte neben dem Zwergenteufel ein Zwitterwesen aufgetaucht, das sinnlicher war als Marilyn. Ich war wirklich gespannt, wie es ausgehen würde. Aber ich hatte auch Hunger.

Ich ging in die Küche und schaltete den Fernseher ein. Als ich die Nudeln ins kochende Wasser gab, war es Zeit für die Nachrichten. Erste Meldung: *Maria Contis Ex-Freund gesteht: Es war mein Hund.* Mir klappte die Kinnlade herunter. Als der Themenüberblick vorbei war, stellte ich lauter: Salvatore Z., fünfundzwanzig, hatte gestanden. Maria Conti hatte ihn wegen eines anderen verlassen, doch damit hatte er sich nicht abfinden wollen. Er hatte sie zu einem Treffen überredet und war mit ihr, um in Ruhe reden zu können, zu dem Feldweg hinausgefahren. Kurz darauf waren sie in Streit geraten. Die Conti war ausgestiegen und hatte die Tür zugeknallt, er war ihr gefolgt. Auch Bullo – so hieß der Hund des Mannes – war ihnen nachgelaufen. Bis dahin war er ein friedfertiges Tier gewesen. Auf dem Schotterweg hatte Salvatore Z. Maria eingeholt. Er war auf Versöhnung aus gewesen, doch sie hatte davon nichts wissen wollen. Stattdessen hatte sie geschrien und ihn mit Fäusten traktiert. Plötzlich war dann der Hund mit einem Satz auf sie losgegangen, hatte sich in ihrer Kehle verbissen und sie noch weiter zerfleischt. Bullo war ein Rottweiler-Rüde von der Größe eines Schafs; Salvatore hatte es nicht geschafft, ihn zurückzuhalten. Die arme Maria Conti, was für ein grauenvoller Tod …

Angiolino hatte mit der Sache nichts zu tun. Er war ein wohlerzogener Riese, ich musste es einsehen. Wie üblich lag ich mit meinen Vermutungen völlig daneben. Ich hatte mich von der Hoffnung leiten lassen, ein Rätsel zu lüften, und war blind in die Falle getappt. Was für ein Vollidiot. Der Maresciallo musste sich ins Fäustchen lachen. Mir war, als hörte ich ihn schon sagen: *Geben Sie das Räuber-und-Gendarm-Spiel auf, Bettazzi, und genießen Sie das ruhige Landleben …*

Wer zuletzt lacht, lacht am besten, dachte ich im Stillen. Mit ein bisschen Glück würde ich seiner Gleichgültigkeit früher oder später unbestreitbare Tatsachen entgegensetzen können. Dann würde ihm das Lachen vergehen, und er würde auf mich hören müssen.

Nach dem Abendessen zündete ich mir einen Joint an und setzte mich an den Computer, um weiter an der Erzählung zu schreiben. Ich fand einen Titel, *Liebesfinsternis*. Zwar wusste ich nicht, was es bedeuten sollte, aber es klang nicht übel. Nachdem ich eine Stunde an der Geschichte gearbeitet hatte, rief Camilla an.

»Wo bist du?«, fragte sie.

»In Fontenera.« Kurz erzählte ich ihr von Tante Cecilias Beisetzung und dem Familienessen. Sie sagte mir, sie habe ihre Pläne geändert. Sie werde am Tag darauf gegen neun zurück sein. Hungrig. Sehr hungrig.

»Auf das, worauf ich hoffe?«, hakte ich nach.

»Herrje! Warum seid ihr Männer bloß immer so langweilig?«

»Damit ihr Frauen euch originell vorkommt.«

»Du könntest ein wenig Boden gutmachen, indem du mir erzählst, was du herausgefunden hast.«

»Wenn ich dich richtig verstanden habe, wolltest du dich in diesen Unsinn nicht hineinziehen lassen.«

»Ich hab's mir anders überlegt.«

»Ich zitiere jetzt nicht Rigoletto, weil ich weiß, du würdest mich sonst für einen Macho halten.«

»Wie ich sehe, gibst du dir Mühe, nicht banal zu sein, ich bin gerührt.«

»Frauen sind niemals gerührt, sie haben nur einen Defekt an den Tränendrüsen …«

»Wie schön, einen Experten für weibliche Verhaltenspsychologie im Bekanntenkreis zu haben.« Ein bisschen war es wie Sex, bloß auf Entfernung.

»Weißt du, dass der Gedanke an dich mich wieder zu den Praktiken meiner Jugendzeit treibt?«, fragte ich.

»Wie ekelhaft, wag es ja nicht …«

»Zu spät.«

Kurzes Schweigen.

»Komm schon … Ist das wahr?«, fragte sie.

»Was?«

»Dass der Gedanke an mich …«

»Natürlich.«

»Oft?«

»Ich hab nicht mehr mitgezählt.«

»Aber …«

»Aber?«

»In solchen Momenten … Gibt es da nur mich?«

»Ja.«

Stille.

»Wirst du auch heute Abend an mich denken?«, fragte sie.

»Darauf kannst du dich verlassen.«

»Du Ferkel«, und sie legte auf.

Ich wandte mich wieder der Geschichte vom Teufel zu, und

als ich sie schließlich fertig hatte, war es drei Uhr durch. Meine Augen brannten. Ich ging ins Bett und knipste sofort das Licht aus. Der Bärtige vom Foto war auf dem Vormarsch und wollte mir in den Magen schlagen, doch es gelang mir, ihn zu verscheuchen. Intensiv dachte ich an Camilla, ganz und gar … und schlief gleich danach ein.

Am frühen Nachmittag des folgenden Tages las ich *Liebesfinsternis* noch einmal durch und kürzte den Text gnadenlos. Die Geschichte war nicht schlecht. Sehr melancholisch, aber auch lustig.

Sofort begann ich mit einer neuen Erzählung. Auch die floss mir völlig ohne mein Zutun aus den Fingern, als tippte ich sie aus einem bereits geschriebenen Buch ab. Nach ein paar Seiten erst stellte ich fest, dass ich in gewisser Weise von Camilla erzählte. Mit einem Jointstummel zwischen den Lippen schrieb ich noch ein gutes Stück weiter.

Als ich auf die Uhr sah, war es zwanzig nach fünf. In drei Stunden und vierzig Minuten würde ich Camilla wiedersehen, vorausgesetzt, sie war pünktlich. In jedem Fall würde sie hungrig sein, wenn sie ankam, und ich hatte noch nicht entschieden, was ich kochen sollte. Spaghetti alla Puttanesca oder Penne al Salmone? Auf einmal hörte ich eine Stimme und Schritte … Sie kamen aus den Lautsprechern des Computers. Ich bekam eine Gänsehaut. Für einen kurzen Moment war ich wie erstarrt, dann sprang ich auf. Ich steckte mir den Kopfhörer ins Ohr und packte hastig die Taschenlampe und die Digitalkamera in meinen Rucksack. Dann rannte ich hinaus zum Auto. Die Reifen schlitterten über die Schotterstraße und wirbelten eine riesige Staubwolke auf. Über Kopfhörer kam nur Stille. Ich spürte einen Kloß im Hals, denn mir war bewusst, was mein Vorhaben bedeutete. Ich pries die Akkus für ihre lange Betriebsdauer. Die Firma *Elektra-International* erzählte keine Märchen.

Ich fuhr den Hügel hinauf und ließ den Wagen an der gleichen Stelle stehen wie beim letzten Mal. Dann rannte ich bis zum Eingangstor. Ich öffnete das Vorhängeschloss, durchquerte den Garten und machte beim Betreten des Hauses weniger Lärm als eine Kartoffel beim Wachsen. Endlich hörte ich über Kopfhörer Stimmen, die jedoch so weit entfernt waren, dass ich nicht verstehen konnte, was gesagt wurde. Ich nahm den Knopf aus dem Ohr und steckte ihn in die Tasche. Den Fotoapparat hängte ich mir um. Dann schaltete ich die Taschenlampe ein, dämpfte das Licht ein wenig mit der Hand und stieg so die Treppe hinauf. Oben angekommen, blieb ich stehen und horchte. Schwach drang ein Wimmern von links herüber. Vorsichtig ging ich weiter und bemerkte, als ich um die Ecke bog, am Ende des Gangs Licht hinter einer angelehnten Tür. Es war nicht das Zimmer, in dem die Tragödie geschehen war. Ich schaltete die Taschenlampe aus und schlich mich auf Zehenspitzen näher heran. Die Stimmen waren nun gut zu hören. Vor dem Lichtschein aus der Tür blieb ich stehen.

»Beweg dich, du Flittchen … Los, beweg dich … Hure …«

»Aua … neiiin … Auaaa …«

»Ich besorg's dir … Ich besorg's dir … Schöne Stute …«

Ich hielt ein Auge an den Türspalt, und da sah ich sie. Sie wandten mir den Rücken zu. Die arme Geisteskranke, splitternackt und in der Tat bildschön, stand vornübergebeugt an der Wand, wo sie sich mit den Händen abstützte, während das perverse Schwein, ebenfalls nackt, sie an den Haaren gepackt hielt und mit schwabbelnder Hüfte und immer neuen Liebenswürdigkeiten fickte. Die ländliche Szene spielte sich im schwachen Schein einer auf dem Stuhl abgelegten Taschenlampe ab, und der Saukerl verfolgte seine Heldentaten im Spiegel des Kleiderschranks. Es fehlte an nichts.

Mit einem zärtlichen Druck schaltete ich die Digitalkamera ein. Ich wählte die Blitzfunktion. Leise öffnete ich die Tür, richtete das Objektiv auf die beiden und hustete. Der Dreckskerl drehte sich mit großen Augen um. Klick. Das arme Mädchen drehte sich um. Klick. Grabesstille. Nach dem Blitz schien es völlig finster zu sein.

»Bitte, machen Sie ruhig weiter«, sagte ich. Ich zog die Tür zu und rannte im Licht der Taschenlampe davon. Am liebsten wäre ich geblieben und hätte diesem Gentleman eine Tracht Prügel verpasst, aber für den Augenblick zog ich es vor, als mysteriöse Bedrohung aufzutreten und die Fotos in Sicherheit zu bringen.

Hinter mir hörte ich nicht einmal eine Fliege summen. Ich stieg ins Auto und fuhr los. Auf dem Weg bergab steckte ich mir den Kopfhörer wieder ins Ohr. Ich hörte weit entferntes Gebrumm, Schritte und schließlich die Stimme des Mannes.

»Dem Kerl reiß ich den Arsch auf … In einen Pfeiler lass ich ihn einmauern …«

Ich musste lachen. Der große Playboy hatte Angst. Wenigstens in der nächsten Zeit würde er die schöne Geistesgestörte in Ruhe lassen. Ich streichelte die Kamera. Es war mir schwergefallen, mit dem Typen nicht mittels Taekwondo zu kommunizieren, aber ich hätte mir nie verziehen, wenn ich im Handgemenge die Kamera verloren hätte. Mein Wort gegen seines konnte einen Kampf mit gleichen Waffen bedeuten, die Fotos jedoch würden ihn ausweglos zu Fall bringen. Außerdem gefiel mir, dass er nicht wusste, von wem die Bedrohung kam. So war es befriedigender. Hoffentlich raubte ihm die Angst vor einem Skandal den Schlaf …

Zu Hause lud ich die Fotos sofort auf den Computer herunter. Sie waren perfekt. Das erste zeigte das Gesicht des Playboys, während auf dem zweiten beide zu erkennen waren. Mein Magen vermeldete einen seltsamen Aufruhr, so als hätte ich gerade zu meiner Rolle als Rächer unterdrückter Frauen gefunden. Ich empfand Ekel, aber auch Zufriedenheit. Endlich hatte ich einen konkreten Beweis in der Hand. Das arme Mädchen. Schön und ohne Verstand … Und die Wölfe nutzten es aus.

Wäre sie geistig gesund gewesen, hätte sie die Männer strammstehen lassen wie Zinnsoldaten. Ich kochte mir einen Tee und fuhr mit der neuen Erzählung fort. Ohne auch nur einmal die Finger von der Tastatur zu heben, schrieb ich mehrere Seiten herunter. Um acht Uhr schaltete ich den Computer aus. Es war an der Zeit, in die Küche zu gehen, ein Feuer im Kamin anzuzünden und mit den Vorbereitungen für das Abendessen zu beginnen.

Camilla kam um halb zehn unmittelbar aus Turin. Sie war erschöpft und sah selbstverständlich fantastisch aus. Wir küssten uns nicht einmal auf die Wange, doch spürbar lag ein nicht zu verachtendes Knistern in der Luft.

»Ich will alles wissen«, sagte sie, als sie in die Küche kam. Auch ich wollte alles über den Bärtigen wissen, aber alles zu seiner Zeit.

»Seit unserem letzten Gespräch ist eine Menge passiert«, erklärte ich ruhig.

»Erzähl von Anfang an.«

»Entspann dich, wir haben alle Zeit der Welt.« Nachdem ich Camilla ein Glas Wein gereicht hatte, sank sie mit einem geduldigen Seufzer auf das Sofa. Ich wandte mich den Spaghetti zu und legte, bevor wir uns an den Tisch setzten, noch etwas Holz im Kamin nach.

Während des Essens erzählte ich ihr, was alles geschehen war. Für das Staunen in ihren Augen hatte sich die ganze Aufregung der letzten Tage tausendmal gelohnt.

Sie bat mich, ihr die Fotos zu zeigen, und so gingen wir hinauf ins Schlafzimmer. Endlich würde ich erfahren, wer die hässliche Fratze war, die sie in ihrem Bett verewigt hatte. Unsere Stühle standen dicht nebeneinander. Als ich unvermittelt ein Foto des Bärtigen öffnete, wandte sie den Kopf und sah mich an.

»Was soll das?«

»Davon gibt es noch einige andere …«

»Glaubst du, das ist der richtige Zeitpunkt?«

»Die waren auf der Speicherkarte der Kamera, die du mir freundlicherweise geliehen hast.«

»Hatte ich die nicht gelöscht?«

»Sieht nicht so aus.« Gespannt wartete ich auf ihren Kommentar. Sie zuckte gleichgültig mit den Schultern.

»Lösch sie ruhig. Er hat mir nichts bedeutet.«

»Ein One-Night-Stand?«

»Schön wär's …«

»Was heißt das?«

»Sechs vergeudete Monate. Lösch sie.« Sie wirkte völlig gelassen.

»Zu Befehl.« Mit Vergnügen löschte ich die Bilder sogar noch aus dem Papierkorb. Eine wahre Erleichterung. Dieser Bärtige ging mir gewaltig auf den Zeiger, ich wollte nicht einmal wissen, wie er hieß. Das Kapitel war abgeschlossen. Kein Wort mehr wollte ich davon hören.

Nun rief ich die anderen Fotos, die von Angiolino und aus der Villa, auf den Bildschirm. Camilla griff nach der Maus und sah sich jedes einzelne noch einmal genau an. Als sie bei der armen Geisteskranken mit dem perversen Schwein angelangt war, hielt sie inne.

»Widerlich«, murmelte sie.

»Ich will ihn heulen sehen, diesen Fettwanst.«

»Aber auch du … Ganz normal bist du nicht.«

»Ist das alles, was du zu sagen hast?«

»Besorgst dir im Internet ein Abhörgerät …«

»Hat es sich etwa nicht bezahlt gemacht?«

»Doch, sicher. Aber wenn so etwas von dem Mann kommt, mit dem ich vorhabe zu vögeln, macht mir das ein wenig Sorgen.«

»Du bist die romantischste Frau, die ich je kennengelernt habe.«

»Das habe ich von allen gehört.«

»Eine feinfühlige Bemerkung nach der anderen …«

»Bist du sicher, dass ihr Männer Feingefühl braucht, um eure Urinstinkte zu entfalten?«

»Nein, aber wir sind wenigstens taktvoll genug, so zu tun, als ob.«

»Es gelingt euch nicht im Mindesten.«

»Und das findet ihr Frauen bedauerlich?«

»Vielleicht nicht.« Ich spürte den Beginn einer Erektion, was für mich von großer Bedeutung war.

Camilla wartete nur darauf, dass ich sie küsste, bevor sie mich aufs Bett zog und alles allein machte. Ein paar Frauen hatte ich zwar schon gehabt, so etwas aber hatte ich noch nie erlebt.

Danach blieben wir erschöpft und zufrieden im Bett liegen. Während wir uns einen Joint teilten, gestanden wir einander, was wir gedacht hatten, als wir uns zum ersten Mal begegnet waren, damals bei ihrer Autopanne.

Sie: *Hoffentlich ist das kein Verrückter.*

Ich: *Wow, was für eine Traumfrau.*

Ich verriet ihr, dass ich immer ein Starthilfekabel im Kofferraum liegen hatte, jedoch nicht die Gelegenheit hatte verpassen wollen. Sie erklärte, sie habe genau gewusst, dass ich log, Männer seien für sie wie ein offenes Buch …

»Übrigens, weißt du, dass ich zu Hause bei meinen Eltern eines deiner Bücher gelesen habe?«

»Ach, wirklich?«

»Meine Mutter hatte es auf dem Nachttisch liegen.«

»Welches war es?«

»*Die Rückkehr*«, sagte sie.

»Ah …«

»Es ist ziemlich dick.«

»Dreihundertsechsundachtzig Seiten«, präzisierte ich.

»Das Cover ist sehr hübsch.«

Stille.

»Ja, und … hat es dir gefallen?«, fragte ich ein wenig ängstlich.

»Ich weiß noch nicht.«

»Wie meinst du das?«

»Vielleicht liegt es daran, dass ich dich persönlich kenne, aber …« Sie sprach den Satz nicht zu Ende.

»Aber?« Ich wurde nervös.

»Ich weiß nicht, ich muss noch darüber nachdenken.«

»Wie lange, glaubst du, wirst du dafür brauchen?«

»So lange wie nötig.«

»Ah, gut.« Sie schmiegte sich an mich und begann mich zu kraulen. Ihr Geruch hatte eine gewaltige Macht über mich. Wir waren ganz entspannt. Der Augenblick schien mir geeignet zu sein.

»Dieser Typ mit dem Bart …«

»Meinst du den attraktiven jungen Mann auf dem Foto?«

»Du findest ihn attraktiv?« Schon bereute ich, überhaupt den Mund aufgemacht zu haben.

»Du nicht?«

»Vor allem ist er kein *junger Mann* …«

»Ich kenne Vierzigjährige, die seine Großväter sein könnten.«

»Und ich dachte, er wäre älter als fünfzig«, schwindelte ich.

»Wann hast du das letzte Mal einen Sehtest machen lassen?« Sie zupfte an den Härchen auf meiner Brust, aber Helden kennen keinen Schmerz.

»Ich sehe mit beiden Augen wie ein Luchs.«

»Eine erschütternde Nachricht«, lachte sie.

»Fangen wir noch mal von vorne an. Dieser Typ mit dem Bart …«

»Er heißt Aníbal und ist Spanier.« Nun wusste ich also auch, wie er hieß. Spanier, das fehlte noch. Konnte es nicht einer aus Riccione sein?

»Wie auch immer, den meine ich … Was macht er beruflich?«

»Wieso?«

»Reine Neugierde.«

»Er ist ein begnadeter Maler.«

»Zeichnet er Karikaturen auf dem Ponte Vecchio?«

»Mag sein … Aber seine Bilder hängen überall auf der Welt in Museen für moderne Kunst, in Paris, Berlin, Wien, Madrid, Tokio, Moskau, sogar im Guggenheim in New York.«

»Ist das alles?«

»Nein. Letztes Jahr hatte er eine Ausstellung im MoMA.«

»Donnerwetter, was für ein Genie.«

»Täusche ich mich, oder hast du gezittert?«

»Mein Fuß hat gejuckt.« Noch eine Lüge, um meine Würde zu bewahren. Ich hatte gehofft, der Bärtige wäre Wachmann oder allerhöchstens Steuerberater, um nicht das Gefühl zu haben, mit ihm im Wettbewerb zu stehen. Camilla stupste mich an der Nase.

»Einen kleinen Joint?«

»Wie heißt er mit Nachnamen?« Wo wir nun einmal dabei waren …

»Bauhas, aber seine Bilder signiert er nur mit *Aníbal*.«

»Wie kommt es, dass ich noch nie von ihm gehört habe?«

»Weil du ein Banause bist.«

»Ach ja, richtig.«

»Du müsstest mal sehen, wie die Frauen an ihm kleben …«

»Von wem sprichst du?«

»Von meinem Großvater … Drehst du uns noch einen Joint?«

»Auch zwei.« Ich setzte mich auf und machte mich an die Arbeit. Dabei dachte ich mit großem Ernst über dummes Zeug nach. Eine Spanierin hatte ich noch nie zur Freundin gehabt. Allerdings eine Portugiesin. Keine berühmte Malerin. Nur Lucia hatte gern die ein oder andere Leinwand bekleckst, wobei ich jedes Mal zu Gott betete, sie möge sie mir nicht schenken. Wie viele Französinnen? Als Junge hatte ich mich in eine fünf Jahre ältere Ungarin verliebt, und als sie sich aufs Bett legte, hatte ich die Flucht ergriffen.

»Woran denkst du?«, fragte ich sie, nachdem wir eine Zeitlang geschwiegen hatten.

»An diesen Widerling mit dem Mädchen.«

»Das wird nicht mehr passieren.«

»Aber es ist passiert.«

»Er wird dafür bezahlen. Morgen gehe ich zum Maresciallo.« Ich war froh über den Themenwechsel. Ich steckte ihr den Joint zwischen die Lippen und gab ihr Feuer. Dann streckte ich mich wieder aus. Schulter an Schulter, den Blick auf die Zimmerdecke gerichtet, lagen wir schweigend da. Die Luft war erfüllt von unseren Gerüchen. Ich hatte eine Fremde neben mir und fühlte mich ungefähr so wie zu Beginn eines neuen Romans … Auf jede Überraschung gefasst.

Camilla reichte mir den Joint und stand auf, um ins Bad zu gehen. Ich betrachtete sie, während sie nackt durchs Zimmer lief. Makellos schön. Eine schwarzhaarige Eva im irdischen Paradies. Als sie zurückkam, zitterte sie vor Kälte und schmiegte sich an mich. Keiner von uns sagte etwas. Rauchfäden stiegen langsam zur Balkendecke, wo sie sich nach und nach auflösten. Ohne dass Camilla gefragt hätte, begann ich mich mit einigen meiner Ex-Freundinnen zu brüsten. Der unregelmäßige Schlag ihrer langen Wimpern verriet mir, dass sie eifersüchtig war, was mir eine gewisse Genugtuung verschaffte. Sie erzählte mir daraufhin von einigen ihrer Ex-Freunde, alles wundervolle, außergewöhnliche, attraktive, sympathische und intelligente Männer, die ihr zu Füßen gelegen hätten. Ein Lächeln umspielte meinen Mund, als ich mir vorstellte, wie ich sie einen nach dem anderen entmannte, zuallererst den bärtigen Spanier …

Unbewusst kamen wir nach einer Weile erneut auf die Geheimnisse von Fontenera zu sprechen. Natürlich ging es dabei auch um die Tragödie, die über die Familie Rondanini hereingebrochen war.

»Ich finde auch noch heraus, was sich damals in der Villa wirklich ereignet hat«, sagte ich vielleicht etwas zu gewichtig.

»Um das Gefühlsgleichgewicht wiederherzustellen, gibt es Psychopharmaka«, lachte sie.

»Es ist stärker als ich … Ich muss es tun …«

»Den Satz hatte vielleicht auch Hitler im Kopf.«

»Wenn ich wählen darf, bist du mir lieber, während du vögelst.«

»Du mir auch, wenn es darum geht.«

»Soll das etwa heißen, ich rede Mist?«

»Jetzt kuriere ich dich mal …«, sagte sie und rollte sich auf mich.

»Diesmal ist es ernst, Maresciallo.«

»Noch ein Werwolf?«

»Erinnern Sie sich an die Stimmen, die ich aus der Rondanini-Villa gehört habe?«

»Ja, und?«

»Ich weiß jetzt, was das war.«

»Dann lassen Sie mal hören …«, seufzte er.

»Das würde ich ihnen lieber persönlich sagen. Außerdem muss ich Ihnen etwas zeigen.«

»Schon wieder?«

»Sie werden es nicht bereuen, das versichere ich Ihnen.«

»Sie haben ein besonderes Talent, die Zeit anderer Leute zu verschwenden, Bettazzi.«

»Ich stehle Ihnen nur ein paar Minuten.«

»Seien Sie artig, und lassen Sie mich arbeiten …«

»Soll das heißen, ich muss mich an die Polizei wenden?«, fragte ich mit Nachdruck. Kurzes Schweigen. Ich hörte einen Seufzer.

»Ich warte auf Sie … Aber beeilen Sie sich, ich muss weg.«

»Immer unter Einhaltung der Höchstgeschwindigkeit, Maresciallo.«

»Spielen Sie nicht den Witzbold, Bettazzi.« Er legte auf. Er war nicht mehr der sympathische, ungezwungene Carabiniere, für den ich ihn anfangs gehalten hatte.

Ich packte den Laptop ein und setzte mich ins Auto. Früh am Morgen hatte ich die Abhörwanzen aus der Villa entfernt, um keine Spuren zu hinterlassen. Ich war mir meiner Sache ganz sicher.

Während der Fahrt dachte ich an die Nacht mit Camilla zurück. Sie war um halb vier gefahren und würde am Abend wieder zum Essen kommen. Vielleicht gefielen ihr meine Kochkünste. Ich fühlte mich wie ein Gott. Frauen können alle möglichen Hirngespinste schüren. Das ist es, was sie gefährlich macht. Doch vielleicht stimmte es ja, und das Schicksal hatte mich *auch* aus dem Grund in das Hügelland um Fontenera geführt, damit ich ihr begegnete. Ich dankte Franco und hoffte, er werde mir eines Tages tatsächlich erscheinen. Ich würde ihn in die Arme schließen und ihm sagen, wie sehr er mir fehlte. Wie es ihm wohl erging, fernab von dieser schmutzigen Welt?

Ich betrat die Wache der Carabinieri mit den Worten, der Maresciallo erwarte mich. Schiavo deutete gleich neben dem Eingang auf eine Holzbank, über der eine Landkarte des Chiantigebiets an der Wand hing.

»Warten Sie da, der Maresciallo hat zu tun.« Ich setzte mich auf die Bank. Schiavo kehrte in sein winziges Zimmerchen zurück und behielt mich durch die offene Tür im Blick. Er schrieb etwas am Computer. Obwohl er nur mit den Zeigefingern tippte, war er schneller als ich.

Nach beinahe zwanzig Minuten öffnete sich eine Tür, und der Maresciallo erschien. Er winkte mich herein.

»Kommen Sie, Bettazzi …« Ich betrat das kleine Büro, und wir nahmen Platz. Zwischen uns ragte der wie üblich mit Akten beladene Schreibtisch auf. Pantano konnte sich ein Grinsen nicht verkneifen.

»Sind Sie jetzt überzeugt, dass die arme Frau nicht von einem Werwolf umgebracht wurde?«

»Ich gebe zu, ich habe mich geirrt.«

»Das freut mich. Dann lassen Sie mal den neuesten Bockmist hören …« Er konnte es kaum erwarten, mich ein weiteres Mal bloßzustellen. Bedächtig holte ich den Laptop aus der Tasche und stellte ihn auf den Schreibtisch. Ich drückte die Start-Taste. Mitleidig sah Pantano mich an.

»Was müssen Sie mir denn heute zeigen? Ein Filmchen?«

»Einen Augenblick Geduld.« Ich wartete, bis der Desktop erschien, und öffnete in aller Ruhe den Ordner mit den Fotos. Dann wählte ich gleich das zweite Bild aus, auf dem beide Gesichter zu erkennen waren.

»Das hier sind die Gespenster aus der Villa.« Voller Vorfreude auf seine Reaktion drehte ich den Computer zu ihm herum. Die Nasenflügel des Maresciallos bebten, als er auf den Bildschirm blickte. Nachdem er einen Moment lang regungslos dagesessen hatte, schüttelte er mit einem kaum merklichen Lächeln um die Mundwinkel den Kopf. Er legte eine gewisse Kaltblütigkeit an den Tag, doch ich war sicher, dass der Schlag gesessen hatte. Was er da vor sich hatte, war nicht der übliche *Bockmist* des fantasievollen Bettazzi.

»Ich warte auf Ihren Kommentar, Maresciallo.«

»Wo haben Sie dieses Foto gemacht?«

»In der Villa natürlich.«

»Wie sind Sie da hineingekommen?«

»Halten Sie das für die entscheidende Frage?«

»Sagt Ihnen der Begriff Hausfriedensbruch etwas?«

»Entschuldigung, aber ist das alles, was Sie dazu zu sagen haben?« Ich kam mir vor wie in einer Filmsatire.

»Wie viele Fotos haben Sie gemacht?«

»Zwei.« Ich zeigte ihm auch das andere. Pantano stand auf und ging zur Tür. In aller Ruhe drehte er den Schlüssel um und wandte sich wieder zu mir. Ich erhob mich vom Stuhl.

»Warum haben Sie die Tür abgeschlossen?«

»Lassen Sie die Angelegenheit auf sich beruhen, Bettazzi.«

»Wie meinen Sie das?«

»Es gibt Gleichgewichte, die besser nicht gestört werden.«

»Ich liefere Ihnen Beweise für den sexuellen Missbrauch einer geistig zurückgebliebenen Minderjährigen … und Sie reden von *Gleichgewichten?*«

»Es gibt so manches, was Sie nicht wissen können, Bettazzi.«

»Dann erzählen Sie es mir.«

»Dottor Fallani ist ein Vorbild«, erklärte der Maresciallo und wippte dabei auf den Fersen wie der Duce.

»Darauf lässt das Foto aber nicht schließen.«

»Ich weiß, wovon ich rede.«

»Ich darf Sie darauf hinweisen, dass Sie von einem Triebtäter sprechen.« Genauer gesagt, vom Vizebürgermeister von Montesevero, dem »aufgeblasenen Geizhals«, der die Sonnenuhrvilla kaufen wollte. Er war es, der die geistig Behinderte vögelte.

»Setzen Sie sich, Bettazzi«, sagte Pantano, während er um den Schreibtisch herumging. Gleichzeitig nahmen wir Platz. Er griff über den Tisch und zog den Laptop zu sich herüber.

»Was tun Sie da?«, fragte ich. Er gab keine Antwort, doch es war leicht zu durchschauen, was er im Schilde führte. Ich ließ ihn gewähren. Mit dem Finger fuhr er über das Touchpad und klickte dies und das an. Er schien sehr geübt in diesen Dingen. Schließlich klappte er den Computer zu und schob ihn wieder zurück zu mir.

»Was haben Sie getan?«, fragte ich mit gespielter Sorge. Natürlich hatte ich die Fotos auf einem USB-Stick gespeichert, den ich sicherheitshalber zu Hause gelassen hatte … Aber gewiss nicht, um sie gegen einen Carabiniere zu verteidigen.

»Ich habe sie gelöscht. Auch aus dem Papierkorb«, erwiderte er zufrieden.

»Mit welchem Recht?«, fragte ich und stand erneut auf.

»Sollten Sie Kopien gemacht haben, rate ich Ihnen, mir auch die auszuhändigen. Ich möchte nicht, dass Sie in Schwierigkeiten geraten, Bettazzi.«

»Falls es hier noch eine Spur von Gerechtigkeit gibt, bin nicht ich es, der in Schwierigkeiten steckt.«

»Sie haben mir nicht geantwortet. Haben Sie Sicherungskopien gemacht?«

»Sie haben den Beweis einer schweren Straftat vernichtet!«, schrie ich mit hervortretenden Augen. Ich musste so tun, als wäre ich außer mir vor Wut, was mir gut gelang. Sogar ein leichtes Zittern im Unterkiefer täuschte ich vor.

»Tun Sie mir den Gefallen und setzen Sie sich. Und schreien Sie bitte nicht so.«

»Ich mache Sie darauf aufmerksam, dass Sie ein perverses Schwein schützen!«

»Setzen Sie sich und lassen Sie uns in Ruhe darüber reden.« Wie zwei Wölfe starrten wir uns an. Aber ich wollte es lieber nicht übertreiben, und so setzte ich mich kurz darauf wieder hin. Jemand klopfte an. Die Klinke wurde heruntergedrückt, doch die Tür war abgeschlossen.

»Alles in Ordnung, Maresciallo?«, erkundigte sich Schiavo ein wenig beunruhigt.

»Alles in Ordnung, geh nur.« Der Gefreite zog sich zurück. Der Maresciallo zündete sich eine Zigarette an; bedächtig stieß er den Rauch in die Luft.

»Habe ich Ihr Wort, dass es keine weiteren Kopien gibt?«

»Dummerweise habe ich keine gemacht. Sind Sie jetzt zufrieden?« Ich gab vor, meine Wut nur mit Mühe im Zaum halten zu können.

»Dottor Fallani hat viel Gutes für diese Stadt getan und tut es noch immer, und wenn …«

»Aber er vergewaltigt eine geistig behinderte Fünfzehnjährige«, fiel ich ihm ins Wort.

»Er vergewaltigt niemanden.«

»An dieser Stelle drängt sich mir der Gedanke auf, dass Sie von der Sache wussten …«

»Reden Sie keinen Bockmist.«

»Tut mir leid, ich kann nicht anders.«

»Sie sehen die Dinge nur mit Ihren Augen …«

»Vor allem traue ich meinen Ohren nicht, Maresciallo.«

»Auch für dieses arme Mädchen tut Dottor Fallani Gutes.«

»So reden Sie nur, weil sie nicht Ihre Tochter ist.« Ich sah, wie er die Zähne zusammenbiss.

»Hören Sie mir gut zu, Bettazzi. Seit Jahren unterstützt Dottor Fallani die Mutter des armen Dings. Wenn er nicht wäre, müssten Mutter und Tochter den Hühnern das Futter stehlen.«

»Mir kommen gleich die Tränen …«

»Ob Sie es glauben oder nicht, Dottor Fallani ist ein Wohltäter. Er hilft vielen armen Familien, setzt sich persönlich für Kinder aus bäuerlichen Verhältnissen ein, die einen Abschluss machen, finanziert die Philharmonie, baut Sozialwohnungen, wendet hohe Summen auf, um …«

»Das klingt wie eine Dokumentation über die Entstehung der Cosa Nostra.«

»Reden Sie doch nicht immer so einen Bockmist, Bettazzi.«

»Irre ich mich und es war die 'Ndrangheta?«

»Ich sehe, Sie wollen nicht verstehen …«

»Das würde ich gern, glauben Sie mir.« Ich durfte die zugesperrte Tür nicht vergessen. Freiheitsberaubung. Auch ihn könnte ich vor Gericht bringen.

Der Maresciallo legte eine lange Pause ein, so, als ob er nach den richtigen Worten suchte, um einem Kleinkind begreiflich zu machen, dass man ab einem gewissen Alter aufs Töpfchen zu gehen hat. Er stützte die Ellbogen auf dem Schreibtisch ab.

»Auch ein Ehrenmann kann seine Schwächen, seine kleinen Marotten haben … Das ist doch völlig normal. Niemand ist vollkommen«, erklärte er mit einem gelassenen Lächeln.

»Gibt es nicht aus diesem Grund die Gerichte?«

»Und an das arme Mädchen denken Sie gar nicht, Bettazzi? Auch sie hat doch wohl ein Recht darauf, sich hin und wieder auszuleben, meinen Sie nicht?«

»Sie haben Recht, daran hatte ich nicht gedacht.« Mir bluteten die Ohren.

»Verstehen Sie mich nicht falsch, auch mir gefallen gewisse Dinge nicht. Aber es kommt doch darauf an, wer sie tut, finden Sie nicht? Würden Sie es fertigbringen, das zurückgebliebene Mädchen und seine Mutter ins Elend zu stürzen? Oder wollen Sie für ihren Unterhalt sorgen?«, fragte Pantano. Er machte seinem Namen, der so viel bedeutete wie Morast, alle Ehre. Ich wusste nicht mehr, was ich sagen sollte, doch was ich tun wollte, wusste ich genau. Ruhig und gelassen stand ich auf. Ich nahm den Laptop und packte ihn wieder ein.

»Schließen Sie die Tür auf, Maresciallo.«

»Zu viele Leute würden sich gekränkt und geschädigt sehen, wenn Dottor Fallani Unannehmlichkeiten bekäme …«

»Ich habe verstanden, worum es geht. Schließen Sie jetzt bitte die Tür auf.«

»Ich spreche von einflussreichen Leuten, Bettazzi. Denen ein Anruf genügt, um eine Akte zu Asche werden zu lassen.«

»Wäre nicht auch das eine Straftat?«

»Ich gebe Ihnen einen freundschaftlichen Rat, Bettazzi: Vergessen Sie diese dumme Angelegenheit. Sie könnten sich eine Menge Schwierigkeiten einbrocken …«

»Sie haben mich überzeugt, Maresciallo. Ich sehe ein, es gibt Fälle, in denen man die Dinge besser auf sich beruhen lässt.« Dabei lächelte ich sogar flüchtig.

»Sie sind frei zu tun, was Sie für richtig halten, aber sagen Sie nachher nicht, man hätte Sie nicht gewarnt.«

»Seien Sie unbesorgt, ich werde absolut gar nichts tun. Vergessen Sie einfach, dass Sie mich überhaupt gesehen haben.« Ich ging zur Tür. Der Maresciallo stand auf, um mir aufzuschließen, und wir nickten uns zum Abschied zu. Alles, was ich noch tun musste, war, nach Siena zu fahren und mir ein paar CD-Rohlinge zu besorgen.

Camilla kam gegen zehn. Ich hatte nur Aufschnitt und Käse gekauft, sodass wir gleich essen konnten. Dabei erzählte ich ihr von meinem erbaulichen Gespräch mit dem Maresciallo, an das ich mich Wort für Wort zu erinnern versuchte. Sie reagierte fassungslos und angewidert.

Nach dem Essen legte ich ein dickes Holzscheit im Kamin nach, und wir machten es uns wie immer auf dem Sofa gemütlich. Ich drehte uns einen leichten Joint, gerade richtig zum Entspannen.

»Ich frage mich, wie man so tief sinken kann …«, sagte Camilla leise.

»Nur weil er zahlt, glaubt dieser Fallani, er könnte machen, was immer ihm gefällt. Den will ich kriechen sehen.«

»Der Rächer von Fontenera«, lächelte sie. Trotz der düsteren Ereignisse fühlten wir uns wohl. Die Flammen griffen auf das Holzscheit über und schlugen prasselnd in die Höhe. Unser kleines privates Inferno …

»Vielleicht könnte man ja aus all diesen üblen Geschichten einen Film machen«, überlegte ich. Ich versuchte, mir vorzustellen, mit welcher Miene ein Produzent den Stoff lesen würde. Camilla zog die Schuhe aus und legte die Füße aufs Sofa. Zauberhafte kleine Füße, die in rosa Socken steckten.

»Du bist ein ganz schöner Dickkopf, aber in der Tat hast du eine Menge herausgefunden …«

»Noch bin ich nicht zufrieden.«

»Warum nicht?«

»Zwei Dinge fehlen mir. Erstens: die Massaker an Hühnern und Kaninchen.«

»Versteif dich nicht darauf, wahrscheinlich war es ein Fuchs.«

»Ein Fuchs ist es nicht, da bin ich sicher.«

»Aber auch kein Werwolf …«

»Wieso nicht?«

»Weil es keine Werwölfe gibt.« Sie zuckte mit den Schultern.

»Amerika gab es auch nicht, bevor man es entdeckt hat.«

»Komm schon, an so etwas kannst du doch nicht glauben. Das ist nur eine Legende.«

Still tanzten die Flammen um das Holz und verschlangen es mehr und mehr. Von mir aus hätte das Feuer ewig brennen können. Camilla schmiegte sich an mich. Ihre Haut und ihr Haar dufteten erregend.

»Und zweitens?«, fragte sie.

»Muss ich das noch erwähnen?«

»Die schrecklichen Ereignisse in der Villa …«

»Richtig.«

»Ich fürchte, daran wirst du dir die Hörner abstoßen.«

»Dazu müssten mir erst mal welche wachsen.«

»Wir sind doch nicht verlobt …«

»Pass auf, dass sie dir nicht wachsen, Dottoressa.«

»Ein Versuch, und ich schneid ihn dir ab.«

»Ach ja, ich vergaß, du bist Sizilianerin.«

»Oh Gott, komm du mir nicht auch mit diesem Unsinn von wegen eifersüchtige Sizilianer …«

»Wieso, stimmt das etwa nicht?«

»Ich war mit zwei Mailändern und einem aus Bologna zusammen, und ich versichere dir, auch im Bett …«

»Das will ich gar nicht wissen.«

»Na, so was, bist du Sizilianer?«

»Ich war noch nie in meinem Leben eifersüchtig«, log ich aus Stolz.

»Wenn allerdings von Aníbal die Rede ist …«

»Hattest du mit dem nicht sechs Monate vergeudet?«

»Trotz allem verbinde ich schöne Erinnerungen mit ihm … Vor allem im Bett.«

»Erwartest du jetzt, dass ich dich frage, ob seiner größer ist als meiner?«

»Ach, bist du etwa nicht wie alle anderen?«

»Du hast recht, ich bin wie alle anderen … Ist seiner größer als meiner?«

»Aber Schatz, was redest du denn da? Du hast den größten von allen«, sagte Camilla in mütterlich besorgtem Ton.

»Ich meine es ernst.«

»Weißt du, dass ich mich nicht erinnere? Aber wenn es dich interessiert, treffe ich ihn mal abends und …«

»Schon gut, du hast gewonnen. Jetzt lass uns aber von etwas Ernstem reden.«

»Hauptsache, du fängst nicht wieder von Werwölfen an.« Unvermittelt gab sie mir einen Kuss, bevor sie aufstand, um den Wein zu holen. Konnte ich tatsächlich nicht anders, als ihr auf den Hintern zu starren?

»Morgen fahre ich noch einmal zu Signora Rondanini«, kündigte ich an, um von etwas Ernstem zu reden.

»Wie immer wird sie dir die Tür vor der Nase zuschlagen.«

»Sie weiß alles, das spüre ich. Ich muss nur einen Weg finden, wie ich sie zum Reden bringen kann.«

»Ich wette, das schaffst du nicht.«

»Um ein Abendessen?«

»In Ordnung.« Mit einem Handschlag besiegelten wir unsere Wette. Camilla füllte die Gläser und setzte sich neben mich. In dem Moment erhob sich Geheul in der Ferne, und Camilla rückte ganz eng an mich heran. Das Heulen wollte nicht enden, und im ganzen Tal kläfften die Hunde wie verrückt als Antwort auf den Ruf. Dann war es auf einmal still.

»Es hat aufgehört«, sagte ich.

»Ich hätte es gern noch länger gehört, vielleicht hätten wir herausgefunden, was es ist.«

»Bald ist Vollmond, es kann nur der Wolfsmensch sein.«

»Na, dann bin ich ja beruhigt …«

»Vielleicht war es Angiolino, der sich mit einem jungen Wildschwein unterhalten hat.«

»Ich muss jetzt nicht lachen, oder?«

»Das kannst du in Ruhe morgen früh tun, wenn du daran zurückdenkst.« Das Holz im Kamin brach in einer Wolke aus

Feuerspänen in sich zusammen und ließ sie erneut auffahren. Nach dem Tierlaut und dem erschrockenen Gebell lag noch ein Hauch von Gefahr in der Luft. Im Geiste sah ich einen Werwolf mit schwarzem Pelz und Reißzähnen, die so lang waren wie die Spitzen eines Gitterzauns, mit weiten Sätzen durch die Nacht laufen …

»Du hast mir noch nicht gesagt, wie dir mein Roman gefallen hat«, erinnerte ich sie.

»Vielleicht, weil ich es dir nicht sagen will.«

»Warum drücken sich Frauen immer so undeutlich aus?«

»Warum sind Männer immer so leicht zu durchschauen?«

»Recht hast du, denn rate mal, woran ich gerade denke.«

»An Schweinkram, wie immer …« Sie stellte ihr Glas auf dem Boden ab und schob, während sie mich küsste, ihre Hand in meine Hose. Kurz darauf waren wir beide nackt. Als ich aufstand, um Holz im Kamin nachzulegen, nutzte sie die Gelegenheit und machte es sich bequemer.

Was folgte, war toller Sex, den wir kurz darauf, genüsslich auf dem Grat der Verlegenheit wandernd, in allen Einzelheiten kommentierten.

Währenddessen rauchten wir noch etwas Gras. Camilla begann von ihrer Kindheit zu erzählen. Schöne und schlimme Erinnerungen wechselten sich ab. Sie war viel weniger hart, als sie mich glauben machen wollte.

»Ich muss morgen früh raus«, sagte sie gegen ein Uhr. Sie stand auf und zog sich an. Das war fast noch erregender als ein Striptease. Auch ich zog mich an. Keiner von uns erwähnte die Möglichkeit, die Nacht miteinander zu verbringen. Ich wollte nicht zu aufdringlich sein … und auch nicht leicht durchschaubar. Tatsächlich aber hatte ich Angst, sie könnte nein sagen.

Den letzten Kuss gaben wir uns bei laufendem Motor durch das offene Fenster ihres Wagens. Ich bat sie, mich kurz anzurufen, wenn sie zu Hause war, woraufhin sie nervös wurde. Sie sicherte alle Türen und fuhr mit dem Handy auf den Knien los. Wir schafften es nicht, uns vom bösen Wolf zu befreien.

Ich sah ihr nach, bis sie in der Dunkelheit verschwunden war, bevor ich ins Haus zurückkehrte. Sorgfältig schloss ich die Tür ab, ging hinauf ins Schlafzimmer und fuhr den Computer hoch. Ich war nicht müde. Daher nahm ich mir nun *Hügel des Grauens* vor. Während ich der Hauptfigur ins Dunkel des Waldes folgte, erreichte mich eine *SMS: Ich bin in Sicherheit, mach's gut, mein Wolf.* Ich schrieb zurück: *Ich will dich auch morgen.* Sie antwortete mir nicht.

Um vier Uhr war ich mit *Hügel des Grauens* fertig. Es war eine recht lange Erzählung geworden, aber noch immer war ich nicht sicher, was ich von ihr halten sollte. Sie endete mit der letzten Begegnung zwischen dem Wolfsmenschen und Filippo ... der in der letzten Zeile starb und das Geheimnis, dem er auf die Spur gekommen war, mit in den Tod nahm: Und ob es Werwölfe gab!

Ein Donnerschlag, bei dem das ganze Haus bebte, ließ mich aus dem Schlaf hochfahren. Es regnete in Strömen. Das Prasseln auf dem Dach klang wie ein Lastwagen, wenn er durch einen Tunnel fährt. Viertel nach acht. Ich trat ans Fenster. Der Himmel war düster, durch die Felder strömten Wasserbäche.

Ich wusch mir das Gesicht und tastete mich, um nicht zu fallen, an der Wand entlang nach unten, wo ich mir einen Kaffee kochte. Ich fühlte mich ziemlich benommen, doch hatte ich an dem Tag einiges zu erledigen. Der Regen würde mich nicht aufhalten.

Zunächst lud ich die Fotos des Vizebürgermeisters vom USB-Stick wieder auf den Computer und brannte sie auf fünf CD-ROMs. Dann öffnete ich eine neue Word-Datei und vermerkte, wann und wo die Aufnahmen entstanden waren. In der Zeile darunter folgte der Name des Hauptdarstellers: *Dottor Maurizio Fallani, Vizebürgermeister von Montesevero.* Fehlte nur noch der Name des armen Mädchens, aber den würde ich bald in Erfahrung bringen. Vielleicht kannte ihn sogar Camilla. In ein weiteres Dokument schrieb ich fünf Anschriften, die ich ausdrucken und als Adressaufkleber für die Briefumschläge verwenden wollte: Staatsanwaltschaft, Polizeipräsidium Florenz, Jugendschutzkammer des Gerichts und zwei überregionale Zeitungen.

Ich rief Camilla an, doch leider kannte sie das Mädchen nicht persönlich und wusste nicht, wie es hieß. So nutzte ich die Gelegenheit und lud sie zum Essen ein, dieses Mal in ein Restaurant. Am Abend hatte sie jedoch keine Zeit. Sie sagte, sie müsse dringend einen Artikel über Kinderheilkunde für eine Fachzeitschrift übersetzen. Als mir daraufhin ein misstrauisches und eifersüchtiges Brummen entfuhr, erklärte sie, in Wahrheit sei sie mit drei Puerto-Ricanern verabredet, um einen Pornofilm zu drehen. Obwohl ich über den Scherz lachte, hatte ich innerlich die Szene bereits vor Augen und spürte, wie sich mein Magen verkrampfte. Ich wiederholte die Einladung für den Abend darauf.

»Morgen geht in Ordnung«, sagte die Prinzessin.

»Merk mich auch für übermorgen vor.«

»Pass auf, dass du mir nicht lästig wirst.«

»Du weißt ja nicht, was du sagst …«

»Wir werden sehen.« Dann verabschiedeten wir uns. Fast sechsunddreißig Stunden musste ich warten, bis ich sie wiedersah.

Draußen goss und donnerte es weiter, aber ich hatte nicht die geringste Lust, untätig im Haus auszuharren. Im Flur fand ich einen alten Regenschirm und ging zum Auto. Ich fuhr geradewegs zu Marinella. Trotz des Gewitters drängelten sich im Laden die Frauen, freudig gestimmt angesichts des vielen Wassers. Ich schenkte ihnen ein Vertrauen erweckendes Lächeln und wagte einen Vorstoß, um den Namen der geistig Behinderten herauszufinden.

»Neulich habe ich dieses Mädchen gesehen … Wie heißt sie

noch? Sehr hübsch, aber ein bisschen … Die immer mit ihrer Mutter kommt.«

»Wo haben Sie sie denn gesehen?«, fragte eine der Frauen.

»Sie ging allein am Straßenrand in Richtung Montesevero.«

»Das kann nicht sein«, widersprach Marinella, während sie einen dicken Schinken von der Schwarte befreite.

»Wieso nicht?«

»Sie verlässt das Haus nur mit ihrer Mutter«, erklärte eine dicke Frau mit gefärbten Haaren. Mir war, als hätte ich sie schon einmal an der Kasse der Metzgerei gesehen, wo ich nie einkaufte.

»Vielleicht meinen wir nicht dasselbe Mädchen. Wie heißt denn die, von der Sie sprechen?«

»Warum betonen Sie so, dass Sie sie gesehen haben?«, wollte eine alte Frau wissen. Die Lage wurde langsam verzwickt, ich musste zusehen, dass ich da wieder herauskam.

»Ich wollte nur ein wenig plaudern …«

»Schien nicht so«, murmelte eine Stimme in der Menge. Ich sagte nichts mehr und las, bis ich an der Reihe war, die Etiketten an den Regalen. Nach kurzem Schweigen setzten die Frauen ihr Getuschel fort. Es war ein ständiges Kommen und Gehen, doch die Unterhaltung geriet nie ins Stocken. Marinella schnitt derweil Wurstscheiben und Käsestücke ab.

»Heute Morgen habe ich Beppe in seinem Lieferwagen gesehen.«

»Ach, wirklich?«

»So, fünfhundert Gramm reifer Pecorino. Brauchst du noch etwas?«

»Um wie viel Uhr?«

»Das muss so gegen sieben gewesen sein.«

»Dreihundert Gramm Fenchelwurst und zweihundert Gramm Mortadella für den Kleinen.«

»Wo fuhr er denn hin?«

»Runter nach Sant'Anselmo.«

»Piera hat sich gestern eine Zehe abgeschnitten.«

»Womit?«

»Mit der Sichel.«

»Soll die Fenchelwurst dick geschnitten sein?«

»Wie konnte denn das passieren?«

»Ja, schön dick.«

»Sie ist drauf ausgerutscht …«

»Heute Nacht, oben bei Livio … Fünf tote Hühner.«

»Sechs und ein Kaninchen, hab ich gehört.«

»Nein, nur fünf Hühner.«

»Haben Sie gegen Mitternacht das Geheul gehört?«, fragte ich. Grabesstille. In dem Moment kam der Vizebürgermeister völlig durchnässt herein. Ich biss instinktiv die Zähne zusammen. Grüßend ließ er den Blick durch den Laden schweifen und bat mit einem Lächeln darum, vorgelassen zu werden, er habe es schrecklich eilig. Widerspruchslos traten die Frauen zur Seite.

»Was darf es sein?«, fragte Marinella schroff. Sie schien keine große Sympathie für den Fettwanst zu hegen, obwohl er doch so ein Wohltäter war.

»Dreihundert Gramm Fenchelwurst«, sagte Fallani. Warte ein paar Tage, dachte ich, dann machen sie Fenchelwurst aus deinen Eiern.

Während Marinella mit Schneiden beschäftigt war, scherzte Fallani mit den Frauen und brachte sie zum Kichern. Ich war immer überzeugter von meinem Vorhaben. Der Vizebürgermeister legte das Geld auf die Theke und verließ, Marinellas strengen Blick im Rücken, den Laden, ohne das Restgeld zu nehmen. Nach der kurzen Unterbrechung ging es in der Schlange normal weiter.

Schließlich war ich an der Reihe. Ich kaufte nur ein Stück Brot und einen Kopf Salat. Mein Kühlschrank war voll. Dann stieg ich ins Auto und fuhr über die Provinzstraße zu Signora Rondanini. Das Gewitter hatte sich ein wenig verzogen, hinter den Hügeln riss die Wolkendecke auf. Auf den Feldern lag noch immer ein grünliches Licht, wie geschaffen für einen Vampirfilm … Ein Vampir fehlte noch in Fontenera. Es war das Dorf der Verrückten. Rachele, Angiolino, das hübsche Mädchen … und womöglich gab es noch andere, ich musste nur Geduld haben. An schlimmen Geschichten mangelte es hier oben in den Hügeln nicht. Und die schlimmste von allen war die Familientragödie der Rondaninis, dessen war ich sicher.

Ich parkte vor dem Haus und ließ den Schirm im Auto. Es regnete kaum noch. Ich klopfte an die Tür und wartete. Nichts. Ich klopfte lauter. Endlich hörte ich das Geräusch von Riegeln, und die Tür wurde ein klein wenig geöffnet. Durch den Spalt konnte ich erkennen, dass die Signora mich mit einem Auge musterte.

»Signora Rondanini, es tut mir leid, wenn ich Sie noch einmal störe. Ich muss unbedingt mit Ihnen sprechen.«

»Lassen Sie die Toten ruhen.«

»Signora, hören Sie mir zu … Ich bin überzeugt, in der Villa ist nicht das geschehen, was die Leute erzählen … Auch bin ich überzeugt, dass es vielleicht … dass es vielleicht einen Weg gäbe, Rachele aus ihrem Albtraum zu befreien.«

»Sie haben keine Ahnung, wovon Sie sprechen.« Sie wandte sich bereits ab.

»Wenn Sie mir nicht aufmachen, komme ich so lange jeden Tag wieder, bis Sie sich bereit erklären, mit mir zu reden.«

»Weshalb?«

»Bitte lassen Sie mich doch herein.«

»Es gibt nichts, worüber ich reden will.«

»Ich bitte Sie, vertrauen Sie mir«, sagte ich feierlich. Kurzes Schweigen. Dann seufzte die alte Rondanini, und in ihrem Blick machte sich Resignation breit.

»Jetzt habe ich zu tun. Kommen Sie heute Abend wieder.«

»Um wie viel Uhr?«, fragte ich überrascht. Mit einer solchen Einladung hatte ich nicht gerechnet.

»Kommen Sie um Mitternacht.«

»Ist das nicht zu spät?« Gut, dass Camilla an diesem Abend keine Zeit hatte.

»Ich gehe erst spät in der Nacht zu Bett«, erwiderte die Signora schroff.

»Gut, dann komme ich um Mitternacht.« Die Tür ging zu, und ich hörte, wie ein Riegel vorgeschoben wurde. Ich setzte mich ins Auto und fuhr langsam über die schmale Zufahrt davon. Als ich den Blick zum Rückspiegel hob, sah ich die Signora, auf ihren Stock gestützt, vor dem Haus stehen und in meine Richtung blicken. Sie erschien mir wie ein Kaiser im Exil.

Ich fuhr zurück nach Fontenera und hielt bei Romero an. Der Himmel hatte sich nicht von den Wolken befreien können, es nieselte noch immer. Romero stand wie immer unter dem Plastikwelldach, wo er gerade dünnes Brennholz in Körbe verteilte. Wie viele Millionen von Malen er das wohl schon getan hatte? Ich ging zu ihm hin.

»Guten Morgen«, sagte ich freundlich. Er blickte auf, ohne etwas zu erwidern, doch das war seine Art.

»Ziemlich regnerisch, was?«, bemerkte ich.

»Nein, die Sonne scheint«, gab er mit einem Kopfschütteln zurück. Ich beschloss, zur Sache zu kommen.

»Entschuldigen Sie, kennen Sie zufällig das hübsche, geistig etwas zurückgebliebene Mädchen, das man immer mit seiner Mutter sieht?«

»Ja, wieso?« Er befüllte weiter die Körbe.

»Mich würde interessieren, wie sie heißt.«

»Wieso?«

»Ich meine, ich hätte ihr Foto in einer Modezeitschrift gesehen.«

»Erzählen Sie doch keinen Unsinn.«

»Ich wüsste nur gern, wie sie heißt …«

»Martina«, sagte er schließlich. Das hatte ich nicht zu hoffen gewagt.

»Martina … und weiter?«

»Innocenti.«

»Vielen Dank.«

»Wenn die Feige reif ist …«, sagte er und ließ einmal mehr ein Sprichwort unvollendet. Ich verabschiedete mich und fuhr los.

Nachdem ich unterwegs im Schreibwarengeschäft etwa zehn Polsterumschläge gekauft hatte, kehrte ich nach Hause zurück. Dort ergänzte ich den Brief an die Ermittlungsbehörden und Zeitungen um den Namen des Mädchens: Martina Innocenti. Ich druckte ihn in fünffacher Ausfertigung und unterschrieb die Kopien mit einer solchen Freude, dass meine Handgelenke kribbelten. Anschließend steckte ich jedes Schreiben zusammen mit einer Foto-CD in einen Umschlag. Ich klebte die Umschläge zu und stapelte sie geradezu liebevoll auf dem Tisch. Bevor ich sie abschickte, hatte ich noch etwas zu erledigen.

Ich brannte eine weitere CD-ROM mit dem Foto, auf dem beide von vorn zu sehen waren, und steckte sie ein. Erneut setzte ich mich ins Auto. Der Regen war wieder stärker geworden, und am Horizont zuckten Blitze über den Himmel. Ich fuhr nach Montesevero und parkte vor dem historischen Rathaus, das gegenüber der Basilika am zentralen Platz der Stadt lag. Obwohl ich einen Regenschirm dabeihatte, wurde ich nass, als ich hineinlief. In der Pförtnerloge saß zur Abwechslung ein leicht minderbemittelter Junge. Seine Brillengläser waren dick wie ein Stück Butter. Ich fragte ihn nach dem Büro des Vizebürgermeisters.

»Erster Stock rechts, am Ende des Gangs«, erklärte er mit einem Schleimfaden zwischen den Lippen. Gewiss hatte er eine edlere Seele als Dottor Fallani. Ich ging die Treppe hinauf und wandte mich nach rechts. Am Ende des Gangs stand eine Tür offen, und daneben hing ein Schild: *Vizebürgermeister*. Ich trat ein.

Hinter dem Schreibtisch saß eine blonde Mittdreißigerin mit Brille. Sie schrieb etwas am Computer. Sie hatte langes, aber ein wenig ausgefranst wirkendes Haar und ein Mäusegesichtchen, das mich zutiefst anrührte.

»Wen suchen Sie?«, fragte sie mich und blickte auf.

»Ich würde gern den Vizebürgermeister sprechen.«

»Ihr Name, bitte?«

»Emilio Bettazzi.«

»Haben Sie einen Termin?« Wie es schien, hatte sie noch nichts von meinen Werken gehört.

»Nein, aber ich möchte ihn trotzdem sehen«, antwortete ich. Dieser Satz missfiel der Sekretärin. Sie stand auf.

»Ich bedauere, aber wenn Sie keinen Termin haben, ist das, denke ich, unmöglich.« Das letzte Wort betonte sie mit einem ergreifend hingebungsvollen Pflichtbewusstsein.

»Sagen Sie Dottor Fallani, ich komme in der Angelegenheit Villa Rondanini.«

»Der Dottore hat mich angewiesen, ihn auf keinen Fall zu stören.«

»Hier geht es nicht um einen Fall, sondern um ein sehr wichtiges Geschäft.«

»Ja, aber … Ich weiß nicht, ob …«

»Versuchen Sie es«, sagte ich. Einige Sekunden lang stand die Sekretärin unschlüssig da.

»Sagen Sie mir bitte noch einmal Ihren Namen und den Grund Ihres Besuches?«

»Emilio Bettazzi. Ich komme in der Angelegenheit Villa Rondanini.«

»Einen Augenblick bitte …« Sie ging hinüber zu einer Tür und klopfte ganz sachte an. Dann schlüpfte sie, ohne zu warten, wie eine Schlange hinein und verschwand im Zimmer. Mit verliebtem Blick, als wäre ihr gerade Apoll erschienen, kam sie nach einer halben Minute wieder heraus. Ein wenig überrascht winkte sie mich heran. Ich schenkte ihr ein Lächeln, das sagen wollte: Sehen Sie, dass ich recht hatte? Dann betrat ich das Büro des Vizebürgermeisters. Ein schönes Büro mit Klimaanlage und Zimmerpflanzen.

»Guten Morgen«, begrüßte mich Fallani gelassen von seinem Sessel aus. Der ganze Raum stank nach der Zigarre, die in seinem Mund steckte.

»Guten Morgen.« Anscheinend hatte der Maresciallo ihm nichts gesagt. Ich wartete, bis die Sekretärin die Tür geschlossen hatte, bevor ich an den Schreibtisch herantrat. Fallani bedeutete mir, Platz zu nehmen. Ich setzte mich hin und schlug die Beine übereinander.

»Wo sind wir uns nur schon einmal begegnet?«, fragte er mich und zog die Nase kraus.

»Vielleicht bei Marinella.«

»Ja, vielleicht … Tettazzi, wenn ich recht verstanden habe …«

»Bettazzi. Emilio Bettazzi.«

»Schön. Sie haben mir etwas in Sachen Villa Rondanini zu sagen?«

»Richtig.«

»Wer genau sind Sie denn?«

»Ein Bekannter der Signora.«

»Hat die alte Frau sich zum Verkauf entschlossen?«, fragte er, im Geiste schon das Geld zählend.

»Nicht dass ich wüsste.«

»Was haben Sie mir dann zu sagen? Ich verstehe nicht.«

»Ich erkläre es Ihnen sofort«, erwiderte ich lächelnd. Auf einem kleinen Tisch rechts neben ihm stand ein Computer. Ich zog die CD-ROM aus der Tasche und legte sie auf den Schreibtisch.

»Was ist das?«, fragte Fallani stirnrunzelnd.

»Sehen Sie es sich an, es ist äußerst interessant.« Verprügeln durfte ich ihn nicht, ich hätte einen Prozess wegen tätlichen Angriffs riskiert. Ich musste mich in Geduld üben. Fallani griff nach der CD-ROM, rollte mit seinem Sessel hinüber und schob sie in den Computer. Dann wählte er das Laufwerk aus und klickte auf eine der Bilddateien. Kaum tauchte das Foto auf dem Bildschirm auf, erstarrte er. Sofort schloss er die Datei wieder. Einen Augenblick verharrte er reglos, bevor er aufstand und mich verloren und angriffslustig zugleich ansah. Momentan schien er nicht die Absicht zu haben, etwas zu sagen. Ich trommelte mit den Fingern auf meinem Knie.

»Lassen Sie uns gleich ein Detail klarstellen. Sollte mir etwas zustoßen, ganz egal, was, gehen die Fotos automatisch von einer verborgenen Website aus per Mail an Polizei und Staatsanwaltschaft.«

»Dann … waren Sie das, der …«

»Das war ich.«

»Sie wissen nicht, was Sie tun«, murmelte Fallani.

»Ein Zitat unseres Herrn erscheint mir hier fehl am Platz.«

»Sie wissen nicht, was Sie tun«, wiederholte er, noch immer verwirrt.

»Vielleicht nicht, aber ich weiß, was ich will.«

»Was?«

»Setzen Sie sich«, sagte ich. Er gehorchte. Seine Miene verriet irgendetwas zwischen Wut und Panik.

»Was wollen Sie?«, fragte er ganz leise.

»Hunderttausend Euro in bar, in gebrauchten Fünfziger-Scheinen.«

»Was?«

»Ich vergaß: Ich will sie sofort.«

»Sie sind verrückt.«

»In Ordnung«, sagte ich und stand auf.

»Einen Augenblick.«

»Hunderttausend Euro in bar. Mehr habe ich nicht zu sagen.«

»Sie wollen mich erpressen …«

»Gut erkannt.« Stille. Auge in Auge. Reichlich Schweiß auf seiner Stirn. Schweißabwischen mit dem Taschentuch. Es war wie im Western. Ich war gespannt, ob er sich auf die Forderung einließ.

»Sofort geht es nicht«, brach Fallani das Schweigen. Er ließ sich darauf ein.

»Unsinn. Ich warte hier auf Sie, nehmen Sie sich Zeit«, entgegnete ich und setzte mich wieder hin.

»Lassen Sie uns vernünftig miteinander reden.«

»Langsam verliere ich die Geduld.«

»Aber ich weiß nicht, ob auf der Bank …«

»Hören Sie, wenn ich die Hunderttausend nicht binnen einer Stunde hier vor mir liegen habe …«

»Schon gut, schon gut«, warf er mit immer verschwitzterem Gesicht ein. Dann stand er auf, zog den Mantel an und ging aus dem Büro. Nach einer Weile schaute seine Sekretärin herein und bot mir einen Kaffee an.

»Gern, danke.«

Als der Kaffee kam, trank ich ihn in kleinen Schlucken. Ich zündete mir eine Zigarette an. Beinahe hätte ich die Füße auf den Schreibtisch gelegt, aber ich überlegte es mir anders. Draußen donnerte es. Das göttliche Gericht, dachte ich. An der Wand hing ein Kreuz, und so begann ich im Geiste ein Zwiegespräch mit Jesus. Ich stellte ihm Fragen, doch er wusste darauf keine Antwort. Obwohl er der Sohn Gottes war, schien ihm die Lage entglitten zu sein.

Nach wenig mehr als einer halben Stunde kehrte der Vizebürgermeister mit einem Köfferchen in der Hand zurück. Er war so durchnässt, als wäre er auf dem Meer über Bord gegangen. Nachdem er den Mantel aufgehängt hatte, sank er erschöpft in seinen Sessel. Schnelles Laufen war er nicht gewohnt. Er zog einen ziemlich dicken Umschlag aus dem Köfferchen und legte ihn auf seinen Schoß.

»Vernichten Sie das Foto?«, fragte er leise.

»Natürlich.«

»Wer sagt mir, dass Sie mich nicht ein Leben lang erpressen?« Das Gleiche fragten sie in Filmen auch immer.

»Ein durchaus berechtigter Zweifel, aber ich weiß nicht, wie ich Ihnen da weiterhelfen soll.« In diesem Augenblick blickte Fallani weniger intelligent drein als die arme Geistesgestörte, die er vögelte.

»Schwören Sie mir, dass Sie nicht …«

»Das Geld«, forderte ich, sein Gejammer überhörend. Für ein paar Sekunden starrte er mich reglos an, bevor er mir den Umschlag über den Schreibtisch zuschob. Ich nahm ihn und packte das Geld aus. Fallani wurde so verlegen, als hätte ich meinen Schniepel herausgeholt.

»Tun Sie es weg«, flüsterte er.

»Seien Sie einen Augenblick still.« In aller Ruhe zählte ich die Scheine nach und steckte sie anschließend zurück in den Umschlag. So viel Platz nahmen zweitausend Blatt hauchdünnes Papier gar nicht in Anspruch. Gelassen sah ich Fallani an.

»Verraten Sie mir eines. Warum nehmen Sie sich keine Nutte?«

»Ich …« Mehr brachte er nicht hervor.

»Im Grunde verstehe ich Sie. Es muss viel erregender sein, ein geistig behindertes Mädchen zu vögeln und dabei wie eine Nutte zu behandeln.«

»Ich bitte Sie …«

»Verzeihen Sie, ich wollte Sie mit meinen vulgären Ausdrücken nicht beunruhigen.«

Niedergeschlagen sah er mich an. Es war die trostloseste Situation, die ich je erlebt hatte. Sie übertraf sogar das eine Mal, als ich auf einer Kneipentoilette inmitten einer Lache Erbrochenem aufgewacht war. Ich steckte den Umschlag ein und stand auf.

»Meine Empfehlungen an Ihre Frau.« Es war totenstill, als ich, ohne die Tür zu schließen, das Büro verließ. Im Vorbeigehen lächelte ich der Sekretärin zu. Die Ärmste, es würde ein harter Schlag für sie sein, wenn sie herausfand, was für ein verkommenes Subjekt ihr Held war.

Es hatte beinahe aufgehört zu regnen; endlich brach die Wolkendecke auf. Nachdem ich von zu Hause die vorbereiteten fünf Umschläge geholt hatte, suchte ich mir vorsichtshalber ein Postamt in Siena. Dort gab ich fünf Einschreiben mit Rückschein auf. Die kosteten mich zwar ein Heidengeld, aber das war es wert.

In einem Straßencafé suchte ich anschließend im Telefonverzeichnis von Montesevero nach dem Namen *Innocenti.* Ich stieß auf vier Einträge, aber nur neben einem stand ein weiblicher Vorname: *Cesira.* Ich notierte mir die Adresse auf einem Stück Papier und fuhr gleich darauf zurück nach Fontenera.

Auf dem Dorfplatz hielt ich an. Ich fragte eine schwerhörige alte Frau nach dem Weg. Es war nicht leicht, doch am Ende gelang die Verständigung. Mit Sicherheit besser als mit Maresciallo Pantano. Das arme behinderte Mädchen wohnte in einem der letzten Häuser vor dem Ortsausgang. Lieber ging ich zu Fuß dorthin. Den Umschlag mit dem Geld trug ich unter dem Arm wie eine Zeitung. Als ich das Haus der Innocentis erreicht hatte, klopfte ich an die Tür. Das zurückgebliebene Mädchen öffnete mir.

»Ist deine Mutter da?«

»Ist deine Mutter da? Ist deine Mutter da?«, wiederholte sie lächelnd. Da tauchte ihre Mutter hinter ihr auf. Sie kam mir steinalt vor.

»Was wollen Sie?«

»Ich möchte Ihnen nur den hier geben, aber Sie dürfen ihn erst öffnen, wenn ich weg bin.« Ich drückte ihr den prall mit Geldscheinen gefüllten Umschlag in Hand, und sie blickte darauf, ohne ihn zu öffnen.

»Was ist das?«, fragte sie misstrauisch.

»Das werden Sie dann sehen.«

»Komm«, sagte sie zu ihrer Tochter und zog sie am Arm ins Haus.

»Ich bitte Sie, erzählen Sie niemandem davon.« Ich wartete, bis die Tür wieder ins Schloss gefallen war, und machte mich auf den Weg. Hunderttausend Euro. Bis ich die verdient hatte, musste ich eine Menge Bücher verkaufen.

Am Nachmittag brach ich zu einem Spaziergang auf und versuchte, ein wenig abzuschalten. Auf den Feldwegen hatten sich überall Pfützen gebildet. Seit ein paar Stunden regnete es nicht mehr, und Schleierwolken zogen rasch am Himmel vorüber. Der Wald glitzerte, als wäre er von Glassplittern bedeckt.

Meine Gedanken kreisten unentwegt um den armseligen Fallani und den Skandal, der ihn erwartete. Würde ich seine Karriere tatsächlich für immer zerstören können? Ich bezweifelte es. Manche Menschen kamen immer wieder auf die Beine. Wirkungsvoller wäre eine körperliche Strafe gewesen. Eine öffentliche Entmannung, Beccaria und Manzoni zum Trotz.

Bis zu meiner Verabredung mit der Signora waren es noch einige Stunden hin. Lieber hätte ich ihr Haus bei Tageslicht betreten, doch ich musste mich mit ihrem Vorschlag zufriedengeben. Wer weiß, vielleicht war die alte Frau ja bei Nacht weniger misstrauisch. Zwar hatte ich nicht locker gelassen, am Ende aber war sie es gewesen, die mich um Mitternacht zu sich bestellt hatte. Vielleicht hatte sie das auch nur gesagt, um mich loszuwerden, und vor der Tür wartete Bauer Rote Hosenträger mit der Flinte in der Hand auf mich …

Ich dachte an etwas anderes. An Camilla, wie sie nackt in meinem Bett lag, ein Lächeln im Blick, die Lippen nach einem Kuss leicht geöffnet. Ein Sinnbild des Lebens. Um Mitternacht hingegen würde ich an das Haus der Toten klopfen.

Ich drehte eine lange Runde, und erst als ich sah, dass die Sonne in einem orangeroten See versank, machte ich mich auf den Heimweg. Fast schon im Dunkeln kam ich zu Hause an.

Ich aß einen Teller Pasta vor dem Fernseher und setzte mich nach dem Essen hin, um ein wenig zu schreiben. An dem Abend brachte ich jedoch nichts zustande, was mir gefiel, sodass ich es kurz darauf aufgab. Ich kehrte zurück in die Küche und zündete ein Kaminfeuer an. Auf dem Sofa liegend, sah ich mir eine Talk-Show mit den immer gleichen gealterten Politikern in den immer gleichen Sesseln an. Viel Gerede, bei dem es einzig und allein um die Verteidigung persönlicher Privilegien ging, etwas anderes bekam ich nicht zu hören. Wer die Wahlen gewann, strahlte bis über beide Ohren und ließ die Champagnerkorken knallen. Wäre bei der enormen bevorstehenden Verantwortung ein sorgenvolles Gesicht nicht angemessener gewesen? Doch das war, als wünsche man sich die Erde quadratisch oder sei davon überzeugt, in Fontenera gebe es keine ungewöhnlichen Charaktere.

Sobald die erste Werbung eingeblendet wurde, schaltete ich auf der Suche nach etwas Interessantem, das die Stunden schneller verstreichen ließ, von einem Kanal zum anderen. Ich fand nichts, und die Zeit wollte einfach nicht vergehen. Alle fünf Minuten blickte ich auf die Uhr, als wäre ich um Mitternacht mit Camilla verabredet, und musste mich zwingen, damit aufzuhören.

Von den züngelnden Flammen hypnotisiert, dachte ich an Franco, der zu Asche geworden war wie verbranntes Kaminholz. Wo er wohl jetzt war? Existierte außer der Erinnerung derer, die ihn liebten, noch etwas von ihm? Ich musste daran denken, als ich ihn zum ersten Mal bei einer Bekannten in Castiglioncello getroffen hatte. Mir war sein Blick aufgefallen, der gutmütig, aber zugleich kritisch gewesen war. Wir hatten uns sofort angefreundet.

Viel zu langsam verstrich die Zeit, und das Ticken der Wanduhr half nicht, sie schneller vergehen zu lassen. Da beschloss ich aufzubrechen. Nachdem ich Fontenera erreicht hatte, brachte mich mein Wagen vor die Casa del Popolo. Grelles Neonlicht ließ mich beim Hineingehen die Augen zusammenkneifen. Es war voller als beim letzten Mal. Alles Männer. Die alten diskutierten vor einem Glas Rotwein, die jungen hingen schweigend über den Videospielen. Ich lehnte mich an den Tresen und bestellte ein Bier. An der Wand über einer Reihe alter Weinflaschen zeigte eine große, verstaubte Uhr zehn nach elf an. Noch fünfzig Minuten bis zum Treffen mit der Rondanini.

Inmitten des durch den Saal hallenden Geplappers glaubte ich einen Knall zu hören, gleich darauf noch einen. Als ich mich umsah, bemerkte ich eine nur angelehnte Tür, auf der mit rotem Filzstift geschrieben stand: *Billard.* Ich bezahlte mein Bier und ging zu der Tür hinüber, um durch den Spalt zu schauen. Was ich sah, hatte etwas Mythisches …

Eine Lampe warf weißes Licht auf den grünen Filz, während der Rest des Zimmers im Halbdunkel lag, und mittendrin spielte Nero, von dichten Rauchschwaden umgeben, mit romantischem Heldenblick eine Partie gegen sich selbst. Hinter ihm an der Wand hing ein Schild: *Rauchen verboten.*

Ich wartete seinen nächsten Stoß ab und hörte, wie er eine Kugel mit Wucht im Loch versenkte. Da öffnete ich die Tür und ging zu ihm hinein. Unter den Gestank von Zigaretten mischte sich ein gewisser Stallgeruch. Wie beim letzten Mal war Nero ganz in Leder gekleidet. Er warf mir nur einen flüchtigen Blick zu. Dann ging er um den Billardtisch herum, lehnte sich vor, zielte und führte den Stoß aus. Wieder ein Ball im Loch. Seine Augen schienen zu lächeln. Schließlich sah er mich an.

»Hast du noch immer nicht die Nase voll von diesem Nest?«

»Warum bist du noch hier?«

»Das ist was ganz anderes, ich bin hier geboren.« Er beugte sich erneut über den Tisch und lochte mit einem vorsichtigen Stoß eine grüne Kugel ein. Als er sich wieder aufrichtete, geriet sein Gesicht aus dem Lichtkegel heraus und verschwand fast in der Dunkelheit. Ich kam mir vor wie in einem Hollywoodfilm aus den Vierzigern, beinahe glaubte ich, alles in Schwarz-Weiß zu sehen.

»Darf ich fragen, was du beruflich machst?«

»Ich wüsste nicht, warum.« Eine weitere Kugel im Loch.

»Ich wollte nur ein wenig plaudern.«

»Keiner denkt, wie schön es ist, hin und wieder auch mal still zu sein.«

»Du hast recht.«

Wir schwiegen. Er spielte weiter, während ich ihm mit meinem fast leeren Bierglas in der Hand zuschaute. Das Geräusch der aufeinanderprallenden Kugeln war unsere einzige Verbindung. Zweifellos ein schönes Schweigen. Ich verfolgte, wie die Bälle in den Löchern verschwanden, und bisweilen trafen sich unsere Blicke.

Als ich das inzwischen lauwarme Bier ausgetrunken hatte, ging ich zwei neue holen und kehrte damit ins Billardzimmer zurück. Ich stellte ein Glas auf den Rand des Tisches. Nero hob kaum sichtbar die Mundwinkel.

»Danke.«

»Keine Ursache.«

»Was machst du denn so beruflich?«

»Ich schreibe.« Wie immer sagte ich das mit einem Hauch von Verlegenheit, als wäre das eigentlich keine richtige Arbeit. Nero trank einen Schluck, stellte das Glas wieder ab und wischte sich mit der Hand über den Mund.

»Und was schreibst du?«

»Romane, Erzählungen … all solche Sachen.«

»Ach so, du bist Schriftsteller.«

»So sagt man.«

»Nicht übel.« Er nahm die Kreide und bearbeitete damit die Spitze seines Queues. Nach einem weiteren Schluck lochte er die nächsten Kugeln ein. Nicht eine ging daneben. Ich stand gern dabei und sah zu, es war erholsam. Besonders gefiel mir der grüne Tisch im erdrückend weißen Neonlicht inmitten von Rauchschwaden, die langsam über ihn hinwegzogen. Nach und nach fiel die Anspannung von mir ab. Der einzige beunruhigende Gedanke war die Verabredung mit der alten Rondanini. Ob sie mir wohl die Tür öffnen würde?

»Liest du gern?«, fragte ich.

»Ich tu alles gern.« Alle Kugeln waren eingelocht. Nero nahm das Glas und setzte sich schräg auf den Rand des Billardtisches. Er entflammte ein Streichholz an seiner Hose und hielt es an seine Zigarette. Noch immer fragte ich mich, was einer wie er hier in den Hügeln suchte. Im Grunde aber wollte ich es lieber gar nicht erst wissen.

»Hast du von dem Monster gehört, das in den Hühnerställen wütet?«

»Das wird irgendein Irrer sein, davon gibt es hier ja genug.«

»Kennst du die Rondaninis?«

»Der Alten gehört in dieser Gegend fast alles.« Er ging von Loch zu Loch, um die Kugeln herauszuholen, und ordnete sie mit Hilfe des Dreiecks auf dem Tisch an. Gleich mit dem ersten Stoß lochte er zwei Bälle ein. Ich sah auf die Uhr. Zwanzig vor zwölf. Leider war es an der Zeit zu gehen.

»Ich vermute mal, du gewinnst auch dieses Spiel.«

»Gegen mich will keiner mehr spielen.«

»Das glaube ich gern.«

»Hast du Lust auf eine Partie?«

»Ich muss gehen.«

»Eine Frau?«

»Könnte man sagen.«

»Hals- und Beinbruch.«

»Beim Kampf mit dem Werwolf?«, grinste ich.

»Wer weiß?«

»Danke jedenfalls.« Wir nickten uns zum Abschied zu, und während ich zum Ausgang ging, hörte ich eine weitere Kugel ins Loch fallen.

Die Nachtluft war kalt, nach den fünfundzwanzig Grad drinnen im Bürgerhaus lief mir nun ein Schauer über den Rücken. Ich setzte mich ins Auto, verriegelte alle Türen und fuhr los. Wie eine Schnittwunde leuchtete die schmale Mondsichel am sternenklaren Himmel. Nach dem Bier drehte sich mir ein wenig der Kopf, und während ich mich auf die Straße im Scheinwerferlicht konzentrierte, rechnete ich jeden Moment damit, Angiolino vorbeilaufen zu sehen.

Um fünf vor zwölf parkte ich vor dem Haus der Rondaninis. Ich schaltete die Scheinwerfer aus und holte tief Luft, bevor ich ausstieg. Die Nacht war äußerst finster. Über der Tür brannte das übliche matte Licht für die Marienstatue, dessen Schein kaum die Pflastersteine auf dem Vorplatz erkennen ließ. Racheles Fenster war geschlossen, durch die Läden drang nicht das geringste Licht. Horchend näherte ich mich der Haustür. Nur der Schrei eines Nachtvogels war zu hören, und in der Ferne bellten ein paar Hunde.

Obwohl ich ein wenig zu früh war, klopfte ich ganz vorsichtig an. Stille. Ich wartete einige Minuten ab und gelangte schon bald zu der Überzeugung, die Tür werde sich niemals öffnen. Es war naiv von mir gewesen, die Einladung ernst zu nehmen. Dennoch klopfte ich ein weiteres Mal an. Nichts. Ich hatte mich zum Narren halten lassen. Da ich mich draußen in der Finsternis unwohl fühlte, ging ich, mich selbst einen Vollidioten schimpfend, zurück zum Auto. Plötzlich hörte ich hinter mir das vertraute Geräusch von Schlössern und Riegeln und drehte mich um. Die Tür ging auf, und im matten Schein der Marienfigur erschien die Signora, in einen schwarzen Wollschal gehüllt. Erfreut über diese Überraschung, ging ich zurück zum Haus. Aber *erfreut* war eigentlich nicht das richtige Wort. Ich hatte eine böse Vorahnung und wäre alles in allem gern wieder gefahren.

»Guten Abend, Signora.«

»Sprechen Sie leise«, flüsterte sie.

»Verzeihung …«

»Kommen Sie.« Sie ließ die Tür offen stehen und verschwand im Haus. Ich trat ein und folgte ihr durch den dunklen Hausflur bis in das Wohnzimmer, das ich bereits kannte. Wie gewohnt verbreitete nur eine Lampe in der Ecke ein wenig Licht, der übrige Raum lag im Halbdunkel. Die Möbel wirkten schwarz, und ringsum an der Wand hingen alte Familienporträts, deren Gesichter ich nur erahnen konnte. Ich fühlte mich in eine andere Zeit versetzt.

Mitten in der Stille tickte eine Standuhr. Wir setzten uns einander gegenüber und sahen uns an.

»Was haben Sie mir zu sagen?«, fragte die Signora, die es offenbar eilig hatte, mich anzuhören und wieder wegzuschicken.

»Signora Rondanini, ich komme sofort zum Punkt ... Aber ich bitte Sie, mir die Wahrheit zu sagen.« Während sie mich mit Augen wie aus Porzellan ansah, holte ich tief Luft.

»Es war nicht Buch, der Ihre Schwiegertochter getötet hat ...«, begann ich unvermittelt. Sie erstarrte, und ihre Augen weiteten sich, doch sie sagte nichts. Vielmehr war ihr Mund so verkniffen, als wolle sie nie wieder sprechen. Mit leeren Händen konnte ich nicht gehen. Die ganze Zeit redete ich mir ein, ich müsse es tun, um Rachele zu helfen, vielleicht aber trieb mich bloß eine krankhafte Neugier, die ich außerstande war zu kontrollieren.

»Wenn es nicht der Hund war ...«, sagte ich und sah ihr ins Gesicht. Sie schwieg. Plötzlich bemerkte ich, dass die Tür hinter ihr lautlos geöffnet wurde. Racheles wie immer von einem Kopftuch verschnürtes Gesicht schaute herein. Da die Signora nichts gehört hatte, tat ich, als ob nichts wäre.

»Es war nicht Buch ... Habe ich recht?«, flüsterte ich in der Hoffnung, die Signora zu erweichen. Sie sah mich noch immer mit kaltem Blick an, sagte aber nichts. Ich wollte gerade weitersprechen, als Rachele hereinkam und sich neben ihre Großmutter auf den Rand des Sofas setzte. Die Verbände um ihre Arme waren unbefleckt.

Ich erwartete, die Signora werde sie schimpfend in ihr Zimmer zurückschicken, stattdessen aber warf sie ihr nur einen bekümmerten Blick zu. In Racheles Augen entdeckte ich nicht den üblichen Schmerz, sie wirkte vielmehr ganz ruhig.

»Du weißt doch, wer es war, Oma. Auch ich habe es gesehen.«

Ich spürte eine Welle der Hitze in meinem Kopf. Noch immer sah die Signora ihre Enkelin voll Kummer an. Das war nicht mehr die steife und unerbittliche Frau, die ich bislang erlebt hatte. Sie stand auf, nahm Racheles Arm und zog sie sanft mit sich … Und Rachele ließ sich ohne jeden Widerstand aus dem Zimmer führen. Die Tür schloss sich hinter ihnen. Ich wusste nicht, was ich tun sollte. In dem düsteren Raum fühlte ich mich unwohl.

Als die Standuhr zur Viertelstunde schlug, zuckte ich zusammen. Das Echo des Schlags hallte noch zwischen den Möbeln wider, als ich ein bitterliches Schluchzen hörte. Es dauerte nur einen kurzen Moment, ich konnte nicht heraushören, wer von beiden es war, die Großmutter oder die Enkelin. Dann war alles still. Tick … Tack … Tick … Tack … Tick …

Das Gesündeste wäre gewesen, einfach zu verschwinden und die ganze Angelegenheit zu vergessen. Zu Hause auf dem Computer herumzutippen, einen Krimi im Fernsehen anzuschauen … Doch eine andere Kraft hielt mich im Sessel zurück. Nun, da ich schon so weit gekommen war, musste ich durchhalten. Tick … Tack … Tick … Tack …

Die Tür öffnete sich wieder, und ich stand auf. Rachele kam herein. Sie setzte sich genau dorthin, wo sie vorher gesessen hatte, und heftete den Blick auf mich. Auch ich setzte mich wieder. Noch immer starrte Rachele mich an. Ihre Lippen glänzten feucht, und ihr Grinsen konnte einem Angst machen. Zum ersten Mal fiel mir auf, dass sie einen hübschen, wohlgeformten Mund hatte. Ich versuchte, mir vorzustellen, wie sie mit einem Bissen einem Huhn den Kopf abriss, und fand nichts Seltsames daran. Gleich darauf erinnerte ich mich an den jungen Deutschen. Niemand hatte je herausgefunden, wer ihn getötet hatte.

»Du hast alles gesehen … stimmt's?«, sprach ich sie mit sanfter Stimme an.

»Ja.«

»Hattest du dich unter dem Bett versteckt?«

»Ja.«

»Und wer hat …« Ich konnte es nicht aussprechen.

»Das war Papa«, sagte Rachele mit der Stimme eines kleinen Mädchens.

»Was?«

»Das war Papa … Er wollte das Brüderchen aufessen, das Mama im Bauch hatte«, erklärte sie ungerührt, als wäre es die natürlichste Sache der Welt. Sie fletschte die Zähne und knurrte wie ein Hund. Mir brach der Schweiß aus. Ich wollte nicht glauben, was ich soeben gehört hatte. Das war nichts als die Wahnvorstellung einer bedauernswerten Verrückten.

»Wieso wollte er es denn … aufessen?«, stammelte ich mit trockener Kehle. Sie zuckte mit den Schultern.

»Papa war ein Werwolf«, antwortete sie und wiegte den Oberkörper hin und her. Mehr als alles andere verstörte mich ihre Kinderstimme, aber ich wollte mich davon nicht beeindrucken lassen. Mit gelassener Miene lehnte ich mich zurück und schlug die Beine übereinander. Ein Schweißtropfen rann mir über die Schläfe, ich wischte ihn mit dem Finger ab.

»Hattest du … deinen Papa lieb?«

»Ganz, ganz doll«, sagte sie lächelnd und steckte einen Daumen in den Mund. Meine Arme begannen zu kribbeln, doch ich versuchte, mich unter Kontrolle zu halten. Es gab keine Werwölfe, das war nur ein Volksmärchen, das eine gewisse Faszination ausübte.

»So etwas Schlimmes kann dein Papa nicht getan haben.«

»Mein Papa ist ein Werwolf«, wiederholte sie mit kindlichem Zorn.

»Natürlich, das weiß ich doch.« Ich musste Ruhe bewahren, alles war in bester Ordnung. Diese arme kranke Frau machte nur die Stimme eines kleinen Mädchens nach und redete wirres Zeug. Regression nannten das die Psychoanalytiker. Das Phänomen war bekannt. Gleiches galt für den Wutausbruch … Sollte

Rachele jedoch versuchen, mich anzugreifen, würde ich mich wehren. Nicht umsonst hatte ich doch wohl den schwarzen Gürtel in Taekwondo. Es gab keinen Grund zur Sorge …

Trotz der beruhigenden Gedanken fühlte ich mich weiter unbehaglich. Schuld war allein dieser düstere, von Schatten bevölkerte Raum. Bei Tageslicht hätten die gleichen Aussagen keinerlei Eindruck auf mich gemacht.

Plötzlich bemerkte ich, dass sich zu meiner Linken etwas bewegte, und wandte den Kopf. Im Dunkel des Türrahmens stand Signora Rondanini. Ich hatte keine Ahnung, seit wann sie uns schon beobachtete.

»Ich würde gern kurz mit deiner Großmutter sprechen«, erklärte ich Rachele und stand auf. Da verschränkte sie die Arme vor der Brust und begann schmollend, ein Lied vor sich hin zu brummen. Als ich mich wieder zu der Tür umdrehte, war die alte Frau verschwunden.

»Signora Rondanini …!«, rief ich laut. Ohne Rachele aus den Augen zu lassen, ging ich zur Tür und sah hinaus. Ganz am Ende des dunklen Gangs drang ein schwacher Lichtschein durch einen Türspalt. Ich trat näher und vergewisserte mich dabei unentwegt, dass Rachele mir nicht folgte. Schließlich stand ich vor der Tür und klopfte an.

»Signora Rondanini …«

»Kommen Sie herein«, antwortete sie. Ich öffnete die Tür. Im dunklen Zimmer saß die Signora im Sessel vor einem Kaminfeuer. Mit geröteten Augen starrte sie in die Flammen.

»Schließen Sie die Tür«, sagte sie. Als ich die Tür geschlossen hatte, setzte ich mich neben sie in einen Sessel. Flüchtig sah ich mich im Zimmer um, einer bei Tag vermutlich recht nüchtern wirkenden kleinen Wohnstube mit einer Vitrine voller Tassen und Gläser. Ich nahm all meinen Mut zusammen.

»Gerade hat ihre Enkelin mir erzählt …«

»Psst«, unterbrach sie mich, ohne mich anzusehen.

Schweigend blickten wir ins Kaminfeuer. Ich lauschte auf jedes noch so leise Geräusch, doch bis auf das Knistern des Holzes war nichts zu hören.

Die Signora tat einen Seufzer, bevor sie, ohne den Blick von den Flammen zu wenden, langsam und mit langen Pausen zu erzählen begann, was an jenem Abend vor sechsunddreißig Jahren geschehen war. Einige Worte, die sie aus Schamgefühl nicht gebrauchte, fügte ich für sie ein …

Am siebenundzwanzigsten Februar hörte die Signora gegen acht Uhr abends ihren Sohn vor der Villa vorfahren. Sie wunderte sich ein wenig, denn für gewöhnlich kam Eugenio erst gegen Viertel nach neun nach Hause. Er besaß nahe Florenz eine Hemdenfabrik und schaffte es höchst selten, früher zurück zu sein.

Das Hausmädchen kümmerte sich in der Küche hinter geschlossenen Türen um das Abendessen und hatte dabei wie immer das Radio auf volle Lautstärke gedreht. Damit man sie überhaupt erreichen konnte, war im Haus sogar eine Gegensprechanlage installiert worden, bei der eine Lampe aufleuchtete, wenn geklingelt wurde.

Rachele war fünf Jahre alt und ein intelligentes, aufgewecktes Mädchen. Ihr Kinderzimmer war mit dem Schlafzimmer der Eltern verbunden. An jenem Tag hatte sie Fieber und war, nachdem sie kaum etwas gegessen hatte, gegen sieben Uhr ins Bett gegangen.

Mit einem Mal drang Geschrei aus den Räumen des Ehepaares herüber. Es war Eugenio, er schien äußerst aufgebracht. Eine ganze Weile blieb die Signora in ihrem Zimmer, weil … weil man sich in einen Streit zwischen Eheleuten niemals einmischen sollte. Dieser Grundsatz war ihr heilig. Deshalb lag das Schlafzimmer des Paares auf der anderen Seite der Villa. So konnten sie, wenn sie wollten, unter einem Dach leben, ohne sich je zu begegnen.

Das Geschrei dauerte an. Besser, man ließ sie in Ruhe, bis ihre Wut verraucht war, dachte die Signora. Aber der Streit schien kein Ende nehmen zu wollen, er wurde im Gegenteil immer heftiger, sodass sie schließlich auf den Flur hinaustrat und horchte. Natürlich stritt Eugenio nicht zum ersten Mal mit seiner Frau; an diesem Abend jedoch brüllte er, wie sie es noch nie von ihm gehört hatte. Nicht lauter als sonst, aber in einem Furcht erregenden Ton … Mit einem Mal stieß er seltsame, geradezu tierische Laute aus, und seine Frau Elvira begann zu kreischen, als werde sie vergewaltigt. Auch Buch, der Hund, jaulte im Flur. Zum Glück schlief die Kleine mit Stöpseln in den Ohren, ging es der Signora durch den Kopf. Rachele fürchtete sich vor Käuzen; wenn sie ihre Schreie hörte, begann sie zu weinen und konnte nicht mehr einschlafen. Dank der Wachsstöpsel wurde sie selbst vom schlimmsten Gewitter nicht wach.

Die anhaltenden Schreie klangen immer grauenvoller. Ein wenig ängstlich eilte die Signora schließlich zum Zimmer ihres Sohnes. Als sie auf dem Gang um die Ecke bog, sah sie Buch mit den Pfoten an der Tür kratzen. Da brach das Geschrei urplötzlich ab. Die Signora ging näher und horchte an der Tür. Sie hörte nur ein Keuchen und eine Art Jammern. Auch Buch beruhigte sich und trabte mit eingezogenem Schwanz davon. Die Signora fasste Mut.

»Eugenio …!«, rief sie leise.

»Mama, komm nicht rein«, gab Eugenio außer Atem zurück.

»Alles in Ordnung, Schatz?«

»Komm nicht rein, Mama.«

»Geht es Elvira gut?«

Stille.

»Schatz, ich will dich nicht stören … aber …«

»Verschwinde, Mama!«, schrie Eugenio wutentbrannt, um kurz darauf wie ein Kind in Tränen auszubrechen. Da hielt sie es nicht mehr aus und öffnete die Tür.

Was sie sah, veränderte ihr Leben für immer, und sie verfluchte sich selbst dafür, dass sie nicht früher gekommen war und das Blutbad verhindert hatte.

Reglos saß ihr Sohn auf dem Bett, sein Gesicht und seine Kleider waren voller Blut. Am Boden lag mit gespreizten Beinen und ausgeweidetem Leib die arme Elvira. Und auf der Bettdecke schließlich … dieses winzige, in Stücke gerissene Geschöpf.

Dieses Bild hatte sie seit nunmehr sechsunddreißig Jahren unablässig vor Augen. Von einer Sekunde auf die nächste war die Welt für sie zusammengebrochen. Es gab kein Zurück mehr.

Nach dem Grauen jedoch galt ihr erster Gedanke den Folgen. Ihr Erstgeborener, den sie anbetete wie einen Gott, würde verhaftet werden. Ihre Zuneigung galt auch Dario, einem Hippie, der nach Amerika auswandert war, um dort Gitarre zu spielen. Eugenio aber war ihr Liebling. Sie konnte ihn sich nicht zusammen mit Räubern und Mördern in einer Gefängniszelle vorstellen. So etwas durfte Eugenio nicht durchmachen, was immer er auch getan hatte …

Sie überlegte, wie sie ihn davor bewahren könnte, und hatte plötzlich die rettende Idee. Sie fühlte sich bei glasklarem Verstand. Einen Spaltbreit öffnete sie die Tür zu Racheles Kinderzimmer, um nachzusehen, ob die Kleine wachgeworden war, doch im Raum war alles dunkel. Sie schloss die Tür wieder und drehte den Schlüssel herum. Dann horchte sie draußen auf dem Flur nach, ob das Hausmädchen auch nicht in den ersten Stock heraufgekommen war. Schließlich kehrte sie zu ihrem Sohn zurück.

Eugenio hatte sich nicht von der Stelle bewegt. Mit ausdruckslosem Blick starrte er das Gemälde gegenüber dem Bett an. Seine Mutter schüttelte ihn unsanft durch und befahl ihm, seine Kleider noch im Zimmer auszuziehen und duschen zu gehen. Danach solle er, ohne die Scheinwerfer einzuschalten, mit dem Auto wegfahren und um Viertel nach neun zurückkommen, wie er es jeden Abend tat. Benommen sah Eugenio sie an, es bedurfte einer Ohrfeige, ihn wachzurütteln.

»Willst du den Rest deines Lebens im Gefängnis verbringen? Los, beweg dich!«

Eugenio stand auf, und ohne sich auch nur einmal zu seiner Frau umzudrehen, zog er sich hastig aus. Selbst seine Unterhose war noch blutbefleckt. Die Signora befahl ihm, sich so gut es ging mit den ohnehin verschmutzten Sachen abzuwischen, und reichte ihm ein sauberes Paar Socken, damit er keine Abdrücke auf dem Fußboden hinterließ.

»Geh dich schnell waschen!« Kaum war Eugenio draußen auf dem Flur, steckte die Signora seine blutigen Kleider in einen Plastiksack, den sie in ihrem Schlafzimmer in einen Kleiderschrank einschloss. In der Nacht würde sie alles im Kohleofen verbrennen. Danach kehrte sie in das Unglückszimmer zurück, nahm allen Mut zusammen und lief quer durch die Blutlache, um die Spuren, die ihr Sohn hinterlassen hatte, unkenntlich zu machen. Für ihn holte sie saubere Kleider aus dem Schrank und brachte sie ins Bad. Eugenio zog sich wortlos an, bevor er auf Zehenspitzen aus dem Haus schlich und ohne Licht den Weg hinabfuhr.

Nun kam der schwierigste Teil. Die Signora ging hinunter ins Erdgeschoss zu der Kammer, in der ihr Sohn die Jagdgewehre aufbewahrte. Sie entschied sich für eine schwere Doppelflinte, lud sie mit zwei Patronen, auf denen ein Wildschwein zu sehen war, und kehrte zurück ins Schlafzimmer der Eheleute. Vom starken Blutgeruch wurde ihr fast übel. Als Nächstes pfiff sie nach Buch. Sobald der Hund mit hängender Zunge herbeigetrottet war, befahl sie ihm, sich hinzusetzen.

Es war furchtbar, den Hund, der sie voller Vertrauen ansah, zu erschießen. Aber sie hatte keine Wahl, sie musste es tun. Nur so konnte sie Eugenio retten. Sie dankte dem Hund für sein Opfer und drückte ab, ohne die Augen zu schließen, damit sie ihn auch nicht verfehlte. Buch wurde zurückgeschleudert und brach mit zerschmettertem Schädel ohne einen Laut zusammen. Sie hatte es über sich gebracht und den treuesten Hund der Welt erschossen. Um nicht zu weinen, biss sie sich auf die Zunge. Sie durfte sich nun nicht gehenlassen.

Kurz atmete sie durch und lief dann nach unten. Sie stürzte in die Küche und schrie wie wild, Buch sei verrückt geworden und habe Elvira zerfleischt, woraufhin das Hausmädchen in Ohnmacht fiel. Sie ließ sie liegen, griff stattdessen zum Hörer und rief die Carabinieri an. Während sie wartete, ging sie wieder nach oben, um nachzuschauen, ob das Mädchen noch immer schlief. Vom Flur aus steckte sie den Kopf ins Kinderzimmer und erkannte, als ihre Augen sich an die Dunkelheit gewöhnt hatten, an den Umrissen, dass Rachele zusammengerollt unter der Bettdecke lag.

Um neun Uhr trafen die Carabinieri ein. Sie kamen zu zweit, Maresciallo Cafuto und der Gefreite Pantano. Leichenblass begannen sie, das Geschehen zu protokollieren. Bis auf ihr Geflüster war es still in der Villa.

Eugenio kam um zwanzig nach neun nach Hause. Er tat so, als fiele er aus allen Wolken, und spielte die Rolle des leidgebeugten Ehemannes. Sie legten ihn aufs Sofa und brachten ihm Wasser.

Man rief den Krankenwagen. Elviras Leichnam und die Überreste des winzigen Geschöpfes wurden fortgebracht. Um den Hund kümmerten sich die Carabinieri. Als man Elviras Eltern benachrichtigte, wurde die Mutter am Telefon ohnmächtig. Sie war ihr einziges Kind. Die beiden lebten in Florenz in den Hügeln von Bellosguardo. In wenig mehr als einer Stunde waren sie in Fontenera. Der Vater hinderte die Mutter daran, das Zimmer zu betreten, in dem ihr Mädchen getötet worden war. Er hingegen wollte es sehen und brach beim Anblick des Blutes in Tränen aus. Es waren unendlich schmerzvolle Momente. Doch alles hat früher oder später ein Ende.

Als alle gegangen waren, legte sich eine unwirkliche Stille über die Villa. Das Hausmädchen hatte sich, nachdem sie zwei

Stunden ununterbrochen geweint hatte, in ihr Zimmer eingeschlossen. Sie liebte Elvira mehr als ihre Mutter und hatte nicht den Mut gehabt, einen Blick auf die Tote zu werfen.

Ein letztes Mal sah die Signora nach, ob Rachele ruhig schlief. Sie tastete sich bis zu ihrem Bettchen vor und fühlte an ihrer Stirn. Das Fieber schien weniger geworden zu sein. Leise ging sie wieder hinaus. Sie versperrte die Tür zum Elternschlafzimmer, damit die Kleine nicht hineingehen konnte, und begab sich nach unten ins Wohnzimmer zu ihrem Sohn.

»Eugenio.«

»Ja, Mama.«

»Sieh mich an.«

»Ja …«

»Warum hast du das getan?«

»Ich … ich …« Er war leichenblass. Anfangs wollte er nicht reden, doch plötzlich hielt er sich den Kopf und sagte, dass … dass seine Frau ihn mit Dario betrogen habe. Verfluchte Weiber. Das Kind in Elviras Bauch stamme nicht von ihrem rechtmäßigen Ehemann, sondern von dessen widerlichem Bruder.

Die Signora fragte, woher er das wisse und warum er es gerade an dem Tag herausgefunden habe. Wimmernd erzählte Eugenio ihr, was geschehen war. Drei Wochen zuvor hatte er sich in einem Straßencafé in Florenz bei einer Tasse Kaffee von einer alten Zigeunerin aus der Hand lesen lassen, und die Hexe hatte zu ihm gesagt: »Du kannst keine Kinder haben, du bist zeugungsunfähig.« Lachend hatte er entgegnet, er habe bereits eine Tochter, und seine Frau erwarte ein weiteres Kind. Da hatte die Zigeunerin ihn mit finsterer Miene angesehen und erklärt: »Du bist erst seit einem Jahr zeugungsunfähig, deine Frau ist von deinem Bruder schwanger.«

Für einen Moment war er wie betäubt gewesen bei der Vorstellung, dass Elvira mit Dario schlief. Gleich darauf aber war er wieder zu sich gekommen und hatte die Zigeunerin zum Teufel gejagt, die daraufhin Verwünschungen murmelnd weitergezogen war. Das war alles gewesen, und mehrere Tage lang hatte es ihn nicht weiter beschäftigt.

Eines Morgens hatte er sich an die Worte der alten Zigeunerin erinnert, und da sie ihm nicht mehr aus dem Sinn hatten gehen wollen, hatte er beschlossen, durch einen Test feststellen zu lassen, ob er wirklich zeugungsunfähig geworden war. Nur zur Sicherheit, hatte er sich gesagt.

An ebenjenem Nachmittag hatte er die Untersuchungsergebnisse bekommen, sie waren eindeutig gewesen: völlige Zeugungsunfähigkeit. Sofort hatte er Dottor Papini, einen guten Freund, angerufen und ihn gefragt, wie etwas Derartiges passiert sein könne. Der Arzt hatte ihm erklärt, so etwas komme vor, wenn auch nur selten, beispielsweise als Folge einer schweren bakteriellen Infektion der Prostata. Tatsächlich hatte er ein Jahr zuvor eine ähnliche Erkrankung gehabt … »Du bist erst seit einem Jahr zeugungsunfähig, deine Frau ist von deinem Bruder schwanger.«

Da war ihm der Schweiß ausgebrochen und er hatte einige Überlegungen angestellt. Sein Bruder Dario war exakt in der Zeit zu Besuch gewesen, als Elviras Periode ausgeblieben war. Er selbst benutzte mit ihr immer ein Kondom und passte auf. Nach Racheles Geburt war fünf lange Jahre alles gut gegangen. In der Tat war es also sehr merkwürdig, dass Elvira schwanger war, doch hatte er damals gedacht, dass so etwas im Grunde durchaus passieren konnte. Nun aber schien ihm alles viel klarer. Elvira mochte Dario sehr, was sie auch nicht verbarg. Sie lachte über seine Scherze und nahm ihn jedes Mal in Schutz. Dario war ein Lüstling, der schnulzige Lieder sang und sein Haar schulterlang trug wie ein Päderast. Doch Elvira war offenbar von ihm und seiner primitiven Art fasziniert. Alles war glasklar. Während der ganzen Zeit, die Dario in der Villa verbracht hatte, war das Flittchen mit ihm ins Bett gegangen! Und nachdem Dario seinen verfluchten Spaß mit der Frau seines Bruders gehabt hatte, war er nach Amerika zurückgekehrt, um sein idiotisches Zeug zu trällern. So also war es gewesen. Widerliche Hure.

Er hatte sich erinnert, dass Elvira nach Darios Abreise schweigsam geworden war. Kein Wunder. Sie war traurig, weil sie sich nicht mehr von diesem verkommenen Kerl durchficken lassen konnte ... Er hatte sich vorgestellt, wie die beiden miteinander vögelten, sie auf allen vieren, während er sie unter obszönem Gerede, damit er steifer wurde, wie ein Stück Vieh von hinten bestieg. Sein Bruder, dieser Dreckskerl, hatte mit Elvira all das getan, was er selbst mit ihr tat ...

Sein Kopf hatte sich angefühlt, als wolle er platzen, und er hatte angefangen, Sternchen zu sehen. Plötzlich war ihm wieder eingefallen, was Elvira gesagt hatte, kurz nachdem sie gemerkt hatte, dass sie schwanger war: »Das muss bei dem einen Mal passiert sein, als es gerissen ist« – gemeint war das Präservativ. Aber warum hatte sie das überhaupt erwähnt? Warum hatte sie geglaubt, gleich eine Erklärung finden zu müssen? Jetzt war alles klar. Auch konnte er sich überhaupt nicht erinnern, dass in der fraglichen Zeit ein Kondom geplatzt war, bei den wenigen Malen, die sich die Schlampe ihm, ihrem rechtmäßigen Ehemann, hingegeben hatte. Wenn sie schwanger war, dann, weil sie es sich von Dario besorgen ließ. Überall hatte sie sich ihn reinstecken lassen, die Nutte. Und wie es aussah, hatte sie mit diesem verweichlichten Hippie auch keine besonderen Vorsichtsmaßnahmen getroffen. Was für eine Hure! Was hatte sie vor? Wollte sie den widerlichen kleinen Bastard etwa austragen? Den lieben langen Tag schuftete er wie ein Ochse, und wie lohnte sie es ihm? Indem sie sich von seinem Bruder durchvögeln ließ. Er ging morgens um halb sieben aus dem Haus und kehrte abends um neun zurück. Das tat er auch, damit es seiner Frau an nichts fehlte. Und wie dankte sie es ihm? Indem sie sich auf den erstbesten Schwanz stürzte, der ihr begegnete. Vielmehr war es nicht irgendein Schwanz, das hätte ja keinen Spaß gemacht. Es musste der seines Bruders sein, dieses drogensüchtigen Idioten, der von morgens bis abends auf der faulen Haut lag. Gut gemacht, Elvira. Du dachtest wohl, du kommst damit durch? Da täuschst du dich aber!

Wäre die alte Zigeunerin nicht gewesen, hätte er das alles nie herausgefunden. Er hätte den Bastard, der im Bauch seiner Frau heranwuchs, wie seinen eigenen Sohn aufgezogen, und die Schlampe hätte ihn ausgelacht, ihn, den gehörnten Ehemann, der arbeitete und sich abrackerte und zahlte und es ihr an nichts fehlen ließ. Ein Schwanz war ihr nicht genug, nein, sie wollte gleich zwei. Vielleicht stand ihr ja auch ein ganzes Heer zur Verfügung, vielleicht ließ sie sich seit Jahren von jedem Kerl in Fontenera und Umgebung ficken. Womöglich war er nicht einmal der Vater von Rachele, dieser kleinen Hexe, die ihm nicht mal entfernt ähnlich sah … Schließlich hatte er es nicht mehr ausgehalten, er war ins Auto gestiegen und mit Vollgas nach Hause gerast.

Als er angekommen war, hatte Elvira ihn mit den Worten begrüßt: »Hallo, Schatz, du bist schon zurück?«, und er hatte erwidert: »Zu früh für deinen Geschmack?« Er hatte sie ins Schlafzimmer gezerrt und ihr auf den Kopf zugesagt, was er herausgefunden hatte. Sie hatte die Fassungslose gespielt und alles geleugnet, woraufhin er ihr eine Ohrfeige gegeben hatte, dann noch eine und noch eine … Er genoss es; je mehr sie schrie und weinte, desto größer wurde seine Lust, sie zu schlagen. Sie war schwach, er hingegen war stark. Er wollte sie bestrafen und konnte es tun. Er musste es tun. Sie litt, so wie es nur gerecht war, und er schlug sie und schlug sie, mit der Faust, ins Gesicht, in den Bauch … den Bauch, in dem der Bastard schlummerte, der kleine Hurensohn, der von einem fremden Schwanz empfangen worden war, nicht von dem ihres Mannes, der sich von morgens bis abends abrackerte und zum Dank zwei solche Hörner aufgesetzt bekam, dass er nicht mehr durch die Türen passte. In diesem verfluchten Bauch wuchs die Schande des Eugenio Rondanini heran, die eines

Tages ans Licht kommen würde … die unerträgliche Verhöhnung … die Hörner, Darios Schwanz, sie auf allen vieren, schmutzige Worte flüsternd …

Plötzlich hatte Elvira ihn verzweifelt angeschrien: »Du Monster, ich wünschte, dein Bruder könnte dich so sehen.« Das war zu viel gewesen. Sein Kopf hatte sich mit einem Mal wie leer angefühlt, und die Bestie war in ihn gefahren. Er konnte es nicht genau erklären. Es war, als ob … Er wusste, er war ein Mensch, doch sein Verstand unterlag dem Willen einer höheren Macht. Einer animalischen Macht.

Er hatte sich auf ihren Bauch gestürzt und zugebissen, zuerst die Kleider und dann das Fleisch zerfetzt. Immer mehr Blut war geflossen, und seine Beißwut war gewachsen und gewachsen … bis er schließlich das winzige Monster vor sich gehabt hatte, das die Hure als seinen Sohn hatte ausgeben wollen. Wie ein Wolf hatte er es mit bloßen Zähnen aus ihr herausgerissen und in Stücke gebissen. Er hatte nicht aufhören können, er hatte es einfach nicht geschafft.

Er hatte Elvira getötet und ebenso das verfluchte Kind. Nun, da er sich beruhigt hatte, wurde ihm bewusst, welch grauenvolle Tat er begangen hatte. Er würde Gott um Vergebung bitten und in irgendeiner Weise dafür büßen. Trotz allem war er überzeugt, dass solch eine Frau für das, was sie getan hatte, eine Strafe verdiente. Den Tod vielleicht nicht, in jedem Fall aber eine gerechte Strafe. Sie hatte sich schlecht benommen, sehr schlecht sogar. Er liebte sie, doch sie hatte alles zerstört. Wieso hatte sie das getan? War sie nicht glücklich mit dem Leben, das sie führte? Sie wurde geschätzt und bedient, ohne den lieben langen Tag auch nur einen Finger krummen zu müssen …

Eugenios Mutter war zutiefst erschüttert von seiner Erzählung, doch tief im Herzen hatte sie ihn entschuldigt und entschuldigte ihn noch immer. Ihr Sohn war ein wunderbarer Mensch. Natürlich war er zu weit gegangen, hatte sich vom Zorn beherrschen lassen, was aber im Grunde nur verständlich war. Wenn ein Mann eine Frau heiratet, will er sie ganz für sich allein, das ist doch normal.

Am Morgen darauf weckte die Großmutter die kleine Rachele und unternahm mit ihr einen Spaziergang durch den Wald. Das Mädchen kam ihr ein wenig seltsam vor, doch maß sie dem keine allzu große Bedeutung bei. Geduldig suchte sie nach Worten, wie sie ihr möglichst schonend beibringen konnte, dass ihre Mama nie mehr zurückkommen würde. Rachele zeigte keinerlei Reaktion. Sie sagte nichts und blieb auch den Rest des Tages stumm. Das war auffällig, denn für gewöhnlich war sie ziemlich redselig.

Am frühen Nachmittag fuhr die Signora hinunter nach Fontenera, um mit dem Pfarrer zu sprechen. Sie fragte ihn, wie man den noch ungeborenen Jungen bestatten solle. Don Gamucci riet dazu, das unschuldige Wesen in einem Holzkistchen dem Sarg seiner Mutter beizugeben. Gott werde sich seiner erbarmen.

Zur Totenmesse fanden sich unzählige Menschen ein, mehr als zur Hochzeit. Alles war vertreten, vom Adel bis zur Bauernschaft. Nie zuvor hatte man die Kirche von Montesevero so überfüllt gesehen. Zum Friedhof gingen anschließend nur die Verwandten und engsten Freunde. Eugenio warf als Erster Erde auf den Sarg. Er war so bleich, als wäre er der Tote. Aus Angst, er könne irgendeine Dummheit begehen, behielt seine Mutter ihn ständig im Auge. Nachdem die Totengräber das Grab zugeschaufelt hatten, wurde ein Holzkreuz in die frische Erde gerammt. Elviras Eltern schmiedeten Pläne für das Denkmal, mit dem das Grab geschmückt werden sollte. Eine lebensgroße Statue ihres Mädchens … auf einem schlichten Strohstuhl sitzend oder aufrecht stehend, den Blick zum Himmel gerichtet? Für die Inschrift schwebte ihnen ein Vers von Dante vor, allerdings hatten sie noch keinen bestimmten im Sinn. Nach einem letzten Gruß und weiteren Tränen setzte sich die lange Autoschlange in Bewegung und rollte den Hügel hinab. Die Signora und ihr

Sohn kehrten schweigend zur Villa zurück. Sie allein kannten die Wahrheit.

Während der folgenden Tage aß Eugenio so gut wie nichts. Ziellos schlich er mit finsterer Miene im Haus umher. Oder saß in einem Sessel im großen Salon und blickte aus dem Fenster. Seine Tochter war ihm völlig gleichgültig. Viele kamen vorbei und boten jede erdenkliche Art von Beistand an, doch er wollte niemanden sehen. Ohne es zu wollen, bot er das Bild des untröstlichen Ehemannes, aber fühlte er sich nicht im Grunde genau so? Nach seinem Willen hatte das eheliche Schlafzimmer nicht gereinigt und aufgeräumt werden dürfen. Vielmehr hatte er es abgeschlossen und trug den Schlüssel immer bei sich. Zum Schlafen legte er sich auf ein Sofa in einem kleinen Salon im Erdgeschoss.

Erst nach einer Weile kam der Signora der Verdacht, Rachele habe möglicherweise den Mord an ihrer Mutter mit angesehen, nicht zuletzt wegen der seltsamen Bilder, die sie malte … bis sie schließlich erkannte, dass sie verrückt geworden war. Ein weiteres Unglück war über die Familie hereingebrochen, doch zwang sie sich, es schicksalsergeben zu ertragen.

Die Tage vergingen. In der Villa herrschte Grabesstille. Selbst das Hausmädchen sprach nur im Flüsterton. Eugenio fuhr nicht mehr in die Fabrik, er schien unfähig, sein Leben wieder aufzunehmen. Das Schlimmste aber stand erst noch bevor.

Eines Nachmittags klingelte das Telefon, und überraschend hob Eugenio ab, so als wäre es das erste Anzeichen seiner Rückkehr ins Leben. Seine Mutter ging zu ihm, um ihn zu fragen, ob er eine Tasse Tee wolle. Leichenblass starrte Eugenio auf den Hörer in seiner Hand.

»Schatz, was hast du?«

»Das war das Krankenhaus …«, murmelte er und ließ endlich den Hörer auf die Gabel fallen.

»Welches Krankenhaus?«

»Das, in dem ich den Test gemacht habe.« Er starrte ins Leere, als sehe er eine Feuersbrunst.

»Welchen Test, Schatz?«

»Den Test auf Zeugungsfähigkeit, Mama. Erinnerst du dich nicht mehr?«

»Ach ja. Was haben sie denn gesagt?«

»Sie haben einen Fehler gemacht?«

»Was für einen Fehler, Schatz?«

»Mein Ergebnis wurde mit dem eines anderen vertauscht.«

»Das heißt?«

»Ich bin *nicht* zeugungsunfähig.«

»Oh mein Gott!«

»Aber vielleicht … hat Elvira trotzdem mit Dario geschlafen. Das wäre doch möglich, oder? Nicht wahr, Mama?«, stieß Eugenio hervor und lehnte sich Halt suchend gegen die Wand.

»Möglich wäre es«, stammelte seine Mutter entsetzt.

»Aber nein, es war nicht mein Sohn.«

Noch in der gleichen Nacht hatte Eugenio Selbstmord begangen. Die Zunge hing ihm aus dem Mund, als seine Mutter ihn früh am Morgen fand. Er hatte sich im selben Zimmer erhängt, in dem er seine Frau und seinen Sohn getötet hatte. Nicht einmal einen Abschiedsbrief hatte er hinterlassen. Tot. Ihr Erstgeborener war tot. Wieso konnte es nicht Dario treffen?, hatte sie für einen Moment gedacht und war sich niederträchtig vorgekommen. Aber sie konnte nichts dagegen tun … Die Lücke, die Eugenio in ihrem Inneren hinterließ, würde niemand je wieder füllen können. Das Einzige, was ihr blieb, war das Mädchen, die Tochter ihres Sohnes, eine arme Irre. Mit ihrer Familie war es aus, sie existierte nicht mehr. Dario war nicht einmal zur Beisetzung seines Bruders nach Hause zurückgekehrt.

»Das Schicksal bedient sich des Zufalls, um seine bösen Streiche zu spielen«, sagte die Signora mit tiefer Verbitterung.

Gern hätte ich angemerkt, dass Eugenio nicht gezwungen gewesen war, seine Frau umzubringen, selbst wenn sie die größte

Hure auf Erden gewesen wäre, aber ich schwieg. Die Bilder, die im Laufe der Erzählung in meinem Kopf entstanden waren, machten mich ein wenig benommen.

Meine Hilfe abwehrend, stand die Signora auf und legte ein paar Holzscheite im Kamin nach.

»Jetzt wissen Sie alles«, schloss sie, als sie sich wieder hinsetzte.

Ich musste an Racheles Zeichnungen denken, die mir nun völlig eindeutig erschienen. Auf ihrem Zettel war die gesamte Geschichte erzählt. Mit Bildern anstelle von Worten, doch es fehlte nichts.

Die Signora saß zurückgelehnt im Sessel, ihre Augen glänzten feucht. Sie wirkte erleichtert, als habe es ihr letztendlich gut getan, über all das zu sprechen.

»Haben Sie diese Geschichte schon einmal jemandem erzählt?«, fragte ich leise.

»Das war das erste und letzte Mal«, erwiderte die Signora.

»Wieso gerade mir?«

»Ich weiß es nicht …«

Schweigend sahen wir weiter zu, wie die Flammen das Holz verschlangen. Ich fragte mich, wo Rachele sein mochte. Während der ganzen Zeit war im Haus kein Geräusch zu hören gewesen. Vielleicht war sie weggelaufen und suchte in der Umgebung nach Kaninchen, die sie töten konnte.

Die Minuten verstrichen. Ich erinnerte mich daran, mehrmals die Standuhr im großen Wohnzimmer schlagen gehört zu haben, und blickte verstohlen auf meine Uhr. Es war kurz vor drei. Die Signora schien wie hypnotisiert vom Feuer. Seit ich hereingekommen war, hatte sie sich nicht ein einziges Mal zu mir gewandt und mich angesehen.

»Erzählen Sie niemandem davon. Wozu wäre das jetzt noch gut? Es würde nur den Namen meines Sohnes beschmutzen.« Sie sah nur Eugenio.

»Ich werde niemandem davon erzählen.«

»Es geht mir nicht um mich, ich habe keine Angst vor dem Gefängnis. Mein ganzes Leben war ein Gefängnis. Aber lassen wir die in Ruhe, die nicht mehr sind … Außerdem soll Buchs Opfer nicht umsonst gewesen sein.«

»Niemand wird davon erfahren.«

»Ich will Ihr Wort.«

»Ich schwöre es Ihnen.«

»Nun liegt es einzig an Ihrem Gewissen.«

»Darf ich Ihnen eine Frage stellen?«

»Die letzte, wenn es Ihnen nichts ausmacht.«

»Natürlich …«

»Dann beeilen Sie sich.«

»Warum haben Sie Rachele nicht behandeln lassen? Hatten Sie Angst, sie könnte die Wahrheit über ihren Vater erzählen?«

»Sie haben keine Ahnung, wovon Sie reden. Rachele ist von den weltbesten Spezialisten untersucht worden, jedoch ohne jedes Ergebnis«, sagte sie vollkommen ruhig.

»Verzeihen Sie.«

»Ich habe ein Vermögen ausgegeben, und meine Enkelin ist noch immer dieselbe. Aber wäre sie geheilt worden und hätte die Wahrheit gesagt, hätte ich alles als Fantasiegeburten einer Fünfjährigen abgetan.«

»Verstehe.«

»Zuletzt ist sie vor einem Jahr von einem Hypnosespezialisten untersucht worden. Rachele hat sich als behandlungsresistent erwiesen.«

»Das tut mir leid …«

»Machen Sie sich keine Umstände, niemand leidet am Unglück anderer.«

»Ich bedauere es wirklich«, versicherte ich vergeblich. Innerlich fühlte ich einen tiefen Schmerz. Ich konnte nur noch an das arme Mädchen denken. Nicht genug, dass sie im Alter von fünf Jahren zur Waise geworden war, sie hatte sogar mit angesehen, wie ihr Vater ihre Mutter mit Bissen tötete. Mir kam es wie ein Wunder vor, dass sie noch lebte. Den Verstand zu verlieren war das Geringste, was passieren konnte. Ganz sicher war es nicht ihre Schuld, wenn sie tötete … Hühner oder Menschen, was auch immer.

Es schlug drei.

»Gehen Sie jetzt«, sagte die Signora leise und höflich. In jedem ihrer Worte schwang etwas Autoritäres mit. Ich erhob mich und verbeugte mich leicht.

»Gute Nacht.«

»Ich begleite Sie nicht hinaus.«

»Ich kenne den Weg.«

»Leben Sie wohl«, sagte sie, ohne mich anzusehen. Ich konnte mir gut vorstellen, dass sie die ganze Nacht in Erinnerungen versunken am Feuer sitzen würde.

Als ich aus dem Zimmer auf den dunklen Flur trat, blickte ich mich prüfend um. Es war niemand zu sehen. Zügig ging ich in Richtung Haustür. Ich hatte die Türklinke bereits in der Hand, da griff jemand an meine Schulter, und ich fuhr herum. Es war Rachele. Noch immer trug sie dieses Grinsen im Gesicht, und ihre Lippen waren feucht. Sie gab mir zu verstehen, ich solle hinausgehen. Ich öffnete die Tür, dann standen wir uns vor dem Haus gegenüber. Im Licht der kleinen Marienfigur hatte ihr Gesicht die Farbe von altem Wandverputz; meines sah wohl nicht anders aus.

»Möchtest du mir etwas sagen?«

»Ja.«

»Dann heraus damit!«

»Ich bin böse, aber du darfst es meiner Oma nicht sagen«, flüsterte sie mit einem hexenhaften Grinsen. Ich wich einen halben Schritt zurück.

»Wieso böse?«

»Niemand weiß, was hier drin vor sich geht.« Sie tippte sich mit dem Finger an die Schläfe.

»Was geht denn da drin vor sich?«

»Böse Dinge …« Mit einem Blick zur Tür vergewisserte sie sich, dass ihre Großmutter nicht herauskam.

»Was zum Beispiel?«

»Männer mit abgehackten Köpfen, brennende Kinder im Feuer … meine Oma kopfüber am Strick. Ich sehe ganz viel.«

»Du kannst sehen, was immer du willst, das ist nichts Schlimmes.«

»Ich bin ganz, ganz böse«, raunte sie, und ihre Augen glänzten vor Freude.

»Deine Oma ruft dich«, log ich. Sie fuhr herum. Sanft nahm ich sie am Arm und führte sie ins Haus. Dann zog ich die Tür hinter ihr zu. Ich wartete kurz, um sicher zu sein, dass sie nicht wieder herauskam, und ging.

Während der Fahrt über die Provinzstraße dachte ich an den Abend zurück, der hinter mir lag, und alles kam mir vor wie eine in Zeit und Raum weit zurückliegende Erinnerung. Noch immer klang die absurde Geschichte in mir nach. Endlich wusste ich alles, doch vielleicht hätte ich es vorgezogen, nichts zu wissen.

Kaum war ich zu Hause, zündete ich den Kamin an und streckte mich mit einem ziemlich starken Joint auf dem Sofa aus.

Die Wahrheit über Elviras Tod lag seit mehr als dreißig Jahren im Gedächtnis zweier Frauen begraben, wenn auch in unterschiedlicher Weise. Was war besser? Sein Leben in Geistesschwäche zuzubringen oder sich für immer zu erinnern? Signora Rondanini war gezwungen, mit der Last ihrer Erinnerungen zu leben. Darum beneidete ich sie nicht. Es stimmte nicht, was man Kindern häufig erzählt, dass nämlich das Leben in unseren Händen liege. Es stimmte ganz und gar nicht.

Am Morgen darauf wachte ich ganz sanft auf, was ich nie erwartet hätte. Zwölf Uhr mittags. Ich fühlte mich innerlich ruhig, aber auch ein wenig leer … so als hätte ich monatelang den Verdacht gehabt, dass meine Frau mit einem anderen schlief, und sie schließlich in einer Zwei-Sterne-Pension mit ihrem Liebhaber im Bett erwischt. Nicht, dass ich das erfreulich gefunden hätte, doch immerhin war damit alles geklärt, und es gab nichts mehr herauszufinden. Und was, wenn Camilla einen anderen hatte? Ein neues Rätsel, das gelöst werden wollte? Davon hatte ich vorerst genug.

Nach dem Mittagessen setzte ich mich an den Computer und begann, auf jegliche romanhafte Ausschmückungen verzichtend, die wahre tragische Geschichte der Villa niederzuschreiben. Aus unterschiedlichen Blickwinkeln, ähnlich wie bei den Torszenen in den sonntäglichen Sportsendungen, sah ich immer wieder Eugenio vor mir, der seine Frau mit Bissen tötete. Vielleicht würde ich all das aus dem Kopf bekommen, wenn ich es in einem virtuellen Gedächtnis abspeicherte, obgleich ich wenig Hoffnung hatte. Sechsunddreißig Jahre waren vergangen, ohne dass jemand die Wahrheit kannte, außer Signora Rondanini, ihrer Enkelin und nun auch mir. Liebend gern hätte ich Camilla alles erzählt, aber ich würde es nicht tun. Ich hatte es geschworen. Nur Franco konnte ich im Geiste davon berichten.

Camilla kam gegen neun, sie machte einen erschöpften Eindruck. Eineinhalb Tage lang hatte sie ununterbrochen an der Übersetzung gesessen, und nun taten ihr die Augen weh. Ich konnte es kaum erwarten, ihren nackten Körper an mir zu spüren. Wenn ich herausfinden sollte, dass sie einen anderen hatte, würde ich mich in einen Werwolf verwandeln.

Wir stiegen ins Auto und machten uns auf die Suche nach einem Restaurant. In den Kurven strahlten die Scheinwerfer weit in die Landschaft hinein und erzeugten ein Geflecht von Schatten. In einem Horrorfilm aus den Siebzigern wäre Camilla nun über mich hergefallen, hätte mich zerfleischt und dem Zuschauer so die wahre Identität des Werwolfs enthüllt.

»Gibt es Neuigkeiten?«, riss sie mich aus meinen Gedanken.

»Ich habe die Fotos des Vizebürgermeisters abgeschickt.«

»Und weiter?«

»Was weiter?«

»Solltest du nicht zur Rondanini kommen?«

»Schon, aber ich habe es mir anders überlegt.«

»Wieso das?«

»Ich dachte, ich lasse sie lieber in Frieden.«

»Du lügst.«

»Wie kommst du darauf?«

»Ich kann es in deinem Blick lesen.«

»Aber du siehst mich ja nicht einmal an …«

»Dann ist es deine Stimme.«

»Ich lüge nicht.«

»Wir machen Folgendes. Wenn du mir nicht die Wahrheit sagst, ist es vorbei mit Sex.«

»Ach herrje.«

»Du hast zehn Sekunden. Eins, zwei, drei …«

»Ich habe die Wahrheit gesagt.«

»Das war nicht die Wahrheit … vier, fünf, sechs …«

»Ich habe beschlossen, die Finger von all dem zu lassen.«

»… sieben, acht, neun …«

»In Ordnung, ich habe gelogen«, gab ich gerade noch rechtzeitig zu.

»Ich bin ganz Ohr.«

»Es stimmt, ich war bei Signora Rondanini.«

»Sprich weiter.«

»Sie hat mir alles erzählt. Aber ich habe ihr geschworen, nicht darüber zu reden, und ich werde mein Wort halten – zumindest solange sie lebt.«

»Ist die Geschichte schrecklich?«

»Ja.«

»Wie schrecklich?«

»Du kannst dir nicht vorstellen, wie sehr.«

»Und du wirst mir nichts sagen, richtig?«

»Ich darf nicht.«

–

»In Ordnung. Ich werde deinen Schwur respektieren.«

»Danke.«

»Reden wir nicht mehr davon.«

»Gut.«

»Wo wollen wir essen?«

»Keine Ahnung, aber du bezahlst.«

»Warum?«

»Du hast die Wette verloren …«

»Wer sagt mir denn, dass du das nicht nur erfunden hast, um ein Abendessen zu schnorren?«

»Unmöglich. Würde ich lügen, könntest du es in meinem Blick lesen.«

»Schade, dabei hatte ich mich schon so gefreut, von dir ein Essen zu schnorren.«

»In jeder Frau steckt eine Hure.«

»Wären da nicht die Freier, gäbe es auch keine Huren.«

»Und wenn es genau andersherum wäre?«

»Eher würde ich glauben, dass ein Kamel durch ein Nadelöhr gegangen ist.«

Während der Fahrt über die Via Chiantigiana führten wir unseren Wettstreit fort, bis wir schließlich in Siena ankamen. Dort ließen wir den Wagen stehen und gingen zu Fuß weiter. Es war nicht sehr kalt. Camilla trug zierliche grüne Schuhe, die mich fast um den Verstand brachten.

Als wir in eine schmale Gasse einbogen, sahen wir vor uns auf einmal das Schild eines Touristenlokals – *Zum Werwolf.*

»Hier war er also«, sagte sie. Wir aßen und tranken viel. Ich brachte sie den ganzen Abend über zum Lachen und lachte mit ihr. Beide hatten wir das Bedürfnis, die schönen Seiten des Lebens auszukosten. Camilla zahlte und gab auch noch ein großzügiges Trinkgeld.

Während wir uns in der Nacht vor dem Kaminfeuer liebten, hörten wir in der Ferne erneut ein langgezogenes Heulen und hielten inne.

»Hörst du das auch?«, fragte sie.
»Ja.«
»Es klingt genauso wie neulich Abend …«
»Scheint so.«
»Es wird ein großer Hund sein.«
»Möglich.«
»Bist du nicht davon überzeugt?«
»Ich weiß nicht.«
»Nachts kommt man leicht auf seltsame Gedanken.«
»Du hast recht.«
»Wie lange ist es noch hin bis Vollmond?«
»Ein paar Tage.«
»Halt mich fest …«, und wir liebten uns weiter.

Mehr als drei Jahre sind seither vergangen, und noch immer lebe ich in Fontenera. In dem Haus, das Franco in der Hoffnung gemietet hatte, gleich nach seiner Entlassung aus dem Krankenhaus dort einzuziehen, das er am Ende jedoch nie gesehen hat. Franco ist mir leider nie erschienen. Das Haus gehört einer steinreichen Frau aus Siena, die es mir vor drei Jahren gern vermietet hat, da eine Freundin von ihr meine Bücher gelesen hatte. Ich habe mich von diesem Landstrich nicht mehr trennen können. Marinella behandelt mich inzwischen fast, als wäre ich einer aus dem Dorf. Die Frauen in der Warteschlange haben aufgehört, mich verstohlen zu mustern und zu verstummen, sobald ich den Laden betrete. In Florenz bin ich nur selten, und ab und an kommt einer meiner Freunde mich besuchen. Dank Internet kann ich zum Glück von zu Hause aus arbeiten. Noch immer sehe ich Angiolino auf seinen nächtlichen Streifzügen durch die Felder, doch erschreckt mich das nun nicht mehr. Manchmal gehe ich auf ein Bier allein in die Casa del Popolo, bleibe aber nie länger als eine halbe Stunde. Hin und wieder sehe ich Nero auf dem Motorrad an mir vorbeifahren. Zwar winken wir uns zu, doch seit dem Abend beim Billard haben wir nicht wieder miteinander gesprochen. Der ehrenwerte Dottor Fallani ist nur noch eine blasse Erinnerung, damals aber erregte die Sache ein riesiges Aufsehen in der Presse. Ein letztendlich wirkungsloses Aufsehen. Die von mir erpressten hunderttausend Euro hätte Fallani sich getrost sparen können. Nicht einen Tag hat er in Haft verbracht. Ganz im Gegenteil, bei den letzten Wahlen kandidierte er für einen Sitz im Provinzparlament und wurde zum Baureferenten gewählt. Ziemliches Glück für einen, der mit Immobilien spekuliert. Der richtige Mann auf dem richtigen Posten, wie es sich für Italien gehört. In den Tagen des Skandals brachte er es sogar fertig, mir am Telefon zu drohen, weil er sicher war, ich würde mir vor Angst in die Hose machen. Als er mich nur leise lachen hörte, legte er auf. Das war meine einzige Genugtuung bei der ganzen Geschichte, einmal abgesehen von den hunderttausend Euro, die ich Martinas Mutter gegeben hatte. In den drei Jahren habe ich niemanden das Geld auch nur erwähnen hören, doch seit einer Weile sieht man Mutter und Tochter mit schöneren Kleidern. Maresciallo Pantano wurde vor zwei Jahren versetzt, wohin, weiß ich nicht. Ein wortkarger Kalabrier mit steinernem Blick hat seinen Posten übernommen. Ich kenne nicht einmal seinen Namen, in die Wache der Carabinieri habe ich nie wieder einen Fuß gesetzt. Camilla ist noch immer mit mir zusammen und ich mit ihr. Manchmal haben wir Streit, aber wir lieben es, uns wieder zu versöhnen. Sogar den bärtigen Spanier, der sich in der Zwischenzeit kahl geschoren hatte, habe ich kennengelernt. Ich muss zugeben, ich fand ihn sympathisch und intelligent. Auch seine Bilder gefallen mir sehr. Im Grunde ist es mir so lieber; wenn ich es mit Idioten zu tun habe, wird meine Eifersucht nur noch schlimmer. Die blutigen Überfälle auf Hühner und Kaninchen dauern an, wenn auch zwischen zwei Massakern mehrere Wochen vergehen. Niemand hat bislang herausgefunden, wer der Täter ist. Da Signora Rondanini verstorben ist und Rachele in ein Heim eingewiesen wurde, habe ich beschlossen, diese Seiten an meinen Verlag zu schicken. Dottor B. wird vielleicht nicht glauben, dass ich all das wirklich erlebt habe, aber ich werde nicht versuchen, ihn vom Gegenteil zu überzeugen. Jeder soll glauben, was er will. Ohnehin ist nichts je auf dieser Welt so, wie es scheint. Das hat Franco auch immer gesagt.

Mein Dank gilt …

Marinella, die einen Tante-Emma-Laden in Impruneta betreibt (aber ich möchte betonen, dass sie nicht die Marinella aus Fontenera ist). Marinella war sofort damit einverstanden, dass ich ihren Namen verwende, obwohl ganz Impruneta sie kennt. Sie ist ein Arbeitstier und Rettungsanker all derer im Dorf, die immer zu spät kommen … weil sie bis weit in den Abend hinein geöffnet hat.

Bettazzi, dem Anwalt. Auch er hat ohne Weiteres zugestimmt, dass ich seinen Nachnamen verwende … gebührenfrei natürlich. Wie all seine Kollegen hört er es gern, wenn man zu ihm sagt: »Du bist das größte Arschloch von einem Anwalt, das mir je begegnet ist.«

Enneli Haukilahti. Sie ist Finnin, spricht jedoch besser Italienisch als so mancher Italiener. Sie ist die Erste, die es sich – aus reinem Vergnügen, wie sie sagt – zur Aufgabe gemacht hat, Tippfehler und alle möglichen kleinen Schnitzer in meinen Meisterwerken (keine Sorge, die Bezeichnung stammt von ihr) aufzuspüren. Dank ihr habe ich eine Art Fan-Club in Helsinki. Das kann nicht jeder von sich behaupten.

Enzo Carabba (auch Fileno genannt), der mir erlaubt hat zu zitieren, was vielleicht der Titel seines nächsten Romans werden könnte: *Orrore sulle colline/Hügel des Grauens*.

Cristina Popple, einer jungen Studentin mit großer Befähigung zur Lektorin, die ihre Fertigkeiten (auch) an meinen Romanen schult. Ohne jede Nachsicht gegenüber einem »alten Mann« (gestatten Sie mir die Anführungszeichen) zeigt sie mir ihre Bedenken auf … denen ich regelmäßig stattgebe. (Lassen

Sie es mich erwähnen: Vor zwei Jahren hat sie von Grund auf ein Buch überarbeitet, das am Ende für den Premio Strega nominiert wurde, aber niemand weiß davon. Immerhin, jetzt ist es heraus.)

Zu guter Letzt danke ich meiner Lektorin Laura Bosio für die Geduld, die sie mir jederzeit entgegengebracht hat (man könnte mich auch den Druckfahnenzerstörer nennen). Wie sehr ich ihr literarisches Einfühlungsvermögen schätze, kann ich an dieser Stelle nicht ausführen, es könnte peinlich werden … für uns beide.